国家出版基金项目
NATIONAL PUBLICATION FOUNDATION

何紹基日記 ④

〔清〕何紹基 撰

己未 辛未

整理人 毛健 尧育飞

岳麓書社·长沙

咸豐九年

《临曹景完碑》（节选）何绍基

君	景	效
諱	完	穀
全	敦	人
字	煌	也

元旦 （2月3日）晴，甚寒。早起叩阙后敬神、贺年。晨酌半醉，而学使来，复共酌，食年饺去。昨日令韶女往辞岁，知其感冒两日，甚念之，乃今早仍出拜牌、来酌，果愈矣。《乙瑛碑》夜临竟。

初二日 （2月4日）寒。接《礼器碑》。早饭后出拜年，东边各衙门俱到。最后至学院处，到上房，小山留酌。颇小醉，因早酒已多也。主人有醉意，感冒后未即健也。归不复出。申初立春。（《礼》九）

初三日 （2月5日）寒甚。忌日不出，亦无客。钟钟出南门看岳庙会。得根云十九日书，令人增叹喟耳！灯下《礼器》弟九通毕。厅上换字画。

初四日 （2月6日）早饭后出拜年，李仲衡处小憩，遇李润生（均）话，嵇春源处遇牛仲远话。最后拜花思伯于青云店，比七年前老矣，往云南粮道任，从此绕道也，谈滇黔事糟甚。归临《衡方碑》。（《衡》一）

上元日 （2月17日）风少息，寒稍减。临《伯时碑》。

蓟门早来上学。晚请邹玉溪、周东瀛、汪云皋、陈达斋陪先生，余因腰微恙，令桂桂陪客。日间金云卿观察来晤。夜龙灯来多，双龙者两次，后佳，七巧灯新鲜。云卿属觅桂《说文》寄翁药房。（《晨》三）

桂馥著有《说文解字义证》。

十六日 （2月18日）无风而甚冷，貂褂未脱，可笑！

黄少谷来晤。李耘渠前辈从武定来，现修府志，查"将陵"二字。夜灯多，船灯别致。

十七日 （2月19日）奇冷。见邸钞，京师谷日得雪二寸。何东邦之枯冷也。李育臣从兖州回，果然南京奸细到此，真可恨也！李世芬、王暄先后来。《史晨前后碑》临竟。中丞送到《卢府君碑》拓本，颇精。桂桂饮春源处。早饭甚迟。晚龙灯，有狮子戏可观。接临《景君碑》，拓本糢胡难看。（《景》一）

谷日是中国传统节日之一。相传正月初八是谷子的生日。

十八日 （2月20日）冷得狠。早饭后出谢客，南东北西俱到。郑小山病愈，尚怯风也，附子得无过吃乎？兼与襄廷晤，又谢旸谷处话，谈刻木之法：磨光如镜，下手如风。归，张升谷、杜惺堂先后久话。得袁午桥谷日书，尚未得召回信也，母过八旬，暂歇亦正得耳。书房开课，"取士必得"，赋得三旬万寿恩科，得"旬"字。

十九日 （2月21日）晨冷甚，后稍和。见客葛蒮生、王煦甫、彭雪眉、邹玉溪。煦甫明日北上。

晡作家书交徐绍圃，新年尚未得都信也。《景君碑》临竟。

廿日　（2 月 22 日）接《礼器碑》。客见耿知甫、梅卓庵、方小东。小东怀宁人，能做诗，以知州来，昨带到孔绣山信并《顾祠题名录》刻本。朱时斋携乃孙逢午来，黄笠山、金云卿同话。云卿售去桂《说文》两部，为翁药房要，因以《说文句读》并赠药房。得都寓十二日书，夷务和战并行，不知将来是何局面也。桂儿饮运署。（《礼》十一）

今山东菏泽鄄城县城南有尧王墓。

廿一日　（2 月 23 日）忌辰，客少。谢旸谷来看《法华碑》。董梓亭来。吴筱亭说成阳尧墓三碑有消息，本在濮州也。得汪老二书，求为少海丈志墓，此诺久矣。临《礼器》十一通竟。

廿二日　（2 月 24 日）接临《百石碑》。墨冻全化，春果大来，惟骨节发损，腰亦软疼耳。午后出，回候梓亭，遇仲远同话。归。申正出，至江南馆首府县请观剧，绝少味，未竟席归。补吃饭一碗。（《乙》二）

廿三日　（2 月 25 日）课题"舜亦以命禹"。惜花春起早，得"花"字。早间舒自庵差人来请看病，自十二日即卧床矣，以不知医辞之。未正后往看，适值属纩，入哭之，乃知早间来请有话说也，为一怆恸。年七十八，老年好学少有的。便至弼夫处，花园中看字画。牛仲远处话，遇黄少谷。送花思白行，归已昏黑。《百石碑》临竟，仍接临之。桂桂饮吴筱亭处。（《乙》三）

廿四日　（2月26日）大暖，换薄裘。午间晤张云骞刺史，又董梓庭乃郎来，又门人陈鳌台来。二年客泰安，未登岱顶，殊可笑也。

廿五日　（2月27日）暖如昨，腰脚未健。午间嵇春源来一话。题梓庭《冰山策骑图》，又书扇赠花思白。《乙瑛碑》弟三通竟，接《礼器碑》。桂桂饮汪佛生处。

廿六日　（2月28日）早过佛生，兼与乃兄萼楼一话，谈及宜昌近年川盐东下，收厘金每日可得一万千大钱，马烟次之，湖北军饷专恃此项，东湖遂成美地矣。午间姚良庵来晤。滕县探报，张落刑战败落水。

廿七日　（3月1日）昨夜大风，今晨下木冰如箸者满院，复骤冷矣。彭雪眉晡来话。《礼器》十二通临竟。（《礼》十二）

廿八日　（3月2日）"物有本末"两句。以德为车，为"行"字。甚冷。吴方伯夫人出殡，令桂桂去，兼看郑小山，知将出门。王又石来晤。接临《曹全碑》。接李黼堂嘉平廿一书。今日从董梓亭带去都寓信。

廿九日　（3月3日）忌辰，无客，冷。未刻后，儿孙同先生为达斋请上姑苏小馆。《曹碑》临竟弟二通。（《晨》四）

卅日　　（3月4日）更冷过昨日。写字颇苦，接临《史晨碑前碑》竟。吴筱亭来晤。清《舆地韵编》。

二月

初一日 （3月5日）稍和。写自庵挽联。章师舟来别，将往署泰安也。屠敦仁世兄来，知为乃翁交代，未得脱身。朱时斋携孙来，从蓟门上学。与芰香书，为书院事。

初二日 （3月6日）方伯早来话，不见两月矣，持妻丧服，昨始即吉也。惊蛰节，午后渐暖。清书。

初三日 （3月7日）"可与共学"两句。黄金台得"昭"字。雪眉来话，仍为迪斋事，可厌。见邸钞，陕甘学政翁、景、杜三易，今放慎府卿去，亦奇。得汤鹤树书。

汤云松，字鹤树，江西南丰人，著名文士，曾主讲白鹿洞书院。

初四日 （3月8日）大风竟日且冷。芰香来谈，署道得委多日，尚未知接印期也。得都寓廿六书，子恭以正月初二逝。慎克斋疏夷事甚畅，主战与圣意符，然未卜将来把握也。僧王廿六带兵驻津去。《史晨前后碑》四通竟。重装《百三名家》。

初五日　（3月9日）父亲忌日，二十年矣。大风，冷极。午间吴芾南来，说知陶家舅嫂正月病逝，惨极！惨极！念弱子何以胜此。临《礼器碑》才得四纸耳，冷得难下笔。（《礼》十三）

初六日　（3月10日）早冷，后渐和，下半日暖。芝香送丁祭牛肉，果是去春在静山处风味。晚约汪佛生、李镜缘、吴凤堂、陈小农并蓟门、达斋酌，小醉，为近日所少有。得鼎侄正月廿五书，平安如常。子敬卸嘉兴事，暂住东门外□园，有改道长安之意。吴婿事未了，奈何。王石樵前辈来，说夷人见浙抚，要西湖做马头，可为浩叹！夜得族弟绍采黄州书，已升副将，绍贤弟亦擢都司，辛亥我在家，二人尚童生耳。吾州人年来武职大盛，多在江西、湖北军营，亦奇事。

初七日　（3月11日）忌辰，稍暖。收拾厅东室。钱香士来话，由直藩退休，将为闲游也。梅卓庵来，知派黄笠衫营粮台，甚作难，本来难也。十三通竟。桂桂饮佛生处。（早四更时地动）

初八日　（3月12日）《上苑看花赋》。春风得意马蹄疾为韵。今日暖多了，盼雨甚。粮食价已长。钞《隶辨》起。（《辨》）

初九日 （3月13日）看桂儿赋甚佳。午后牛仲远来话，所骑高丽马矮而健，四足有毛，又与川马殊。

初十日 （3月14日）沔阳庶常闵璜来拜，问知楚省好气象，甚慰！桂桂携钟儿饮陈太先生处。

闵璜，字稚荦，号渭贤，湖北沔阳（今仙桃）人。

十一日 （3月15日）饭后桂桂出辞各处行。周东瀛、陈石邻来晤，陈弼翁来谈。南园先生《沙上锥痕》一联桂桂带送弼夫，屡索不好意思也。题仲远《并蒂莲》，得四绝句。作书寄孔绣山、何愿船、陶廉泉，又子愚一纸。夜酌稍多。午间日重晕如轮。见报翰林院保品学兼优三人，备上书房行走，黄倬、岳世仁、杜联俱初五召见。袁午桥十八大胜仗。

黄倬，字恕皆，湖南善化（今长沙）人。
岳世仁，字尹人，号荦农，四川中江人。

十二日 （3月16日）早吴竹如来谈，德兴阿被和帅劾罢，殊快人意。巳正桂桂行，轿车一，带仆黄德往利津去。午后风冷，甚念！甚念！郑小山来，病痊而精神未复元。汪仙圃从湖北来，问知胡润芝光景，唐印云老态，周寿山倅婿得知州好，武昌气象渐复。

十三日 （3月17日）"周公成文武之德"两句。冬温夏清得"时"字。李镜缘辞行，十六走。李仲滋、彭雪眉、吴慕蘧先后来，遂至暮。写字颇少。甚矣，应酬之耽阁也。《隶辨》钞毕。（《辨》完）

吴大廷，字彤云
（桐云），湖南
沅陵人。

十四日　（3月18日）早仍冷。接临《封龙山颂》。易问斋从京来，将南归也。姚良庵来，销书事尚无信。未正后出，晤王石樵、郑小山、钱香士、黄笠衫。小山处送还吴桐云属书墓表，笠衫定十八出省，小山同日出棚。晚得子愚初十信，中有鼎侄、吴婿信。

十五日　（3月19日）渐暖，然早晚仍冰人也。午间写大字，尚苦重裘，悬臂为难。嵇春源来，知周家朗园欲售，而香士、芰乡都想得之，不知谁属也。黄笠衫来话别，为中丞给饷不敷，满腹委曲，涕叹兼之，而不能不出省，惟有勉之耳。作书寄子敬弟、鼎侄及韩履卿。上房有包匣交小吴去，小吴明日随李镜缘南行也。得吴平斋初三镇江书，军情有转机，夷酋已自粤东回沪，似将了矣。临《礼器》十四通。（《礼》十四）

十六日　（3月20日）早小吴行。早饭后出，姚良庵、梅卓庵、余芰香、福禹臣、吴慕蘧、易问斋、叶芸士、陈弼夫、吴筱亭、郑小山、吴竹如、雨舲中丞、彭雪眉。雨翁病足未晤，良庵未值，余俱晤话。归已酉初矣，点心后仍出，回拜郭石臣、周东寅。赴葛蔼生席，新收东院有花木，是花园也，屋亦敞亮。同坐易问斋、汪佛生、李廉石。归来风挟雨，不得畅下，可惜。

十七日　（3月21日）大暖。陈栗堂来，因劝其赶办葬事，语颇激，好在尚能听受也。小山来作别，久话。作书寄都友，门人区士勋（銮坡）明日北上。

十八日 （3月22日）开课，住斋诸生共卅人，"其事也"四句。疏帘听雨草堂春，得"堂"字。钱香士来话，为欲买朗园事，嘱其寻嵇春源去。学院行。

十九日 （3月23日）阅卷。午后出榜，超九、特九、壹十二，批首王敬铭。接临《乙瑛碑》。晡鸦集庭树。（《乙》四）

廿日 （3月24日）早诸生齐集，为讲"冉子退朝章"。《乙瑛碑》四通未竟，屠啸笲来索者，遂强持去，因为补五纸。今日谢旸谷请，余坚辞之。晚看京报，柏相为科场案正法，八议之条何谓耶？连上年耆相，诛两相矣，然执法之严，圣意自有在也。

廿一日 （3月25日）竟日静。儿妇出，回候客。得利津来书，桂儿十五到彼，十七北行。作诗《送黄笠衫督师出省》五古廿四韵。《乙瑛》弟五通，夜临竟。

廿二日 （3月26日）晴久，屡欲雨而不果，奈何。笠山行。芟乡来谈。上房有客。屠啸笲来谈字，颇入港。又临《公方碑》一通，夜竟。偶想石榴，言甫及之，而春源送来曹大榴十一枚，奇极奇极！（《张》）

廿三日 （3月27日）"人皆有不忍人之心，先王有不忍人之心。"借书常送迟，得"贪"字。

晨步出，与汪佛生一谈，过邹小山、姚良庵，俱未晤。葛满生处花未发也，牡丹四百五十文一盆，枝叶已好看，说三月可见花。归，早饭后中丞来晤，言新买扇面有成樗上人及王鲁珍诗字，为吾《黑女碑》一证收藏也，携《法华碑》裱本去。良庵、卓庵先后来。上房请客。郑、丁、汪、余与先生酌于书房。接临《礼器碑》。（《礼》）

廿四日　（3月28日）竟日风暖。人颇困倦，写字少力。有戴翰秋（翼健），修武人，大挑要往浙，孙兰检、林树南丙午门生，敬琴舫荐卷门生，持琴舫书来谒。从袁午桥处来，问知午桥近状，十八日胜仗，适于是日接到内召廷寄，颇失机会也。得李仲云正月廿二长沙书，陈尧农作古，又去一老友。

廿五日　（3月29日）《礼器》十五通临竟。写大字多。明月舫来话。得子愚廿夜书，知潘、陈诸公子俱入刑部狱，科案仍未即了也。月舫说蒙古案更奇。中丞甄别书院。（十五）

廿六日　（3月30日）写大字多，裘去，臂渐舒也。牛仲远、吴筱亭来话。汪佛生来别，大约月内必行矣，可羡！可羡！桐城方渊如来见，带到方宗诚信并文稿，及植之先生《书林扬觯》。渊如即植翁令孙，来寻竹如的。筱亭说，兖州、济宁均于廿三得透雨。今日忌辰。临《史晨》。（《史》）

王玙似，字鲁珍，山东益都（今青州）人。

方渊如，字深甫，安徽桐城人。
方宗诚，字存之，号柏堂，亦桐城人。
方东树，字植之，清代思想家、文学家。

廿七日 （3月31日）晨剃发。早饭后出，晤中丞，吊自庵。晤芰香、香士，香士急欲得朗园也。嵇春源、牛仲远未晤。仲远处看《思退斋诗》，无甚意味。李仲衡处话，病足。谢旸谷话，感冒。送汪佛生行，闻庆云舫制军殁于大沽口。中丞处见画诗册，成樽师隶字，王玙似诗字，又杨渭字，画多冯家冶园，虞翁应查之。得桂桂十七晚沽化书。

今山东临朐县有冶源镇。当地望族冯氏建有冶园，明清时期绘有园景图。

廿八日 （4月1日）大暖。阿双右手指疮肿，用猪胆包敷。张升谷来催文字。"三月不知肉味。"望杏开田得"花"字。文题系都中覆试题。晡后阴，雨意甚厚，入夜狂风大作，达旦，雨不得一点矣，可叹！可叹！

廿九日 （4月2日）风少住，稍冷矣。韶女生日，早面颇迟。寄李仲云信，为九子山飨堂事，恨不得即回湘也。寄都寓书。晡出，候陈栗堂、王子梅、范允中、方渊如，俱未晤。学院署与郑鼎先话，小海棠初开。赴钱香士请，同坐嵇春源、朱时斋、吴筱亭。有彭星桥曾同席于梅卓庵处，才几日便忘却，可笑也！

三月

周永年，字书昌，山东历城（今济南）人，曾参与编撰《四库全书》。因曾读书于佛峪林汲泉畔，故号林汲山人。

初一日 （4月3日）渐热，不雨，焦甚。为张升谷作《世泽录叙》，升谷书来，为陶家于泺口觅屋事，似妥也。于前峰（醇儒）太守由江南来，快晤，回想高邮州署欢聚疾挥时，小嬛嬛馆持林汲山人杖有未谷刻铭者来，仿佛从前见过的，铭云：一干挺生，六棱天成，珍重此波罗提木叉，静相依，动以行。林汲山人作，未谷书于青州。

初二日 （4月4日）乍凉热。临《衡方碑》竟，再临之。王子梅来话。杜惺堂由滨州回。文端葬事已毕，两侍郎即回京去，何其速也。范季思（允中）候令来晤。黄菉舟前辈署曹州回。夜请邹小山来看阿珊恙。

清明日 （4月5日）早、晚供。先晴后阴，雨仍未来。钟钟同先生湖上踏青去。栗堂久话，前番话大有感动。晡得李虎堂书，又得桂儿廿五都寓并子愚书，桂桂廿四到京也。黄倩园放汀漳龙道，夷、捻各务无好准信。得道州诸君子公信，要开文社借新屋，吾所欲作为文安书院者也。《衡方碑》复竟。

初四日　（4月6日）风略小，时阴，仍不雨。午后出谢客，嵇春源处海棠、丁香大开。春源令弟文笏，子正十五，滋阳县丞所管十五泉，言丁香南一株，系廿年前手移一枝活，长成大树也。于前峰处话。藩署西园竹如请，同香士酌之，客三人，海棠古茂，不得雨，泉源不旺。登土山望署后，署与贡院相连，而后让贡院之半也。归不复酌。

初五日　（4月7日）风大极。晨剃发。得子敬嘉兴二月三日书，甚慰，言欲回湘后游秦也。栗堂送席票二，又久话去，以我为闲人也。入夜冷，有冬意。《百石碑》又临竟。今日耤田后，闻集宴于跑突泉。见报南安收复。（《百》）

初六日　（4月8日）阴，不雨。早间孙仙植（梦桃）来，浙西防同知，候升知府，昨带到子敬信来也。午间李仲蘅来话。寄胡恕堂、吴平斋、子敬弟书，俱封寄根云函内，由抚署官封去。接临《叔节碑》。前峰令人拓《进学解》。（《礼》）

初七日　（4月9日）上半日大风，后少歇。来子俊来谈。徐年侄（禄臻）来，一年不见矣。得都寓初二日书，内有苏、禾两处信，南安收复，贼窜吾省之桂阳、宜章、临武，距道州密迩，岂将回粤耶？可虑之至。江南北军情却渐好矣。苏、杭春雪寒甚，此间求之不得。儿妇、韶女、祐孙往学院署，郑太太请也，借余家车。

初八日　（4月10日）"巧言令色鲜矣仁"。风雨思君子，得"思"字。方深甫、吴篠亭来话，篠亭要钞《绛守居园池记》去。李春坞来，可怜。彭雪眉少坐去。晚请陈达斋为阿双看，因留夜酌。散后，双忽闷厥眼，直不省事。子初余将睡，复邀达斋来看，说脉气未动，渐渐回转。余丑初后才睡。

初九日　（4月11日）仍请达斋来酌方，疗患渐散，而蔓延可厌，人却清爽，无它虑矣。杜惺堂早来，为前夜查帐，冒开山长支款毫无影响，由监院与书吏道幕通融作弊，系照例的，可叹！可叹！吴凤堂来，索书联去。嵇春源来，出示《瑞芝记》。篠亭来，为昨日托带吴小舫银信不便也。写大字不少。

初十日　（4月12日）早孙仙植来，留同便酌，热甚，谈及西湖风景，真想煞人。发都信，中兼寄李竹朋、祁叔和信。监院处课读之袁生来见。风大，燥极。闻昨日龙洞请水来，祈雨第二日矣。夜见听宣单，贾筠堂正总，赵蓉舫、沈朗亭、成琦副之，同乡无分房者。

贾桢，字筠堂，号艺林，山东黄县（今龙口）人。

十一日　（4月13日）盛曾生日，约达斋来，同吃面。晨无风，略阴，午风仍至，牡丹花开一朵。

廿一日 （4月23日）早发都信。人适矣。王子梅来
话，闻易问斋可选奉天同知，不知确否？余
芰香来谈，与商讲堂添桌凳事，将廉泉索章棣借字托之。
晡得桂儿十七书。

王鸿，字子梅，
江苏苏州人，官
山东聊城县丞。

廿二日 （4月24日）风燥甚，人复不适。午后弼夫
来谈。吴方伯加课，榜发。晚间中丞甄别，
榜发。学政、方伯两处加课，超等多未取上，决得失于一
夫之目，复凭一日之短长，可笑！可叹！杜惺堂来话，道
署为添桌凳，要监院先具领，倒装文法，吾不解也。

廿三日 （4月25日）"其诸异乎人之求之与。"渴
骥奔泉得"泉"字。两次超、特等住斋生，
有未取甄别正课者，俱令补入，好在此次留四十名，预备
山长升降也。乐陵贾氏弟兄来见。邹小山来诊脉，陈达斋
来看盛曾。晚服药见效。

廿四日 （4月26日）阴，不雨。早饭后出，晤陈栗
堂，运署看牡丹花，未见主人而走。晤吴筱亭、
杨旭斋，携李亨特所刻《石经》行。钱香士处话，买园之
说从罢论。牛仲远处小酌，登平台看湖。过济南书院归。
见肄业生数人，有李临贤，乃竹朋堂弟，乃翁殉难于阳谷
广文署，名文绶，字若甫。临《受禅碑》竟。（《禅》）

廿五日 （4月27日）早雨意甚像。首道首府先来，
继之方伯来少坐，芸士、弼夫、月舫来，未

及畅谈，中丞来话，即同出交揖送学。余退，中丞开课。午后方深甫来晤，将就即墨书启馆。达斋来看盛孙，并为王姬诊脉。得雨数点。临《伯时碑》。（《史》）

廿六日　（4月28日）昨夜雨不为小，惜不久耳，今日阴晴相半。诸生多来见，问沾化赵裕惇，知苏蕉林同年近状。葛溥生来谈。夜见邸钞，李孟韶告病，黄莘农放东河督。临《伯时碑》竟。

廿七日　（4月29日）竟日多阴，不大热。晨过惺堂话。至明月舫处，久候未出，遂归饭。诸生多来见，新城王毓璋，渔洋宗人，呈家信一纸；临邑杨振董，言初到书院时事。

廿八日　（4月30日）临池学书得"池"字。春归惜落花得"归"字。目不窥园得"专"字。扁舟意不忘得"吴"字。即课住斋诸生。钟钟、祐祐往跑突泉看会去，先生为人做生日出。见诸生。

廿九日　（5月1日）看课诗。早饭后出谢诸君。步余苌香处发家信，即交折差，午刻行也。到书房同吴凤堂话。陈弼夫处话。独游古历下亭，御碑亭居中过大，殊难收拾得佳景也。至吴竹如处话，过明月舫归。先出门时先到葛溥生处。晡时王子梅同徐眉生（古）来谈，少味。徐之有《东京隶帖》《岳麓碑铭》三四百字，字方三寸大，在徐志导处，语可信耶？弼夫处见都信，胜帅军大挫，又伊帅劾袁午桥，交胜帅查办，傅军大胜。

卅日　（5月2日）晨看芙蓉池，便过谢旸谷话。归饭。嵇春源来话，出示整顿书院章程，兼欲纂书院志也。见邸钞，许、潘、杨三南斋奏请因旱求言，李梦韶作古，张星伯升少寇。夜作诗，用去年韵《望雨书怀柬中丞初度》。

方朔，字小东，号果斋，安徽怀宁人，著名古文家、金石家。

初一日 （5月3日）晨传诗课诸生面讲。早饭后出，拜雨舲中丞生日。过黄六舟话。访方小东谈碑，赠李刻《石经》，因携唐钩《华山碑》来。出西门至白雪楼，揖沧溟先生木主于楼上。与刘生凌云话，西与跑突泉隔一墙耳，楼前有六碑，康熙时书院尚在此也。入城过朱时斋不遇。至福德会馆，屋宇华俗，乃每日银店会价处，共有银钱铺百四十家，大者廿家，每年轮四家为首事，钱铺止老西及章邱县两处人。晡发都信，翟铭之兄带去。得郑小山沂州书，即复之。中丞和诗至。

初二日 （5月4日）大风竟日，可惜好云也。见诸生数人。朱时斋、葛溎生先后来。王伯尊来话。

初三日 （5月5日）因钟钟不适，未出题。热甚，风大，雨意亦厚，如不下何。闽士李实夫（金庚）带都寓信来并寄物，又得廿八日都寓信，又两次吴门信，今日算得家书四封，可怪也。子敬归计不决，吴婿事仍未了，闷闷。晚约实夫同酌。夏升说回南去。

初四日　（5月6日）收检讲堂，桌凳俱移出。李仲衡来话。作书寄翁药房，并吴门侄信、物，交实夫去。章师舟从泰安来晤，得李虎堂江西信。

初五日　（5月7日）辰初点名，共二百十八人。"或曰：孰谓鄹人之子知礼乎？子闻之曰：是礼也！"水怀珠而川媚，得"文"字。诸生有不静者，可叹也。陶内侄着人来，不欲回南去矣，要俟秋再说。得汪致轩徐州三十日书，新得诸女彝拓来。酉正后埽场。

初六日　（5月8日）乡民都入城求雨，锣鼓声喧，申刻果然得雨一阵，惜不久也。中丞昨请观剧，辞之，足见其心宽矣。李实夫来别。有赵星海持和诗来见。方渊如来辞行，就即墨馆去。诸生十余人来赔礼，看耿象仪果非驯谨士，杜惺堂带来。

赵星海，字月槎，山东莱阳人，著有《杜解传薪》。

初七日　（5月9日）晴，凉，雨后景也。阅卷一百。有张生毓藻来见，老岁贡，谈画有门径，三王派也，未见其手笔如何，自言中丞颇赏之。晚得鼎侄吴门廿七书，中有子敬弟信，已得前月初六由根云转递信矣，粤逆势往浦口，扬、镇复警，奈何！奈何！昨日才闻赵星海说，金山、瓜洲，过江直渡也。

初八日　（5月10日）"吾斯之未能信"。甘雨得"甘"字。阅卷一百九本，至暮毕。闻兖州灵石请到，供在龙神庙，中丞率属每日两次虔祷，申刻得雨一小阵，惜不久也。钟钟感冒六七日，今甫愈，祐祐、盛孙亦俱愈矣。黄瓜尝新。

初九日 （5月11日）晨剃发。早饭后发案，超廿三，特六十六。午后请明月舫来，商酌土工事。马中和来见，去年肄业生，中副榜者。巳雨一阵。

初十日 （5月12日）大晴，无雨意。中丞以下仍两次求也。早饭后过月舫，见所录灵石上刻佛语，乃变水成甘露真言，佛咒不能解，淳化五年五月五日以石置井。问此井，离兖城廿里。陶廉泉着人来，竟不即归，无如何也。陈小农来，得三月初一湘中书，知桂阳一带俱已收复。汪佛生廿一到樊城，河南路上平静。晡同钟钟往龙神庙看灵石，一薄片石，方不及尺，刻字亦浅，即淳化时所刻真言也。见邸钞，王雁汀调两广，黄寿臣又督蜀，然命来京，恐又将内用耳。

十一日 （5月13日）寄根云信。见邸钞，江南举行乡试，十月借浙闱行，交礼部议，想必准也。凉适，它处必有雨。作灵石祷雨诗。杜惺堂来话。寄都寓书，交提塘。见题名录忘记写，补在明日。

十二日 （5月14日）覆试超等诸生，并前课临点不到之正课生，"吾斯之未能信"。咫尺应须论万里，得"工"字。未点名之先，集诸生为讲解《子入太庙》一章书，特、壹有不到者，然到者过半也。晚尝鲜笋，四百八十大钱一斤。上供荐新后，同达斋、蓟门、孙孙酌于新厅。雨意甚浓，夜乃得月。得桂儿初七都寓书。昨晨徐炳烈家报到，早饭后见题名录，湖南六人无一知者，去年新科百人不得一，山东本省联捷五人。余门生，闽三人得一人沈绍九，黔士得周麟，粤士不知有否？初九早发案，十一早到此，可谓神速。

十三日　　（5月15日）卯初初刻敬土神动工，东边浚池，西窗外作篱也。覆试榜出。

十四日　　（5月16日）祖父忌日，供。早饭后出，看中丞未晤，明日往岱，因喉痛不见客。晤花南村山长，丁卯孝廉，年八十，健步，眇一目，耳半聋。钱香士、李仲衡、袁雪舟俱晤谈。雪舟说虎堂午后不食，真可笑也。晚约香士、时斋、篠亭、春源酌，颇醉。陈第荣带子愚信来。

花寿山，字南村，山东历城（今济南）人，主讲景贤书院。

十五日　　（5月17日）早吴凤堂来晤。午间花南村来，因以修志事托其采访，昨日彭雪眉言其能记旧事也。开池得泉颇旺，晨引水入书房，汩汩然来，适群燕环飞，欲名为"燕来泉"也。中丞午正出城。阴旋晴，甚热。刘生同李献芳来。

十六日　　（5月18日）沟通北院，夜水更大。方伯月课，先来一话。吴慕衢大令来话，屠敦仁来别。晨阴，雨数点。送余、王两家礼，并致王石樵前辈信。

十七日　（5月19日）诸生来见。得都寓十一日信，桂儿卷落朗亭手，大白鸡公之梦奇验也！

十八日　（5月20日）自子初即小雨，至巳刻渐住，旋大晴。今日中丞祠岱默祷有灵，无如天予旱象，虽应不畅也。"王如好货，与百姓同之，于王何有？"云鹤有奇翼，得"奇"字。池工因雨停一日。

十九日　（5月21日）昨停工一日，今仍齐集。两日写扇多。闻金乡一带有警，札问芰香，旋以府县各禀来，知捻来，至单县金乡界，已击退，无非为抢粮耳。发都信，又发长沙信。晴热。中丞申正回署。《礼器碑》又毕，仍接临之。

廿日　（5月22日）新厅开北窗，柏树院墙拆去，眼界一豁。方小东、葛薖生先后来，因留晚来同酌，并邀旭斋。小东分书有工夫，东京碑大约全有的。小松画松有远神，《陆家浜探碑图》是在松江寻二陆祠碑所作。宋表哥念禄从利津南回，廉泉侄执拗不行，大不可解。钟曾出西关送行，带茶烛去。今日第二次食笋，不甚佳，短且坏，天无雨也。为屠槐生题父亲与可如丈手札册共十六通，其实屠家宜尚多有之。

廿一日　（5月23日）早张升谷来共早饭，无齿矣，不食甚菜，因送乃郎来城府考，今日开考也。李荔臣来，言曲阜马跑泉之好，故米香特胜它处。雨舲中丞来话，满脸心事。晡时子梅同惺堂来看池子，东厅收拾粗了。小东赠董画册，虽蠹损尚可玩。夜甚热。

廿二日　（5月24日）忽阴忽晴，竟不下一点。池工毕矣。王煦甫从都回，即当返闽去，言京师光景胜丙辰也。袁雪舟来晤。

廿三日　（5月25日）"久假而不归"两句。圮桥授书得"雄"字。方存之辑唐鲁泉遗集见示，可怆也！存之信有心人，文有根氐，有笔仗。

唐治，字鲁泉，江苏镇江人，古文家，咸丰四年（1854）殉职。

廿四日　（5月26日）昨夜芝麻腐梨送酒，致腹泄。午出，茭香处道嫁侄女喜。闻胜帅大挫，扬州被围，清淮警动。遇登州司马图桑阿，新从京来。陈弼夫处见会墨。杨旭斋处腹泄，可笑。至学院署少坐归。晡过杜惺堂。今日昼夜泄十遍，颇惫。夜止酒。

廿五日　（5月27日）课，"书同文"。掘井及泉得"清"字。属惺堂札代点名，写题解一纸示诸生，略言六书图文，冀有启发也。袁午桥署漕督，又翁告病。

廿六日　（5月28日）阅卷八十本。腹泄止。李仲衡来谈，知扬州围解。邯郸井请到铁牌求雨。

廿七日　（5月29日）阅卷百一十。李德懋来，作文大进，可喜。陈弼夫来话，见示《重修历下亭记》，是昨日事。连日池园种花木，渐佳妙。发都信。

廿八日 （5月30日）钟曾生日，免课，同先生出游。

阅卷卅，午后出榜。浓阴，至晡得雨一片，不及分寸而止，可惜！可惜！早食面，晚邀达斋同蓟门与钟钟四人酌，稍凉。余茇香来。见邸钞，劳星陔调广东抚，署两广督，曹颖生升广西抚。星陔苦久，稍移动，甚可喜。

廿九日 （5月31日）昨日酒多，今日仍腹泄，可笑！

区门生（士勋）由都回，谈及粤事，省城大约不得回了。春源、雪眉先后来话，春源言胜保败守清江，中丞两日不能出房门。晡请邹小山来诊，晚服药。

初一日　　（6月1日）仍服药，见好，总由不能戒酒

　　　　　及水果，真痼疾也。王子梅来话。方存之来

借蜀奏底去。连日干晴，晚尤热。

初二日　　（6月2日）覆试超等及附壹等诸生，"若

　　　　　决江河，沛然莫之能御也"。天用莫如龙，

得"神"字。讲堂把卷守看竟日。今日颇凉，想它处有雨

也。池工零碎尚未了。戌刻桂儿由都回，喜甚！子愚阁寓

俱照昨，好。

初三日　　（6月3日）精神顿清爽起来，午间出覆试案。

　　　　　王子梅来话。桂桂买来栩斋所收《法华碑》，

即子梅本，一样木板气颇重。邹小山来，再酌方一剂，脾

脉尚苦硬，用青皮槟榔。李荔臣又送香稻米及川夏布，子

梅夜送菜，芰香送老米。

初四日　　（6月4日）从昨日到今日，抚、臬、运、道、

　　　　　首府、县及明道俱送节礼。抚署两次，先一

次夫人送，雨翁今日送也。各处俱有回盒，夏布、端午景之类。王仲允来，携到伯尊信并节仪。写扇数柄，颇作小楷，赏对陆续写，字兴稍长。太阳甚烈。王春崖告病，罗澹村升闽抚，庄卫生升湖北藩司，澹村得无老乎。邸钞见沧州王家舅被甥殴毙控案，牵涉济南府臬司，甚格答。旭斋晡至。

初五日　（6月5日）昨夜大风奇热，今日更甚，天日变色，人人骇闷。未刻后稍静，家中做粽子上供。晚酌畅醉，不暇问河鱼矣。

初六日　（6月6日）堂课正课生，"思而不学则殆"。喜雨此亭成，得"今"字。微雨凉澈，一改昨观，腹中气坠，竟日六七次。寄都寓并梦九书，王才明日行也。止酒。

初七日　（6月7日）课附课生，"君子之至于斯也"两句。奇文共欣赏，得"奇"字。不雨，仍凉甚，或它处快雨乎？请小山来斟方，服药一剂。夜仍不敢酌，阅卷百。

初八日　（6月8日）新厅搭篷，大风狂热又来，闷甚。阅卷百。见邸钞，湖南留馆一，新进士庶常三，传胪庶常朱学笃乃惺堂之婿也。谢旸谷、徐福臻来话。桂儿出门候客。

朱学笃，字祜堂，号实甫，山东聊城人。咸丰九年（1859）殿试二甲第一名，是谓"传胪"。

初九日　（6月9日）风且热，难受。吴慕衢来，说江南里下河一带干极，有贼踪，南京吃紧，旱象盖甚宽也。彭雪眉、陈栗堂、李仲衡、朱时斋、吴筱亭皆为吾儿来话。出堂课榜。晚得吴门四月廿二日书，子敬归计仍罢论。

初十日　　（6月10日）风晴热亢，难过。字课久荒，今复振作，腹泄愈也。挽力尚未全回。张毓藻来，令画扇，少生趣。桂儿出门候客，陈石邻、周东寅来话。池上安辘轳、石桩。《华山碑》竟。

十一日　　（6月11日）伯父忌辰，早、晚供。吴竹如、钱香士两方伯来早饭。余芝香小坐去。陈鸿从滇来，问悉滇蜀秦晋燕各光景，滇事不可问，张石卿、徐新斋可念也，官民都没得吃的。晚同蓟门酌于树下，止酒五日，今日遂两顿，然甚适也。闻雷。发吴门书，陈鸿明早行。

十二日　　（6月12日）闻今日闭南门求雨。覆试诸生，"患所以立"。东坡墨竹得"风"字。阴不雨，少凉耳。吴铁琴昨、今俱来话，谈古隔壁，然亦入魔，惟说有坡公书《郁枢经》或可看看。得都寓初六书，子愚疮湿尚未大愈，阿珠化去，可怆也！所谈春明风气，果无味甚。午间雷。

十三日　　（6月13日）"小人喻于利"。东坡墨竹得"成"字。出覆试案。招邹生振岳、杨生振基、翟生先箓来，同桂儿草创《洣源书院志略》，在池南书屋。

明月舫来谈，谢旸谷次郎、钱香士□郎俱来见。芰香送今日祭关圣胙。竟日作阴，雨止数点，岂天意要旱，神力莫如何耶？

以上为近墨堂书法研究基金会藏

十四日 （6月14日）夜来凉甚，不知何处雨也。今竟日阴，时有雨一阵。为吴修梅题《铁琴图》，孙登天籁琴，项墨林得之，皆有篆刻款，又□□□金石拓册，则修梅在甥馆时所得。发都信，交谢旸谷乃郎去。邹杨两生来，晚春源时斋话，春源言得南信，无甚警事。苏、常米价颇贱，桂桂、钟钟陪生生游古历亭。晴，凉甚。

十五日 （6月15日）……司委点名也。谢旸谷来话。时斋昨留石庵手卷，有观剧十二绝句，甲申年计才四十岁边耳，此老兴复不浅。旭斋送看朗园物，有《郙阁颂》《尹宙碑》，拓颇佳。申正后雨，入夜□□□外更大，丑初后歇，可喜之至。

十六日 （6月16日）晴，雨后光景一新，好在不热。儿妇同女孩往学院衙，郑姑太太请，祐孙同去。陈弼翁来话。中丞喜雨"焦"字韵索和，即挥就，末句"难免走卒笑，又听新诗敲"言两人今年唱和之希也。夜饮烧酒合式。今日写大字多。

十七日 （6月17日）比昨日热，似复欲雨。《郙阁

项元汴，字子京，号墨林，浙江嘉兴人，明代著名收藏家。据说项氏收藏有魏晋名士孙登铁琴一张，上刻双钩"天籁"二字。

己亥五月十有日社未游至从忠何雪雨中乃

言曰陰时而雨一陈益兵修桥起職長雨

既於天穎攀項墨敝乃乞尚者篆刻故又

一位庵和狐毋均俺梅去耩館如所口收

榭作等試晴橋乃郎去鄰榜此念美暖

专源如齋谚茎源去侣等昔竖事

鞋带莫偃修绵柱钅陰宛全湘去府

亭陰源長

颂》张之于壁□□□意味。昨日苏炳臣、吴筱亭先后来饮，晡，方存之久话，携《月斋集》去。拆花园东角小屋。

十八日 （6 月 18 日）"为政不因先王之道"两句。
贺雨诗成即谏书，得"忠"字。早饭后雨意甚浓，且出，出为吴竹如生日……雨一阵，苏炳臣……彭雪眉均未晤，到家，雨来。中丞叠韵诗至，即奉答二章去。复雨一阵。请达斋来看傻瓜，昨药似不甚合也。夜小雨透。

十九日 （6 月 19 日）□□好。傻瓜不适一阵，忽新鲜喜笑，病解矣。余芰香来谈，因昨余诗三叠答之。说夷船大火轮于十三日过登州，往天津去，刻下不审如何？可虑之至。见邸钞，傅振邦大胜。团首苗沛霖以候选府升即补道。闽典试放袁希组、杨泗孙。王子梅来话，晚酌时得吴门初七书，有子敬信。芝房作古。江浙水潦。

傅振邦，字维屏，号梅村，山东昌邑人，历任武职，毕生与太平军、捻军周旋。

廿日 （6 月 20 日）□□山公生日，早晚供。昨夜得家书，作二篇，□□中丞诗来，因奉答。晚因来诗有"浮世乏赏音，谁辨枯桐焦"句，复广其意，作一篇。张海藩从浙回，问知恕堂、根云、树人、雪轩及子敬、鼎侄各近状。午后雨一阵，好……

廿一日 （6 月 21 日）……早饭后出，晤中丞，言有明时题名录，可与吾家一士公监照同传古也。董青士不值。弼夫处遇芰香，同话。竹如处看诗。谢旸谷、葛潢生俱晤。潢生家人陶一新从长沙来，问知二□□□火药局失火，城隍庙及塔公、江公祠俱冲毁，伤二三百人，南北屋宇俱覆动，倒破者数百间，火药七千斤，分两堆同时然，冲地上坐成两大洞，真可悸也。今年奏停科，想即为此，恐有奸细也。雨意甚陡起。归，雷殷至暮，竟不雨。灯下答竹如方伯一篇。陈芝白雪楼拓碑，说花局中竹子佳。

廿二日　（6月22日）□□后夏至节，午前阴晴半，午后雨，有甚大一阵。陈芝白玉，往白雪楼冒雨带竹归，亦是观音竹而高多了。写大字一阵，临《曹全碑》阴，胜碑面字也。竹如晚赠竹来，夜半雨至曙。

廿三日　（6月23日）"冉有曰"至"吾将问之"。煎成车声绕羊肠，得"汤"……竹来。今日写大字极多，兴已佳而擘尚未健，真老态耶？竟日阴雨，无大阵。见邸钞，顺天府于十七日奏深透，盖与此间同时得雨也。晡得叔虎书，知湖南贼扰甚恣，吾州已陷，衡广□□□数年安靖，援济四面，自家空虚，省垣可虑之至。

擘，同"腕"。

廿四日　（6月24日）临《曹全碑》阴完，字有奇气，胜正碑也。李懋德来做课："观其眸子。"邹、杨、庞三生均连日到，又朱桐芬、朱文田来，问知南城根旧屋，朱家尚有秀才六人，亦尚有藏书也。郑小山学使未刻后入城，即来话，考事平妥可□□□文中丞有叔母之丧，已多日，余竟不知。

廿五日　（6月25日）课期，辰初点名。"伯达"至

"季骈"。颜鲁公书坐位稿，得"争"字。早饭后出，中丞处吊，话及夷艘十七到天津，有照会，限三日尽撤海口防桩，我未答应，以后无消息。到学使处话，旋至方……楼花局与李生父子久憩，步至碑亭，有碑六十通，多先朝康熙御笔也。到趵突泉，颇静，后院古柏佳。过正觉街与李荔臣话，其屋从前张宅、何宅，三到三易主矣。到府署晤□□□□陈弼夫，夫后来同话，归暮矣。即酌，酒饭俱不下肚，少卧，吐泻。后服午时茶，清醒后遂不眠，枕上作成小文，为弼夫五十生日。

廿六日 （6月26日）无所苦，气力少软耳。为公幛排字，与桂桂忙了半日。看课卷四十本。屠啸芸来话。

廿七日 （6月27日）写自家一文一诗共小屏八，午前毕。钱香士□□来话。午后吴竹如、陈弼夫先后来，王子梅晚至，客皆久坐。而公幛打格，晡方到，即下笔，止得四幅。

廿八日 （6月28日）晨，三幅。杜惺堂送考归，来话。早饭后五幅，午正毕。吴养云来话，痴癖好古，无……都信自十二得子愚信，后未再得，念念甚。午后阅卷至暮，得九十本。晚雨一阵，不大。

廿九日 （6月29日）竟日晴，人甚适，阅卷百余。酉刻写榜出，王伯尊来话，吴筱亭来久话。

得子愚十八日信，诸稚时疹次弟清，似乎斌子未愈也。晚酌后，芟香来字说夷人不容理谕，闯入海口先开枪炮，经僧王抵御，击损夷船多只，此事或当挽回矣。此课林凸平、耿辑五、邹振岳、孙毓麒、耿象仪俱佳作。伯尊言蝗虫将飞，有虫似蝗，两头有黑点，尾长，出啮之死，则化为其虫，仍□蝗二三日，盖虫入土矣，名为"气不愤"，蝗尽，数日后即□雨，此虫不易有也。得子愚十八信。

初一日　（6月30日）晴热。新种竹有欲萎者。李懋德来做课。送弼夫生日小屏并对："齐风大和欣遇管乐，古怀静揽契于老彭。"又历下亭对，当歌……中无记，想当日必有也。得欧阳信甫无锡信，乃郎带来。今日甚热，得雨乃解耶。

初二日　（7月1日）热，时阴。写大字。中丞午间来话，旋送来僧王天津击毁夷艘奏底两件，一系廿六寅□□□□刻，其火轮船十三只，毁其十二，兼有□海者。英酋提督赫某右腿受伤病卧，惟火轮一只驶出，搁江沙外。惟既树白旗后何不再放枪炮，俾其片板不存，乃仍将所生擒二夷人看守，为将来抚绥地耶？

初三日　（7月2日）"君命召，不俟驾行矣。"流观山海图，得"经"字。早饭后出，晤陈石邻，新居西邻，树阴殊佳。屠啸云未晤，钱香士满院盆荷，王伯尊处少憩。陈弼夫处拜生日，主人立明留酌，吃面两碗，酒约十杯，菜不敢多吃。徐眉生说亭林手札册尚有一本，施闰章，字尚白，号愚山，安徽宣城人，清初著名文士。

即施愚山回信，乃前次不送阅，竟不知亭林信是寄谁的，可笑也。石庵小册佳……宝庆失陷，贼云得往蜀，衡州、长沙可虑之至，何吾乡之不幸也。粤西贼猖獗。有旨令雁汀查星陔是否老病，雁汀疏报广省城未交出，恐未能即入省接任等语，兼筹剿抚□□□□又命曾涤生由楚防入蜀之贼。

初四日　（7月3日）不大热，阴云，时作雨也。葛藕生来说，得《沧溟集》旧刻。王世兄钧韶，长清教官。梁质夫来话。陈栗堂来话。孙生毓麒从峄县来，问知邹令之好及滕县林令之拗。

初五日　（7月4日）热甚。课期。"冉有曰：夫子为卫君乎？子贡曰：诺，吾将问之。"为文宜略识字，得"韩"字。请惺堂点名，堂课改散课，为学院正考，诸生不得整日闲也。洪文耀乃子香之侄。牛仲远、李镜缘、嵇春原先后来。镜缘说江南军务不见佳，张殿臣被困，兵勇横甚，奈何！

初六日　（7月5日）吴养云早来，借《积古斋款识》手订……禀来。廿八日，夷人尚打捞，牵扯沉破船只，未即退尽，被我兵枪炮复伤多夷兵□。

初七日　（7月6日）慈寿日，早晚供。今日热极，止看得四十余卷耳。余芝香来话，旋送老鹳嘴泡烧酒一小瓶，副以鱼，今早买鱼未得，恰好也。说老鹳嘴草以四月八日采晒。

初八日 （7月7日）"虽疏食"一节。晓起竹间坐，得"凉"字。吴凤堂晨来。陈石邻午话，意以代理禹城为未足者，殊不必也。桂儿往钱香士处吊其次媳，初一日事，可叹也。今比昨较凉，晚有雨意，酌时飘洒数点。李镜缘送到鼎侄寄物，半都水渍坏矣。路上遇大雨翻车，其官物恐亦不免受损。梁质夫送酒十小坛，却之不肯。得胡恕堂五月廿日书，子敬、根云俱合意，可慰。德州探初一日僧王烧毁未沉夷船艘乃全出海门。

万寿圣节 （7月8日）晨，九叩。昨夜凉，疑别处有雨。□□日不大热，而不好过。晡见探信，初二日夷求讲和，僧王仍……完。未正出案为诗无佳作，大家混搅，出示戒之。达斋来同晚酌。夜半后，雷雨达旦。

初十日 （7月9日）晨凉，藕生来话，旋晴，竟日凉。邹岱来请蓟门及桂儿、钟孙游湖去。寄都寓书，交周家驹，明日行。陈鳌台来，说盱眙失陷，胜帅退守蒋坝，清淮吃紧之至，泰沂间土捻愈肆。张升谷同乃侄□孙来，亦乙酉世兄，选郓城县。

十一日 （7月10日）早饭后出，藕生处话。方伯处谈及送同考官单。仲远处水窗看荷，苇界成墙，湖景索然。回拜王钧韶。至弼夫处话，归。借石涛册归，不为佳品也。夜饮黄酒，大泄腹，夜五起，惫甚。

十二日 （7月11日）迟起，请小山来看脉，知无甚恙，试服破故、兔丝以治脾寒。竟日安，晚饮烧酒。今日无精神，百事懒做。陶安人忌日。梅卓庵从永城回，问□立山近状，刻苦安详，可慰。谣诼可一洗也。伊兴阿战……斤。夷人开放枪炮，我兵损五六十人，议和之说恐未必成耶。桂香翁、花松翁俱过齐河矣。

十三日 （7月12日）"知之为知之。"伏波铜柱，得"铜"字。仍委顿，不想动作。方小宋来话，乃弟方明在胜帅营，言其退守蒋坝者，防北窜也。李仲衡来言，热天不肉食，夜不贪凉，故能健。语大有理。乃侄毓珍旋来，知伯阳现居即墨，暂不回省。夜酌后稍适，半夜后极热，风奇大。

十四日 （7月13日）风大，热甚，田间望雨复急。人渐健，数日来笔墨懒也。方存之、存静庵孚来话。发吴门信。初尝子姜。

十五日 （7月14日）风定，甚热，雨一阵未大，旋晴。写字多，然手仍颤，腹泄伤筋力也。夜大雨一阵，甚益田事，子正后住。

十六日 （7月15日）雨后晴湿。午出，回拜客。晤谢旸谷，病初愈，尚畏风。晤芰香，亦不适，甫愈。福禹城吴……至鹊华桥上船，至历下亭，弼翁请客，有存之、时斋、春源、仲远。周览新亭，果然整齐，四面环水，在明湖当为第一处。日色红热，渐晚风大，席设南廊。雨意一阵不果，而月正渐大。席散后话，于水边柳下看月。子初散归，睡时子正后矣。又得一联集《禊叙》云：山左有古水亭，坐揽一带幽齐之盛；大清当今万岁，时为九年己未所修。

十七日　　（7月16日）极热，晨起已不可耐。百事懒动手。贾筠堂乃侄致慎来晤，树堂乃郎，颇知余兄弟与树堂兄弟少年谐际光景，怆忆树堂与毅弟也。午后得都寓初八日信，不得信者廿余日，好生系念，平安如常也。桂儿携钟孙赴周、林两大令席。

十八日　　（7月17日）"孔子于乡党"全章。热甚。方存之送历下……

十九日　　（7月18日）热甚，阴有雨意，时亦飘洒，不成阵也。未初一刻后，有声似雷非雷，自此而西□震动，窗纸门板俱拆动，意谓火药局冲失也。既而打听，果然。局在会波楼下，委员正搬运火药，忽然冲起，将人、屋、车辆俱毁，□北门外东西坏屋多，损人尚不得数，游湖船亦有毙者。今日方小东、吴筱亭、存静庵公请历下亭，闻厨房震塌。余谓可从罢矣，以酒肴已齐，乃移至我斋。酒甚佳，余亦多酌，腹竟无恙。客有陈石邻、牛仲远。各衙门差人问受惊否。

廿日　　（7月19日）昨夜雨畅透达旦，今日晴，热

《禊叙》即《兰亭序》。

甚。写大字多，手颤，恐系老态矣。钟钟乡试，弼翁、芰老及首县、府送卷资，愧甚愧甚。未刻出，至铁□小沧浪亭，面荷千顷，风凉，大观也。火药局处一带屋子毁尽，人支体时露。……何惨之至……乃题惠泉寺匾者，款曰："门也庄。"看图章是□□庄，字仲礼，号门也。不知何处人，□为可笑。到钱香士处，遂同到枕湖草堂，登小楼看湖，风亦凉爽也。顺路候客，归。夜与蓟门及钟钟饯，请达斋同酌。灯下写信二纸，寄子愚。狂风竟夜，可悸。

廿一日　（7月20日）寅初二刻起，天未大明，车夫迟来，本说寅行，延至卯初二刻。送钟钟同先生登车北上，共轿车二，带一仆周升。阴天被大风吹晴，甚好。吴凤堂来一话。晡有雨意，略洒一阵。竟日热，夜雨。

廿二日　（7月21日）凉适，无雨，亦宜少歇矣。张小蓬槃来晤。谢世兄友仁署曲阜教官两年，新补临邑教，甫在□接印也。此间教职数年不选人者颇多矣，□藩司之可笑如此。朱时斋来话□，转来谈。今日写大字最多，亦因凉也。晡雨。……

张槃，字小蓬，号圜腹道人，工篆隶，善画花卉。

廿三日　（7月22日）……丈之孙来，候补□，谈及近年花马池盐务不旺，故解□运城盐事较畅。山西少河道，俱饮□水，运城内井水咸，不可饮，俱挑水于五六十里外。为弼夫书《重修历下亭记》，挥汗为之。

枕湖州堂

《枕湖草堂隶书匾》何绍基

廿四日　（7月23日）热甚，未见一客，写对子一阵。得钟钟□安城廿一信，路尚好走。

廿五日　（7月24日）课期。"阙党童子"一章，皆有惇史，得"惇"字。正附课百七十余，以考试告假者多也。甚热。

廿六日　（7月25日）稍阴，不热。阅卷百。朱时斋来，为刻亭记事。

吴载勋，字慕渠，安徽歙县人，曾任济南知府。

廿七日　（7月26日）阅卷毕。晚发案。吴慕渠来，余芰香来。淮扬消息不佳。津探米酋廿一入都，嘆咈利夷尚无准信。僧王尚添炮械为战守计，炮二万二千斤者、二万六千斤者四，余□□六千斤者，共添廿座。各处添来马队，次第到……安徽仍奏准同江苏乡试，十月借浙闱办理。

廿八日　（7月27日）大热如丙辰矣。食芰香所赠瓜，大佳。而弼夫赠者俱不佳，实皆渌口瓜也。腹泄良已，瓜果不忌。夜难睡。

廿九日　（7月28日）热更甚，看书无味。明水镇竹子来，高生鉴清所觅，到约百余根，前日刨出，今午后种下，不定能活否？本令其雨后送来，岂意其不及待耶。陈文显来见，宜亭胞侄，有宜亭信。童际庭之连襟也。贾世兄来辞行。

卅日 （7 月 29 日）热得不得睡，奈何！午后出，
贺芰香昨日为乃郎缔姻，送喜果也。回候张
小蓬、陈栗堂，俱未晤。发都信。明日学院署萧、曹三君
北上。

七
月

初一日　（7 月 30 日）覆试超等生，"多识于鸟兽草
　　　　木之名"。讲堂风大，算不甚热。嵇春源晡……

初二日　（7 月 31 日）……昨夜丑初三刻，雨约半时
　　　　许，惜不大耳。雨止，热更甚，彻旦未得睡。
今日陆续雨。张海藩来，坐久。大沛一两阵，旋大风，晴，
凉矣。尚有节奏。陈老六承祖来，言夷人有会长毛扰江南
之信，可虑之至。得吴门六月初头信，韩履卿信，似平善，
望我冬间南游也。寄到珊林木刻双钩《夏承碑》，了无意味。

初三日　（8 月 1 日）晴凉，有秋意。杜惺堂、刘延侨、
　　　　谢旸谷、方存之、高鉴清、李献芳父子、陈
石邻次弟来，遂竟日少闲。写大字两次。得何愿船信，又
绩溪周成信，书估徐细带到。

初四日　（8 月 2 日）晴，复热。饭后出，晤马仞千
　　　　大令鸿翔，即由吴门带履翁信来者，略问悉
江南北情况，吴门甚安善，雨水过多，然不能办也。牛仲

远失子，吊之，怆怆。钱香士裷职营……看画归。得雨一阵。

初五日　　（8月3日）堂课，正课生百一十六人，"君子为政"一节。《豳风图》得"图"字。甚静，亦凉有风。晡出，看郑小山，精神有余，由胸中镇定。方伯处话，所苦未全愈，喉舌觉枯，不甚纳食，症非浅也。归，书一纸交马令带交鼎侄。

初六日　　（8月4日）堂课，附课及住斋正附课生共六十五人，仍昨题。葛藕生来少坐，钱香士将往天津去，次郎病重，多忧丛集，运气之坏如此，可怜可怜。吴竹如、郑小山俱来共话而去。见邸钞，廿九日桂相等奏，□勒尖（即咪利坚之替字）到京，想是咪酋也。全小汀、廉琴舫奏海运验收完竣。和帅奏郑魁士驻扎高淳东坝，盖防金陵贼□□其吃紧可知。存静庵、梅卓庵来晤。晚约小山学使便酌，凉院清樽，殊为畅适。

初七日　　（8月5日）……堂、吴修梅、高镜缘、周东寅、李仲衡请。邹小山来问，昨日香士次郎病症，据云脉诒而症难转。修梅藏得天四十八直幅，有刻石，果大观也。仲衡在此看雨。

初八日　　（8月6日）早访宗涤楼一话。至钱香士处，乃次郎已于昨午化去，可惨可惨。东头候客，归饭。赶阅课卷，晚出案，此次佳作甚少，殊不惬意。昨夜雨大，见邸钞，定远于六月十一失陷，翁中丞移驻芦桥，与胜帅分避皖东、西，将奈何！涤楼来话。嵇十四到省。昨得廿九京信，有何愿船及周世兄成信。

初九日　（8月7日）复热。吴肖岩广文来，亦老矣，豪气尚在也。陈弼夫晡话久，送写记润笔，愧愧。又助□船及上官岐园项。夜雨。

初十日　（8月8日）□徐铁孙同年画梅扇，七古为□作。巳正出，藕生未遇。方小东处看小松寒桥，□□□涤楼处话，郑小山处谈，钱香士……常德失守光景。吴修梅住义全店，绿阴极妙。过芰香处，见津沪探报，此次嘆□甚草难为，沪上夷商所不理，来酋七人皆受伤也。夜收拾《法华碑跋》，千六百字改成八百余字，好不费力。接祖，早晚供。复初四京信，子愚尚未脱体，念念。

十一日　（8月9日）杜惺堂晨话。吴庚生峋来见，子芯兄之孙恂雅有性情，问及乃祖即泪下，真少见也。涤甫诗序脱稿去。昨日明水镇送来竹子，活者更少。下午写《法华跋》，书丹于石。张海藩、陈小农晡来话。发都信，明日学院有折差行。亥刻见邸钞，曾涤生奏收复浮梁、景德镇，江西全境肃清。

十二日　（8月10日）白雪楼送到桂树二，颇可观，不必即花也。又□利二，并前四者六矣。午出到白雪楼□李生尚在忙拔条，可笑也。各花排列满院……写大字一阵。晡出，拜梅卓庵，晤谢世兄友仁。看宗涤楼病卧，隔门数语。至陈石邻□，酌，酒不佳，而东寅揽酒，致我大醉归。眠后腹泄三次，始天明。

十三日　　（8月11日）早起，尚支持。辰刻郑小山学使来，决科点名后留同早饭。客去后复泄不可支，遂卧病，竟日不思饮食，至亥刻饮粥而睡。五时茶、杏糖汤俱服过，渐解矣，多日无此苦也。夜三起，连白日十余次。夜仍热，白雪楼送大栀子二。

十四日　　（8月12日）起迟，然健复矣。有毕家洼人从莱芜来卖竹子，高而少枝叶，两次得十四竿，粗种下。说有马艺林乃郎云路持乃翁信见，艺林去年九月回家，过省竟不相访，亦奇。孔绣山乃郎庆佶来见，临雍□□监生也。涤楼来别，送乃郎婴饰数事。……墓田是何景象矣，怆□。

十五日　　（8月13日）……来可知矣。达斋先往滨州去，札致芰香，为张遹孙帮监院事。

十六日　　（8月14日）热比昨轻些，晡雨一阵。闻高粱□粟得雨尚可，豆子已无望矣。早间陈石邻来别，即往滨州去，昨夜月食甚。

十七日　　（8月15日）晨，小雨。中丞决科，司道俱来话。巳刻雨翁方到，点名未毕，即退入，令芰香代点。因留便饭，约芰香、春源、小东、慕渠作陪。午未间大雨倾盆，中丞同春源围棋。申初散，雨小矣。小东说有坡书《后赤壁》。

十八日　（8月16日）丑寅间大雷，风雨奇骇可怕。寅初二刻稍定，遂不复能睡。竹子、榆树枝俱有折损。日出复阴。午后彭雪□来。梅卓庵来，卓庵将代理临朐去。刘申生晡来，补高唐州。今日看《山海经》《穆天子传》，不得味。

十九日　（8月17日）寻出毕刻《山海经》，于水道胜郝疏，然□□甚佳处。午刻出仲远处，登台，凉甚。至学使处话……处谈，归已申初矣，热后受风……且早睡。得十二日都寓书。

毕指毕沅，郝指郝懿行。

廿日　（8月18日）桂儿三十九岁生日。中丞处请吃肉，到□□同英、岳两太守久坐后，始知祭关帝也。司、道齐集，行九叩礼。余后行礼，与主人一贺后，分两席吃肉，羊、豕各一，错出□多。散后至旸谷处，宝文斋书店少坐，归。晡得吴门初六信，盖隔两月余矣。子敬热疖不知何时起的。和帅到常州说金陵、江浦、六合三城两月内可一气光复。若果尔大快也。

廿一日　（8月19日）凉甚，今日写大字，手忽不颤，始知酷热伤筋也。发都信。

廿二日 （8 月 20 日）发南信，何根云、徐□青、胡恕堂、王雪轩、郭藕舲、吴平斋、韩履卿、朱伯韩、乔鹤侪共九件，由官封去。又发吴门家信。午后写大字多。吴修梅来话，果难缠。方存之晚话。

廿三日 （8 月 21 日）……写大字一阵□□□都寓中有杭州家信，殊慰。唐《豹人集》序言其为检讨，值国初命史馆修《玉匣记》及元帝书。疏言不急之□砧正□，免归。它文章不高也，词尤少味。高念东怀抱高，笔亦清甚，选绝句五十余首，令邹岱荣钞出。吴凤□来话。

高珩，字葱佩，别字念东，山东淄川（今淄博）人，明末进士，清初为刑部侍郎。

廿四日 （8 月 22 日）早，清案头书，烦闷。写扇七柄。接陈晋卿书，赠王菉友《说文》两种，皆我所已有；桂联不佳，惟《蓬樵画册》精甚；续辑山左书画、桑梓之遗，似无大味，求为作叙。何不辑陈、刘、吴、李各家金石为一书乎？候补令沙小岩来，江阴人，谈福山、狼山、大闸、小闸、圌山关形势，圌山曲折出入三□里，盖如吾乡泷河耶。那年夷艘何以得进来？恐沙令之言未确耳。言江阴城内除陈氏园外，尚有豫园。漕六万五千，每石交钱五千文，县中买米三千一石，行海运以来江阴成大好缺者……

廿五日 （8 月 23 日）……防意如城，得"坚"字。仍写扇一阵。有葛世兄惠田心甫，乙丑年伯讳宗昶之孙，登州秀才来。肄业者舒□□来，为乃翁文集叙。李育臣来话。

廿六日 （8月24日）看课卷一百，热，蚊为累。吴竹如来，嘱题成王画梅卷子。吴筱亭晚来，说有送中丞东京隶碑，后于《裴岑碑》八月，闻所未闻也。祐曾生日，吃面，时甚热，久不啖面，觉无大味。见邸钞，程楞香免死发军台，因乃郎大辟。谕云：朕心实有不忍也。余送条者均新疆，有潘木君、陈子鹤、潘星斋、李古廉诸君公子，亦可怜矣。

廿七日 （8月25日）看卷九十本完，此课卷本少。如此浅易题，竟无佳作，鞭辟近里者少矣。早饭后，吴小岩、吴修梅先后来，索酒饭。两君初遇，俱好狂谈，颇相纠缠。修梅醉矣。徐绍圃从京师回，新进士用中书也。略问春明光景。

廿八日 （8月26日）课诗题……昼日三接，"侯"。庶民惟星，"民"。在水一方，"方"。君羹遗母，"羹"。龙以为畜，"渊"字。杜惺堂来话，说即往长清□。张滋园从堂邑来，所论大进，做官肯用心。张翼南来，久话，明年欲出山也。王伯尊来，为调帘。晚得都寓廿三书。

廿九日 （8月27日）阅诗卷一百卅本。发都信，由抚署折差去。连日热，小雨一阵，不济事。闻河南、山东交界有捻信。

初一日　（8月28日）早，剃发。午刻卷看完，共一百八十二，而失粘及出韵共九十二，可叹也。吴庚生携令祖子芯兄旧藏颜书画像赞，及梦楼题唐人写经卷来看。丁竹溪乃郎来，问知天津情形并许印林近状，病未全愈，扶行可到院中，能写字，左手废矣。其子无用，苦极。

初二日　（8月29日）甚热。谢旸谷、葛藕生来话。朱时斋来，为所□□□□图求题。唯看《舒自庵遗集》……三十余篇，仍作序，以报死友也。见探报，天津、海口次弟有夷船四十只，内外大半是买卖船耳。昨见上海探信，嘆哹掳我民九百余人，糟踏无状，沪民愤极欲战，夷人自知理屈，出谕安民，尚不知下文如何。

初三日　（8月30日）甚热，夜不得睡。午出，晤吴小岩、丁蔼臣及许世兄（印林族弟）。学院处少坐。吴筱亭处道喜，补东河也。弥夫、雨舲、雪眉、滋源、昆圃、翼南、沙小岩、徐少圃候未值。中丞往贡院验垫，谓看主司铺垫也。"验垫"二字，它省未闻，实则查看贡院耳。见邸钞，宝庆解围，杀贼二万五千，荆宜道李续宜援剿神速。六月廿六至廿九事，吾乡其渐清楚乎？中正后雨，至暮大，遂彻宵风雨齐来，沾渥深透。酒多了，醉后，"无友不如己者"，草成一篇。

李续宜，字克让，号希庵，湖南湘乡（今涟源）人，清代湘军将领。

初四日　（8月31日）□□□□有倒折者，然活者甚多。天……交黄庭樵□□带浙。午后阴，小雨复晴。题成哲王，吴竹如所藏，为谢东墅侍郎画《宣城昼见梅图》七律二首次韵。又题陈弼夫《也可园图》二绝句。今日写大字多。

爱新觉罗·永瑆，嘉庆帝异母兄，曾封和硕成亲王，谥号"哲"，故称"成哲王"。清代著名书法家。

初五日　（9月1日）写大字多，而客来少暇。牛凤西林，陈桂舫兆元，卓堂次子，廪生，廿七岁。凤西，沂水人，能诗、古文。陈弼夫、张升谷、郑小山先后久话，日遂晡矣。出贺黄六舟，仍回候二客。出西门至趵突泉，吴筱亭、嵇春源、谢旸谷，同至白雪楼花圃一游。主人吴慕渠来入席，知中丞奉廷寄内召，不觉别怀怅怅，酒不下咽矣。席散，至南门候开城颇久，回家亥正后矣。慕渠伺候关庙祭去。

初六日　（9月2日）时阴时晴，或细雨，下半日果晴矣。东抚放文星厓，由直藩擢。吴肖岩同丁、许两君来话。许，先公入学门生也。吴养云来晤。未初闻主考□□入闱，小山、芰香俱送来庆宴。楼阁……四红帽，颇蠢。今日写字多。方存之来晤。

中秋节 （9月11日）□□雨而不果，巳后大晴且热。早间贺节后小酌数杯，午间写字一阵。今晨草成拟墨一篇，实做欲字。未刻闻放牌，恐今日即出完矣，真是奇事。晚酌时久，未醉，看孩们拜兔二爷。睡时子初。

十六日 （9月12日）儿妇生日，早面晚酒。晚得吴门书，知鼎侄得署阳湖令，少年烦剧，殊为可念，幸与根云同城，有所禀承也。吴庚生来别，带到乃祖子苾兄行述，尚妥。张升谷久话，遇雨，雨住方去。问小岩借阅边华泉、于文定集，局面皆小，宜其名不盛也。题《唐人写经卷》《临江帖》《大令草帖卷》，皆子苾藏物，庚生携来者，明拓《颜书画赞碑》本，暂留看。

于慎行，字无垢，山东东阿（今平阴）人，明代诗人，谥"文定"。

十七日 （9月13日）阴，有雨意。早饭后吴养云来，吴小岩来相晤，雨至，养云代留小岩，遂不能出。雨不歇，幸不甚大耳。晚约小岩、仲蘅、旸谷、栗堂、雪眉饮，约而不至者仲远、养云。酒阑客不能去，小岩宿东书房，得畅话。夜雨达旦，可喜。

十八日 （9月14日）雨不止，不若昨夜之大。小岩辞栗堂之约。余午出至贡院，中丞请同学使并首县共四人。携得《沙南侯碑》，永和五年，在《裴岑碑》后一年，惜字太少，莫考其为何事。余先行，过吴养云，携扇面册归。夜与小岩酌话。

十九日 （9月15日）伯母忌日，早晚供。吴□堂来，留与小岩同早饭，饭后小岩舆仆俱由吕祖庙来，适雨止天晴，遂于午后行矣。携去吴刻《史记》一部，梁阶平对联一付，崇雨舲临《凌虚台记》六小幅，余书八分小对一付，别时颇怅怅也。雪眉本约今晚酌，忽又改明日，小岩既行，此局免矣。夜阴欲雨，忽亦见月。得仲云长沙信。

廿日 （9月16日）阴冷，早饭后雨时止时落。养云来一话。写大字多。发吴门信一纸示鼎侄。作札与吴竹如，为州县教职见司道与首领，佐杂迥□□□□署令吴篠亭禀详武侯祀典事。又与陈栗堂信，劝其归营，葬事并减撤舆从。又与中丞信，因查出《苏州府志》有"江东神，姓石名固"一段，前日见问是何神也。又与余茇香字，问益都县云门山志书必有之。傍晚忽见斜阳，红滋树顶，亦佳景也。江东神，石固，秦人，高祖六年，灌婴略定江南，神现于赣城，告以捷期。后立庙赣江之东。孙吴迁于吴境，颇著灵异。

廿一日 （9月17日）早，大晴。晨出，袁雪舟处作吊。过郭石溪话，归。饭后复出。过葛藕生、蓝梦题。至养云处少坐，笪在辛画果佳，余无甚动目者。到贡院，与陈弼夫久话，归。今晨中丞出闱矣。桂儿借到旭斋新得《武梁祠象题字》精拓本，果可爱也。今日写大字极多。雪眉来话，将往江南做官去。剃发。

廿二日 （9月18日）写大字多，真、草、篆、分拉杂出手，凉趣凑合耳。郑小山来话。傻瓜不适，得两小山来酌方，意相同也。童际庭来，无故黏拢，可厌。陈栗堂来，虽似听话，仍意在留东，管不得许多。□□得叔虎江西书。学使旋送西楼《坡帖》翻本，即瑛兰坡寄到者，虽笨拙，亦自小有趣。郭石臣、牛仲远先来。

瑛棻，字兰坡，汉军正白旗人，雅善丹青，富收藏。

廿三日 （9月19日）晴，凉甚。发都信，付折差去。今日复临《公方碑》，天凉，又当起课矣。再请邹小山来，朱时斋同话。晡得都寓十六书，钟钟诗剧佳，可喜。起语云："万里天衢迥，澄清十二分。"

廿四日 （9月20日）晨冷。午出，中丞未晤，说已收拾行李。苃香处话，不知其小恙也。学使处回拜。同乡叶孝廉莲叶西斋□□仍与小山一谈。过后载门宝古斋，捡册卷共廿件。归饭。杨旭斋、张小蓬来话。邹小山来诊，傻瓜好了。

廿五日 （9月21日）父亲生日，早晚供。中丞来谈，有行色，言前日谈及江东神，是将为太常耶？沈乃航善济世侄来，乃翁七十九，双瞽廿年，尚康健，能课孙。晚约张小蓬、方小东、朱时斋、杨旭斋看帖画。请汪叔明未来。小蓬作画与小东□字□未畅也。老蝯颇倦矣。

廿六日 （9月22日）晴。庭前桂花重开，香甚，而正不闷人也。日前各卷册捡出，石涛、八大、

沈廷瑞，字兆符，
安徽宣城人，清
代画家。
萧晨，字灵曦，
号中素，江苏扬
州人，清代画家。

松门、沈廷瑞、萧晨各画。竹君、石庵、梦楼字，不定买得成否。昨买得小松大图章，杨叔恭残石初印，亦有趣也。吴养云、汪叔明并至，张海藩、梁琨圃先后来。郝兰皋丈乃孙联荪来，秀才，现就昌道书启馆，令弟补平谷令。

廿七日　（9月23日）写字多。张升谷来，张小蓬同沈小石过话，葛藕生同话。陈明水米百四十斤，独餐告罄，乃去年坡公生日荌香所馈者。仍从荌老索之，晚送到九十余斤。书来谓：再见乞米帖，欢忭不可言。平原举家食粥，余乃意存精凿，愧甚愧甚！每日计半斤耳。

廿八日　（9月24日）静。谢旸谷乃郎北闱回，知今年场规颇宽。陈三刻《法华碑跋》竣，殊精采可喜。

廿九日　（9月25日）十日来临《公方碑》二通、《叔节碑》一通竟。午出晤郑小山、牛仲远，嵇春源未晤。到贡院，晤陈弥夫，拜吴竹如。回拜汪叔民，藩抚厅署清敞，图书雅素，大堂壁上嵌前明钱粮田亩数目，亦古董矣。归已申正，仍吃点心、饭。晚饮于弥夫处，张小峰、周东瀛同坐。寄京家信，并愿船信，交藩署饷差去。

九月

初一日 （9月26日）阴，得细雨一阵。五更不眠，复想得拟墨第二篇。晨起，卯出，因昨与弼夫论题也。晒书起手。昨日李仲衡躲生日来此间话，老太爷之苦如此□□□有女客。

初二日 （9月27日）手钩永和五年《沙南侯君题字碑》，因陈芝所钩不惬意也。萨湘林在哈密拓寄尹竹农者，吴筱亭得之济南，市以送雨舲。余因得诗一篇，适闻雨舲得阁学，即并写入诗以志别。昨日享水公生日，早供后酌，小醉，午睡，近事所希。不知泥湾洲墓田近年何景象也。郑小山来话，晡出，中丞处道喜。回拜沈乃航。看吴养云病。到谢旸谷处话，归。

萨迎阿，字湘林，满洲镶黄旗人，曾任伊犁将军，能诗。

初三日 （9月28日）晾书，大晴。芰香来话。自清书帖起。雪眉来，南行尚无定日。得都寓廿七书，钟钟廿八日似可出都。香倩女生女，平安。根云、雪轩预备五十万米，于冬初运津，防明年夷梗也。根云前书谓雪轩妙计出人意表者此也，果然是妙计。

初四日　（9月29日）阴风作凉，不似昨日燥热。晨雨数点。饭后方小东来，谈《沙南侯君题字》，《隶篇》有之。据子芯所得本，扇头□韩云章画笔、刻印俱脱俗。嵇春源□言盱眙复失，漕、河两帅奏请派僧王来剿，清江复警，袁庚现守蒋坝也。牛仲远、李镜缘来，仲远为郝氏销书事，□余借《快雨堂题跋》，及《筠清馆金石编》头本去。

初五日　（9月30日）伯父生日，早晚供。忽晴忽雨，雨不大耳。写历亭宴集诗于石未毕。《沙南碑》装好，录前诗于上，送雨舫处题记。晡得鼎侄廿二信，知廿日接阳湖印，同日侄妇生子，大小平安，双喜可慰，孙辈排行第九矣。

初六日　（10月1日）时阴晴，忽毛毛雨。写诗碑竟，雪眉出丙申前余所临《坐位稿》卷嘱题，因录上年七古一篇，题宋拓此帖者于后，并系小诗。昨有甲子年伯于芳之子，求帮助大钱贰千，不知真伪也。见邸钞：宝庆解围后于八月十二至廿日剪贼一万四千余，石逆大开窜回全州，而永明二贼扰及吾州小坪，不知老表家怎样了？子鹤、星斋、木君之子均准赎罪，陈庆松以赎罪骤奏论无庸议。

石达开，小名亚达，绰号石敢当，广西贵县（今贵港）人，太平天国名将，封"翼王"。

初七日　（10月2日）大字、小字都写不少。半阴晴。谢旸谷、吴慕衢、郝伯恺、朱时斋先后来。慕渠约九日之集。买成宝古斋石涛兰、梦楼册、松门册，而田叔竹仍不能定也。未刻钟钟同先生回家，平安可喜。兼询悉五弟都寓佳状。晚饭于书房。子正榜发，书院约得十余人，前十名二，拔二，优二，副榜解元，优贡王荣琯，乐陵人。

初八日　（10月3日）晴，风不小。杜惺堂来，要回家料理祠堂去。吴琦、吴珂胞兄弟得隽来见，皆肄业生也，真有趣。此次各府州俱有人，不偏枯，惟闱墨皆影响含胡，不得明白，都被欲字害了。

初九日　（10月4日）晴暖甚，写字健。儿孙同先生千佛山白雪楼登高去。方存之来，言泰山后石坞之幽异，从岱顶北下七八里耳，余未到过的。两主试郑九丹、辛南坡来晤，葛藕生来话。余申初出，回拜两主司，晤赵雪眉，东行候客，便过郑小山一话，由司家马头上船，至历下亭，主人与客俱未至，既而汪叔明、谢旸谷、李仲衡俱至。久之，主人吴慕渠方至，徘徊许久，上席，仍六月十六日宴处。方小东后来，饮颇畅，叔明健饮，而余拇战无敌，惜月色不佳。归，子初后方睡。宗迪甫令媛适者来话，遂饭，亦太大方矣。

郑琼诏，字九丹，号苹野，福建闽县（今福州）人。

初十日　（10月5日）晴暖，风热，晡后大阴，风可悸，群鸦集树。王仲允来，吴筱亭、王伯尊来，知闱中尽有佳文，而主司所取皆不要明白的，可慨也。谓讷敏不足见君子，难在一欲，岂非奇谈乎！东小阁案上一清。晡时食蟹，尚稚。

十一日 （10 月 6 日）风略小，而颇冷，因夜来风大不歇也。早饭后出，陈石邻处话，问张滋源，已行矣。陈弼夫都转调长芦，道喜。因□厚回避，调东运也。少一看字画处矣。见《顺天题名录》，湖南隽二人，少识者。仲远算钟钟八字，今年必不中，果然准也。惟蓟门难为情耳。看嵇春源病，乃迎遇一推拿者，大见效，宁海秀才孙麟圃，号瑞卿也。因招与谈，即为余诊脉，果有理。一路候客，归。

十二日 （10 月 7 日）晴，孙茂才来，为我推右手，馆起凤桥刘家，欲令为吾儿治耳疾，说非易易。发都信。雪眉来，有行色。栗堂来，说要送菜，何苦来？钟钟同先生出游。

十三日 （10 月 8 日）晨，剃发。孙秀才来，颇早。写大字一阵，临《孟文碑》，愈难矣。陈弼夫来话，有别意。夜暖。

十四日 （10 月 9 日）寅正二刻起收拾，饭后行，开车后闻鸣炮，卯初二刻矣。借芰香车马各一，出东关卅五里，韩仓尖，又卅五里龙山，又十八里新店，入章邱界，又廿二里至章城。入署晤屠啸笠，留住西斋客厅，前有元时石峰之□□可喜，有正统年题字记。令侄宗望，乙未年侄来见，晚三人同饭。

十五日 （10 月 10 日）寅正起，卯初黎明，肩舆出东门，往南复东廿五六里，至龙泉庙，百脉泉方圆半亩，泉眼珍珠，花团锦烂。竹竿量之四边，深五六尺，中心约一丈外也。同屠、侯两世兄复西至康家竹园，行密竹中，徘徊出。又至西院，有院落亭宇，竹林亦茂。康氏叔侄衣冠出见，拔笋四枝，回至庙。早饭后归，中途绣江转湾处看水磨，声如雷霆。此后江流纳山泉，即不复能置磨矣。绣江之源即百脉泉，又合东麻、西麻两湾之水而出者。返城，不入东门，直北行西转至女郎山，石路坡坨，庙荒，索八蜡庙，新修尚未全毕，中间八蜡不壊像，左间将军像即刘猛将军。右间江东祠，相传为荞麦神，岂又非石固耶？回至石关外高印霞花园，养兰极□，园景幽敞。即门人高鉴清之叔，而其兄是先公□学门生也。入石关，至文庙，文昌阁看王寿卿篆穆氏碑，乃四面方幢满刻，顶右一面篆□一面山谷题字。西斋广文王铭三缄来晤，邀至其屋中一话，先公补廪门生。至绣江书院一看，主讲萨敬轩往省，其子此闱新隽。出石关，因啸云移席烟雨亭，与印霞同酌我，月色好，一望苍茫快目，回箸略话，子初后睡。谈及玉虹楼百一帖，共百〇一卷，可谓富矣。承赠山谷伏波岩祠诗拓。

十六日 （10月11日）寅正起收拾，卯初与主人别。肩舆出南门，西南行四十里，巳初至龙山。啸筼差邱仆备饭，巳正一刻行卅五里，韩仓茶尖，未初矣。未正行，又卅五里，尘土大风狂，轿子不好走。过王舍人庄、朱店，入东门曾家桥，走后载门芙蓉街，回家酉初二刻，颇困乏，久不行路耳。见邸钞：胡恕堂内召，罗澹村

壊，古同"塑"。

王寿卿，字鲁翁，北宋陈留（今开封）人，善篆书。

调浙抚，张椒云署闽藩，吴竹如降直臬，清盛升东藩，山东抚、藩、运遂同时俱更易，亦有风水耶。得□轩书。

十七日 （10月12日）钟钟拜先生生日去，面后回。

孙生仍来，余似暖再治臂也。方存之来话，郑小山来，约同请雨舲。借《书谱》去。

十八日 （10月13日）晴，暖甚。饭后出，晤余芝香，谆嘱丁家事。过竹如话，气象佳，非左迁□□□也。牛仲远处一谈。至钱香士处，从天津回，谓库项有赢无绌，乃妄被劾，可叹可笑。见邸钞：胜帅奏廿八日击剿盱眙贼退，枪毙吴如孝，乃首逆也。前在兴化即闻其悍。此快事。吴养云疟尚未止。汪叔明处略话。

十九日 （10月14日）更暖，临《孟文碑》三通毕。

昨日撤天棚，今乃甚热，亦奇。孙秀才来，为儿孙治疾。第二日《历下亭记》刻完，修《法华碑》，陈芝忽若有悟，可喜。发吴门书。闻崇雨舲得孙。钟钟饮林紫亭处。文星崖中丞差候，明日准可入城。旧雨重联，喜可知已。祖母生日，早晚供。

廿日 （10月15日）更暖。孙生仍来，一士公生日。

见邸钞：十六日大考翰詹。自壬子至今，前后八年矣。吴筱亭来话，有荐卷，掖县□□大有才识。新传胪朱学笃来见，惺堂之婿也。写弻□□册完。王雁汀开缺，劳星陔升两广督，恽浚生升江西抚，耆龄调粤东抚。

廿一日 （10 月 16 日）暖如昨，写字少。文星崖中
丞辰时接印，住署中。崇雨舲移寓南城根，
余旧居也。星崖来话，意存振作，精采殊胜。李育臣得圣
像，与曲阜石刻行道像相合，不知何代笔也。刘孟涂之子
继来见，道光廿三年曾见于松筠庵姚石甫处，即张亨甫病
时也。学使来话，吴竹如来话。晡后再出门，文、崇两处
道喜。便路回拜葛藕生处谈，遇屠啸筼，共话。得子愚
十四夜都寓书，大侄女觊觊病重。

廿二日 （10 月 17 日）昨夜睡不着，为觊觊也。吴
庾生从海丰来，何地山中允从京来。暖极忽
阴。闻新中丞壁垒一新，可喜慰也。昨夜□初闻雨声，以
后大雨达旦，诚郁极而舒之，□人事之相应如此。老翁虽
不眠，亦为官民私庆。

廿三日 （10 月 18 日）早，晴，复暖。客来多，张
□藩误传湖南警信，令人心悸。藕生晡至，
始知系欧信甫崇州来信，其谬可想。却闻金陵将可收复。
崇雨舲中久话，意兴尚可□□不思行，不可解。午后凉甚。

廿四日 （10 月 19 日）极凉且寒矣。早饭后出，晤
谢旸谷，知乃郎病大奇。看刘家池，有大金鱼，
一方池耳，屋底皆泉，于住家盖非便也。学使处商量请客
事。陈小农、方小东俱晤，未晤者何地山、刘继、陈弼夫。
发都信。说中丞每日卯正后即见各州县佐杂、武官各十人，
俱命坐畅谈，果然好的。吴庾生送来乃祖《襄阳唐志》二

何廷谦，字地山
（棣珊），安徽
定远人，清代书
法家。

种，册中余癸巳年题诗，追念子苾，怆悯殊甚。录出诗稿，兼题数行。

廿五日 （10 月 20 日）大晴而寒，有霜意。汪叔民送佛手两盆，菊花亦上盆矣。辛菊洲广文从金乡来晤。庚生归去，殊依依也。

廿六日 （10 月 21 日）竟日阴，偶晴耳。仲远来，知余藕舲已撤，为福山、海口事。旸谷来。归□□不决。偕小山学使公请崇雨舲、吴竹如、陈弼夫。小山先来，久话。次弼翁，次雨翁，次竹翁。酒间听雨，秋阴所酿也。

廿七日 （10 月 22 日）阴，午后晴冷。张小蓬、梅卓庵、张升谷先后来，小蓬为刻"东洲老蝯"印颇好，惟少味。卓庵代理临朐。回知穆陵关之险狭，青州梨出临朐北之上五井，本不多也，周围五六里出此种。卓庵能为吏，兼"循""能"二字。

廿八日 （10 月 23 日）芰香来，颇早，余方早饭也。余出至会波楼看城北野景，田园水木极佳妙。今日新中丞甫阅城过去。过陈弼夫，到花园与吴柯山话。山坡秋色极好。主人出，复谈一阵。至崇雨舲处，久话，承赠卢葵生制木砚，乃甘泉书办，杉木沉水中数十年所制也。邀方小东往白雪楼看菊。李献芳丁母忧。余先行回家点心。存静庵代理博平，回□□淳朴少事，钱粮不待催，

卢葵生，清代髹漆名匠，江苏扬州人。

难得难得。卢砚试之，不发墨。闻郭筠仙、李芸舫奉命□查山东沿海州县侵吞税务情形，若早如王□轩之查上海，何至有此。晴。

廿九日　（10月24日）晴。汪叔民来，言吴养云□□□□剧，与嵇春源同一可虑也。葛藕生来话。写大字多。霜降节，甚冷。

卅日　（10月25日）晴冷。稍检理案头物。早饭后陈弼夫来话。余旋出，至院署，与文星崖话。诸事整顿，可喜，惟每日见客四十人，未免人多。劝其爱惜精神，留意西南防务也。归，点心。申初后出，贺明月舫署臬，略问悉福山税事，夷船三支，已晓谕退去。吴竹如处话，言初六日行。郑小山处未值。钱香士夫人病重，奈何？贺叶芸士署藩。过青龙街灌蔬园，少坐，即高印霞花圃也。回候存静庵。即至谢旸谷处，酒奇佳，肴亦美。客有何地山、吴慕渠，共四人耳。

郭嵩焘，字筠仙，湖南湘阴人。

初一日 （10月26日）雨舣中丞辰刻行，差从□□□间暖。朱时斋来，说有济宁新到古董客李君，即令桂儿同去看，未遇而返。□时斋、达斋同蓟门及儿多酌于新厅，赏菊。

初二日 （10月27日）晴暖，葛藕生、方小东先后来话。中丞教场看马箭。检点行李，重题□□题字钩本二绝句。寄宗涤楼书。晡出，看吴养云病，有起色矣。赴陈弼夫席，为吴竹如、郑小山、何棣珊饯，请我陪也，岂知我将先行乎。看酒俱不佳，无味之至。钱香士断弦，可怆可怆。

初三日 （10月28日）卯初起，卯正一刻行。家中人俱起送，一轿一车，携两仆白玉、翟明，出西关候车颇久。四十里至齐河河北尖。遇王梅村同年，谈知雨舣昨住晏城，真从容也。尖后过河，直是巨渎，舟行不得疾，桥全在水中，候车同行，尖后卅里晏城住。轿竿太软，自上年从江南回未曾动过，故致此。尖次赵打杂

王开化，字梅村，湖南湘乡人，湘军将领。

赶送裹腿来。住处乃旧当铺，不像店屋。问□□临。马姓当铺开设三十余年□□□改店。

初四日　　（10月29日）寅正三刻起，卯初行，到禹
　　　　　　城桥午初，车到午正矣。一路绕水过小河，
颇累赘。未初一刻行，无水泥，酉正到廿里铺住，菜饭比昨夜洁净。闻雨舲住平原城内。

初五日　　（10月30日）卯初起，卯正行，未大亮。
　　　　　　出□□□细雨，一路溟蒙，不碍行耳。五十里至曲录店，因雨舲尖此，遂赶至。黄河涯尖，已午正矣。未初一刻行，申正到德州南关，雨舲住此，匆匆一话。晤张云骞州牧，知觐侄女已病故，怆恻怆恻。留住，不愿，赶至刘智庙，已上灯。云骞送肴酒来。餐后作书寄文中丞、余芰香，并家信。未至曲录，道左新修关庙，共三层，后二层系佛与观音，有毗卢阁。雨舲顷恭上匾对去。夜细雨，住处已预备，雨舲茶尖铺垫。

初六日　　（10月31日）卯初起，卯正行，雨住无尘
　　　　　　好走。过景州小憩，至漫河尖，午正矣。尖罢未初一刻行，戌初到富庄驷住。然烛行约十里，一路红叶，多是梨树。今日出德州，过景□□城，入交河，百卅里不少。将到店，有勇迎护。

初七日　　（11月1日）卯正一刻行。昨夜感寒，服午
　　　　　　时茶，得汗。戴风帽走四十里，过献县城内，

又十余里过河，共卅里。到商家林，赶集，白菜成山。入店。未初后雨来，不复能行，遂□□□仍两，餐，从前出史国公酒，今无复有矣。白米每斤五十文，好面每斤四十文，连年旱灾，尚能如此，还罢了。

初八日 （11月2日）卯正雨不住，竟不得行。辰正早饭后，且剃发。深州陈待诏，人粗而技尚可，说此处西南距深州百廿里，桃子到此买大钱三四十文一个。午初雨略小，遂行，涂间烂得狠。未正至河间城内，舆夫不愿行，实亦难走，绕至西关外小店泥屋中歇下。文星崖家眷住隔壁，崇雨舲住南关里，好行运也。因寄家书并附星崖一纸：闻说频年苦旱荒，商家林子气苍凉；连宵滴透深秋雨，想到明年饼饵香。山东戈什哈李姓住此店，带信去。文眷□闹至半夜方清，皆家人□□耳。

初九日 （11月3日）昨夜梦地大动，先南北后东西，母率儿及妇等悲叩向北，久始获□屋宇俱未震摇，醒大悸也。昨睡时雨□出，竟夜不雨。今日大晴。卯正一刻起，辰初方行。巳正二刻廿里铺尖，约十六七里耳，尖□□□初一刻行五十里，申初一刻任邱南□东郭店住，车泥水行后来。连日字课未荒，今尖住，特写得多，破站自在。闻雨舲尖此，今可赶雄县。道旁见大碑，乃嘉靖间三官庙，李坦、陈淮等撰书，今在野地。昨写武氏碑，有河间河阳史恢字，所住西关。乃走高阳路，大奇大奇！

初十日 （11月4日）昨夜不好睡，守更人谈家常琐碎重复，好扰人也。车越来越多，醒时丑正，熬至寅初后，遂起。车先二刻行，轿卯正行，未大亮，灯烧然，可怕。卅余里鄚州少憩，又卅余里西北漫敲，渐至赵北口，过连桥。巳正一刻，雄县南关外尖。尖后东行、北行约四十余里，孔家马头宿，仍前年住处。有□□□令同店来谈，少味。月色佳。

十一日　（11月5日）夜不眠，卯初即行，颇□五十里曲沟尖，又卅里固安憩，又五里过河两次，共廿里渔坊住。有济南车载二僧行，甚可笑。且寄第四次家信去。晡时狂风扬尘，月色逊昨。信未带去，车不回省也。

十二日　（11月6日）大风奇寒。卯正方行，沙龙不好走，廿五里庞各庄少憩，又廿五里黄村尖。步至南路，厅衙似新修饰，门扁尚未有字。费姓，浙江人。尖后行，渐见南苑围墙，卅里甚远，至税务处一话，入城到家，酉初后矣。子愚弟娣及侄儿女俱好，惟董姬已于廿七化去，为一怆怆。同子愚携保成羡季，吃广利居，菜可吃而酒则独酌。归，子初方睡。

十三日　（11月7日）仍风，比昨小些，而冷如之，果然冬矣。周看屋院，实轩敞，且有曲折，南城外当为最佳。屋子字画许多，挂出浏览徘徊，想见从前厂游之乐。子愚云今日厂中□□无此等物，即偶有之，价昂不可问矣。然收藏已多，惟古碑拓尚在意念耳。得山左初五家书。见近日邸钞，曾卓如署川督，谭竹崖署陕抚。川中被滇匪窜入，扬州六合失利，清淮警，豫捻窜曹县，东明胜□□□入京穿孝，袁午桥署钦差统剿务，各处多不得手。与广和居说定每日早晚菜饭，共京钱四千文，以银计之约三钱耳。开发轿夫帐。

十四日　（11月8日）风定，不大冷。早饭后出到蒋家哭觐侄。直隶馆与卢雨辰谈，言得二曲字，可贵。遇陈、张二君，亦俱耆古者。过后孙公园看香香侄并婿，亲家母出话一阵。看刘宽夫病，两足废，竟日在床蓐，兴致全灭，好苦趣也。子重得驴梅，奇兀甚。到厂肆观□阁内帖铺□姓，买得《鲁峻》《郙阁》《裴岑》《五瑞题字》四种，皆墨林故物，可怜也。尊古买得新青田图章九。块头友石，蔡丈旧印。余无所见。栩斋石峰极佳。瑞昌买酒一□□梁矩亭病未痊，谈兴如昔，与乃郎新侍讲话。归。蒋家鹤庄来，黄际川后至，同酌。散后写字一阵。今始知卿卿侄女上□化去，亮侄孙近夭逝，心绪作恶，夜不成寐。好长夜，奈何！

十五日　（11月9日）风又大作，冷。临《孟文颂》毕，□□时碑。午间剃发，浏阳曾姓。刘子重晡来晤，言张松屏处有《沙南侯君题字》，又《杨淮表》旧，贵州莫汝芝，亦耆古者。开尝昨买酒，佳，尚嫌新耳。发东寓书，交陈弼夫。晚乘月至松筠庵，与心泉、意庐一话，竹增茂矣。石谷卷粗笔头好。刘青园旧得萧、梁两墓志古拓，昔与子毅钩且题者，今年入潘伯寅手。

十六日 （11月10日）昨夜无风，不冷，遂得好睡，然寅正醒后不复眠矣。早起出至打磨厂聚泰店，晤康姓人，为输银事，将信交付。过冯鲁川不遇，与乃侄筱云一话出。少鹤上班。张松屏处同之，与乃弟笛仙谈。归，早饭将午初矣。写字临帖至午初。复出，与潘绂庭话。星斋来晤。张诗舫□□武闱未出场。高升店晤林勿村同年，新放临安守也。到黄霁川处，早晤伊遇善，话，归。晚，周伯荪共酌，琐碎少趣。绂庭言萧、梁二志以十六金得之，可谓廉矣。

> 黄贻楫，字远伯，号霁川，福建泉州人。

十七日 （11月11日）晴，不大冷。晨静，临帖。早饭后进城至兵马司胡同，拜崇雨舫，道候补阁学之喜，在东虽有此谣言，不想竟准也。雨舫已出门，未晤。至马家厂，晤宜春宇阁学，南花园久话，要看《娄寿碑》，而乃弟芝舫不在家。牛牌子胡同拜崇朴山阁学，病新愈，园景清佳，无水矣。笠翁旧笔，据云乃翁见亭前辈有记。出城，前孙公园少憩，与老八话。过翁蕙舫谈，梁矩亭未出，说歇着呢。归。林笏村谈，天遂昏黑，命酒。后子愚有它局出。独可看月，想到江亭也。

> 宜振，字春宇，号诜伯，镶黄旗汉军内务府人。

十八日 （11月12日）晨出，访杜继园、云巢，俱未起。孔绣山将出门上衙去，略话。与乃弟玉双，乃郎才甫一话。归饭。客来，张诗舫、潘星斋、冯鲁川、□□浦、郑九丹。问鲁川，知吴氏《蜀石经》欲售，而索值过昂。矩亭处借菊花四盆。午间写字一阵。申初出，拜王世兄敬然、吴世兄虔焘（子余，行四），俱晤。哭方少牧。蒋家有诸外孙、儿女回家。晤吴冠英，即刻回园去。早客尚有翁蕙舫，晚赵□□晤。夜饭后子愚请到文昌馆观剧。亥正后回，子初睡。见邸钞，吴婿事闷人甚，可耐何。

十九日 （11 月 13 日）早。早饭后出谒朱致堂师。拜薛觐唐。贺蔡鼎臣放肇罗道。晤焦桂樵。拜祁春浦相国，俱晤。梁海楼、王咲山俱未值。刘稺峰放河东道，亦未晤。万藕舲学使出棚。□至尊古、博古一游，松竹定团扇。饿甚，归，点心。方子桢来会。晚赴诗舲约，为我特设，不敢当也。同坐戴丹林、曹岚樵二叟，潘星斋绂庭、程容伯。菊花俱高大，不如宜春宇、崇朴山两处精品。

曹宗瀚，字岚樵，河南兰仪（今兰考）人。

廿日 （11 月 14 日）昨夜少睡。晨冷。饭，生酌一壶，醺醺矣。临《伯时碑》竟。午间出，李竹朋处与乃郎话。樱桃街访莫子偲，不遇。过厂，东门一带畅步，无可入目者。雅集斋点□携石经幅。张云村不遇。王翰乔处话。归。鹤庄在此夜酌，阿莲来候，颇醉，久不闻此曲矣。

廿一日 （11 月 15 日）昨夜好睡。天色日短，起时□□□亮未透也。早饭后出，贾中堂病未愈，梁矩亭同之。斜街见板桥联："二三星斗阶前落，十万峰峦脚底青。"东至邵武馆，何愿船患疥，久不出，遂行。上湖南馆，晤周门人昺本一及文小岚乃郎。回至北火扇，晤赵心泉话。方子箴未晤。黄家问香香泡菜。归，未正。

廿二日 （11 月 16 日）早剃发，感寒不适。王翰乔、
周幼庵来晤。饭迟，更不想吃。午间写大字
手斗甚，易皮袍或可好。吴世兄子余来晤。寄东信弟二次。
友石斋送看山谷书《狄梁公碑》，甚旧。黄际川来。晚同
子愚赴薛觐唐约，客有二潘，酒菜俱少味，然即使佳，余
不敢属餍也。闻文渭川已作古，惊悼惊悼。

廿三日 （11 月 17 日）且养息，竟日未出。写大字
两阵。崇雨舲来晤，眷倚未衰也。门人王□康、
何述经来见，杜云巢晚来。子愚有己亥□局。

廿四日 （11 月 18 日）尚嫌气怯，畏风，然无大不
适矣。早饭后出，冯鲁川处话。程容伯未遇。
郑□□晤。赵心眉未遇，昨放桂林道缺也。栩斋不在也。
王蓉湘一谈。至诗舲处，才未初，留作字，晚酌，现邀潘
绂庭来，肴酒俱可人意。见《西溪图》，乃高江村物，高
庄归张文敏□农□庄百图亦后至，诗舲题绝句六首，清妙
非凡。

廿五日 （11 月 19 日）整夜狂风，不得好眠。今晨
冷矣，如无雪何。得东寓平安书，兼有余芰香、
宗涤楼书。吴养云同年于十三日病殁，可怆可怆。何苦必
欲复官也，所藏字画颇多，惜未得见。未正至广和居吃面，
佳。何芝亭来话，蜀事省垣惊惶。早间魏门生凤仪来见。
晡出至栩斋，为刻印事。回拜杨协卿。归，遂昏黑，得长
沙李仲云书。

潘祖荫，字伯寅，
江苏吴县（今苏
州）人，喜文史，
嗜吟诗，精收藏。

廿六日 （11月20日）晨起，饭后巳初一刻行。阴□□初三刻到园，至沈朗亭处，适入城去，且就总翠轩憩，问知今夏得孙，可喜。步至池南，晤潘伯寅、许仁山，得见萧梁永治□□妃两墓志，甲□年题记宛然。想起刘子敬及吾弟子毅，毅曾有钩本也。《姜遐碑》旧极，真宋拓，比《萃编》□□百余字，惟字则习褚未成，不足深玩耳。寻到黄树皆处索饮，冷甚。上灯后方得吃，伯寅、仁山及鲍华潭、张小梅俱集，皆两斋翰林后辈。吴冠英后至，亦入席。畅饮破寒。树皆比从前平实可敬。夜眠沈寓，好睡得狠。甫宾新作，平台敞远，西山咫尺，仁山宫竹茂密。

鲍源深，字华潭，
号穆堂，安徽和
州（今和县）人。

廿七日 （11月21日）辰初一刻起行，巳正到家，冷极矣，呼酒少活，不思饭。门人唐亮丝见。午间时晌时□余正赴张诗舲慈仁寺之约，入门一恸戒公也。祁春翁、林福村、王咲山、林颖叔、王少鹤同坐，菜太多，酒佳，饱甚。回家，起更，赵心泉同子愚吃广和居，散后来说笑一回而□写字□亥初寝。

茗艼，即"酩酊"。

廿八日 （11月22日）早尝薛觐唐所赠酒，不过□□也就罢了，一壶已薄醉矣。觐唐来，口占四句谢之："隔墙呼饮菊花前（谓廿二），仍念萧斋看雪天。飞到江南双巨瓮（甫由津门至），老蝥茗艼入新年。"寄王雪轩、朱啸鸥、吴平斋书，俱附根云信中。又寄鼎侄书，明日折差行也。写大字一阵。白玉送东信归，似中煤气也。两次寄东寓信，附入答荄香信中。杨竹生来晤。

廿九日 　　（11 月 23 日）晨出，过潘玉泉、戴昌文，俱未起。曹兰樵老翁晤话，中有梦堂篆扁，不记得何日济南题也。寻黄际川，未开门。归。同子愚携稚饮广和居取暖。午间写字会客多。戴昌文，乃胡仲安同住者，问知仲安以六年殁于宜昌，无子，柩未归，可叹也。晚饮朱致堂先生处，肴酒甚精，为之醉饱。有王子兰第三子同坐，见之怆泪。问其书版，则《广雅疏证》在天长祠堂内，恐难保存，余俱在京寓无恙，然不如《广雅》之精也。

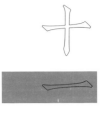

十一月

初一日 （11月24日）晨起，冷。正命酒，而薛觐唐至，因留饮。午间写大字多。会客，张竹汀、□□□、程容伯俱晤。晡出，寻刘子重，方病目，出就医。打杂人吴大认得我，至刘宅廿五年，为引看各屋竹石，并太息宽翁病状。赴方子箴、周小田席，客多，肴酒少味。菊事已凋矣。写字一阵，颇冷。

初二日 （11月25日）晨冷。阿莲来小酌，看写□□阵。未正出，至文昌馆，丙申同年公请林勿村太守、锦堂州牧，其实止余与海楼、咲山三人为主人。梁矩亭病未至，乃郎檀甫侍讲代办，菜甚佳。昆曲多，遂至亥正方归，可云畅矣。

初三日 （11月26日）晨酌后进城，祁叔和处久话，篆字甚长进。桂中堂处想看《华山碑》，即东云驹本，不得遇。崇雨舲亦不遇。至衍圣公府，孔绣山兄弟请，冷且饿，同潘绂庭、冯鲁川□四碟先酌。高丽使朴适后来，冯展云复至，潘玉泉南来得晤。申正未终席出

东肇商，字云驹，陕西华州（今渭南）人，明末诗人、收藏家。

城，至厂市一游。至赵心泉处，畅饮、畅写，颇尽欢，薛
觐唐大醉。今日孔、赵两处我不知写了许多字，此京师之
乐，外间惟吴门□此景耳。

初四日　（11月27日）竟日未出。写字静。午后客多。
　　　　　沈朗亭自园寓来，直禄保知县发□吴桐云、
丁颐伯、王霞举、李叔和均晤。晚酌时际川弟兄来，知乃
翁寿臣十二在苏州，月半前后可到都。见邸钞，黄池失陷，
乌溪窜贼，计苏□□警动，奈何奈何！友石斋送看三石阙
卷子。

丁寿昌，字颐伯，
号菊泉，江苏山
阳（今淮安）人，
精通文字音韵之
学。

初五日　（11月28日）晨游厂市，携《西狭颂》幅归。
　　　　　早饭后写字。后复酌，如初二例也。午后见
客祁叔和，久坐无味。杨曾来见，问墨林、子言身后书帖
各事，尚能读书者。周芝台协揆哺来话，比前年又老些。
薛觐唐升江宁藩，联桌乔运。

初六日　（11月29日）晨，和寿阳相国四律写去，
　　　　　末首柬诗龛。潘季玉来话。早饭后出，过诗
翁略话。往东头喜鹊胡同，杨氏兄弟三人俱晤，为写字一
阵。用洋镜照出小影，以洋中药末擦镜背即留住，法甚奇，
实则浣香《镜镜铃痴》有此法也。亭馆雅洁，惜有池无水。
乾鱼胡同王□□族人。未正至文昌馆，王翰乔同年请□□
归，得东寓廿五日书，有弼夫复书，言养云以初十殁，而
桂儿信则十三也。晚酌时门人□芝庭来话，送川笋□□□
子鹤自天津归，米到十万耳。

祁寯藻官至首席
军机大臣、体仁
阁大学士，因是
山西寿阳人，故
称"寿阳相国"

初七日 （11月30日）晨静。早饭后剃发。写大字多。发东寓家书。和沈朗亭"练"字，韵诗三首。晡出贺薛觐唐。过潘绂庭话。归，寿阳诗复至。冯鲁川送到吴氏所藏《蜀石经》两册，见之凄惋。寇小蘅丁内艰，开吊，挽云："内政佐鸣琴，晚来榆社传经墨帐，九秋霜叶落；词臣新赐锦，怆矣蓼莪失传麻衣，万里雪天归。"乃翁秉忠，壬午进士，山东知县，现坐省书院。

初八日 （12月1日）晨静。午间写大字。出，过诗舲，交诗卷，未值。回拜客，至铺拆市内，大慧寺晤黄太守汝楫一话，湖北人。过桂福村话。黄姻母处道喜，两侄孙隽秋试也。与香香夫妇话。赵少言处话，有春湖甲子年字一横幅，觉□和尚四幅。至祁相处话，遇段芳山，及新放□江守高倬。归，点心。张锦瑞来晤。□□□来久谈。晚饮赵心泉处，周小田、允臣做东，而允臣未至，酒肴将就。写字多而用心，故得不醉。

段承实，字芳山，江西南昌人。

初九日 （12月2日）晨出，□福籽、子鹤俱未起。归，未复出。昨日继芝舫信，要携帖见过也。午后贺仪仲从天津来晤，辛菊洲广文由山东来，杨昉来见。

初十日 （12月3日）札致芝舫，得回信，十二日见过。写大字多。沈朗亭来，知阿哥天花不甚顺症，闷人闷人。张镕瑞来见，取了学正，湖南共取五人。晡出，回拜菊洲，带东信去。周芝台协揆处请，同坐者张诗舲、曹岚樵、方子箴及其本家翰林乃文、王朗山胞弟。

张镕瑞，字筱溪，湖南善化（今长沙）人。

豆腐头样菜，看亦佳，免海菜，可谓用心之至。

十一日　（12月4日）早过李竹朋，见彭文勤《消寒小卷》，船山画一段极佳，字除文清外无甚味，仍携小松《嵩岳访碑》册子来，前年曾题诗也。早饭后写字一阵。未刻出拜十余客。博古斋遇达□□为画兰一幅，携垢道人画小卷归。杨□□来谈。何愿船晚话，今早进书《北徼汇编》八十二卷、十六套，皆记俄罗斯，谓"俄罗斯"三字、"乌孙"二字奇确……南书房看友石斋开母卷买成。

彭元瑞，字掌仍，号芸楣，江西南昌人，谥"文勤"。

十二日　（12月5日）晨静。午间风大，不欲作大字，临《公方碑》。未刻继芝舫司马来晤，携借《娄寿碑》并碑考一册，谈碑极有理致，年方廿八，难得之至。意欲并得《夏承碑》，以皆系华氏真赏斋物也。晡至，访张松屏，不遇。鲁川处遇其归寓。昨考御史题，"田横一壮士耳，犹守义不辱""论闽粤水师宜勤加操练策"。鲁名第四，王□鹤第五，吾乡王雁峰第六。第一者，梅启瑞也。归，饭后乘月复访松屏，见《杨君石门颂》纸□墨黑，焕然如初拓，真有神采，今日两见佳碑，快畅之至。得东寓初二日书。

十三日　（12月6日）晨至慈仁寺，吊戒学大师墓。登高阁顶一望，谒顾祠，归。过陈子鹤略话。归饭。风太大，无甚趣。未刻到王咲山处，同年与沈朗亭、梁海楼公请，客有潘季玉、林福村，朗亭先入城去，上灯后散。归，仍酌两壶，饭一盂。用"鹰"字韵题芝台《阁帖》，唐突□□矣。子愚往黄家晚饭。

十四日　（12月7日）晨出，看梁矩亭，与檀甫话一阵，知矩翁病状仍如前，而不得脱体为闷也。午间写大字一阵。"鹰"字韵诗送寿阳相国看去。晡见数客。晚赴何门人元嵩席，屋大甚冷，归，不甚适，己亥正矣。

十五日　（12月8日）起，怕冷，不自在。将饭，阿莲来，命酌后写大字一阵，然竟日不爽快也。寄杭州三弟一纸，寄东寓书。朗亭处取到哈密瓜。鲍子年来话。

十六日　（12月9日）晨起，钩《娄寿碑》起，好气闷人□□出至竹朋处，借小蓬莱阁刻，乃无有，略看画归。申初出至松筠庵，祁淳翁请，谈宴甚畅，客有张诗舲、陈福籽、子鹤兄弟及潘氏三兄弟，戌初散。余至吴冠英屋中，主人仍来同话一阵。归，月色好，如不雪何。灯下临帖□□今日钩帖得三纸，问心泉和尚借看画册来。

十七日　（12月10日）风大。早饭后入城，至马家厂继芝舫处看帖，《兰亭》《淳化》派极多，与余性不近也。为题数件，携《武荣》《阁帖》《坡赋》共三册归。晚诗舲招饮，同子愚去，少味。归。坐程容伯

□□黄际川在此，知乃翁寿老不日可到，仍□酌一□去。

十八日 （12月11日）无风，有日。钩帖极好，午前遂钩得四纸，可喜也。李子和来话。未正出至喜鹊胡同杨家饮，看可酒差，写大字不少，客有冯鲁川、李竹朋，余不识也。归，看月，复酌。题潘季玉《莲塘泛舟》《秋宵话别》两图，得《水调歌头》《金缕曲》各一篇，甚畅适。与子愚话至丑初方睡，近日希有。

十九日 （12月12日）静，写大小字俱多。晡出李竹朋处，看法黄山画册，极妙。赵心泉处饮，子愚同往，无它客，蔬果精矣。纸墨嬉娱兼之歌咏，颇为尽欢。

廿日 （12月13日）子毅忌日，连日怆泪，无夜不梦也。剃发时潘绂庭来守候，同往宴宾斋，与曹□樵、李竹朋同请我，祁叔和子闻作陪，未正散。余归，少憩，复出。黄寿臣亲家已到，方晤话，祁叔和请福兴居，仍晨间请客□□□□酉初散后，与竹朋闲话。归，仍独酌，粗了字课乃罢。

廿一日 （12月14日）晨，写"鹰"字诗。送回芝揆《阁帖》。寄东寓书（由芝香）。早酒多了，略困些。寿臣字来，以侍郎□□候补，且免道途劳瘁，可喜也。昨说在杭见子敬，在常见鼎侄，母子俱适，为慰。申初出，至谢公祠，陈福籽、子鹤昆玉请客，有祁淳翁、张诗翁、梁海楼、王咲山，酒剧佳，看亦旨。寄杭州子敬书。

廿二日 （12 月 15 日）早过竹朋，借《书谱》一看，带香光、蓬樵画册去与看。昨夜做成《题西溪图》诗，送诗翁钩□□纸。甚静。午后到祁相处，同游息园，为改名"借园"，题写各件。老翁执谨，可敬之至。《消寒古味》《借园寒趣》《鸢岩图》，又斋额数方，对联数付，命酒润笔，子禾侍侧。冠英碰来同话。申正方散，复出至寿臣亲家处，同子愚饭，便酌，清谈，亥正归。

廿三日 （12 月 16 日）昨不好睡，瑞丰酒真不好□也。晨出，过丁颐伯，未起。冯鲁川处交《蜀石经》价百金。由厂肆归。《娄碑》钩毕。写大字多。晚出，饮颐伯处，见前年题《嘉祐石经》卷，客有林颖叔、李子衡、杨协卿及仲山。归，陪客，饯薛觐唐，请黄寿臣、赵心泉，有莲秋入坐，□畅。

廿四日 （12 月 17 日）晨出，拜数客。到潘家晤绂庭，□□归，酌。星斋赠自画花笺甚精。午同子愚出，至文昌馆拜潘母寿，观剧至夜方归，有《窥醉》《醉归》两曲，厌吾意矣。复独酌两壶才睡。

廿五日 （12 月 18 日）竟日静。写大字多。写《娄寿碑》□诗，小楷尚可。杨竹生来话。晚赴赵心泉酌，寿臣、子愚、方子箴同坐，有笛曲人，酒前后写字极多。丑初方归，睡，臂为酸矣。得东寓十五日书。

廿六日 （12月19日）早，潘绂庭来，送还《丁巳日记》，久话去。余旋出，过潘木君前辈，见《江天一笑阁图》，所谓《白门雅集图》，有程春海师□□记，主人为贺藕庚丈，葆逸舟外两人不记得。至松筠庵，吴冠英及心泉和上请，客有祁淳翁、李竹朋，先点后席，而酒不佳，余无兴会，闲话已暮，光阴可惜之□□。睡起，两壶后忽畅健，写皮纸字一阵，方寝。上灯时根云折差来，见信，南事难了，奈何！子愚书房被窃银表，越墙而遁，东邻呼告，已无及，甫夜耳，乃有此。携冠英《春水归帆卷》归，见余与石舟旧诗，不胜怅怅。

廿七日 （12月20日）早剃发。早饭后静，步至张□人处一话，甚嗜学也。晡至李竹朋处，看石涛大卷，未为精品。青主诗卷携归，乃哭寿髦诗。寿臣晚来共酌，三人谈畅。见邸钞，子敬弟署浙粮道，因□□川奉旨署藩也，甚慰喜。早间甫接鼎侄阳湖书有此消息，乃见报如此快耶！晨微雪。

廿八日 （12月21日）桃花馆取来得天四十八幅拓本，乃皆赝迹，养云刻之无味也。早饭后出至寿臣处看屋子，与商量一回，劝其不必另觅屋，前后互易可矣，恐未必听也。吴桐云处话。过厂肆无所见，归。写对子十余付。今日奇冷，晚酌三壶方毂，醉笔涂抹一阵。见邸钞，蜀报三县收复矣。

长至日 （12月22日）晨静□午间写大字多。题杨文云所藏《娄寿碑》，后得诗一首，即写于前日所录翁诗后。户部大火从午至酉未息。晚到松筠庵，王少鹤请客，止祁淳翁、林勿村与余三人耳。张诗舲、刘韫斋以救火不到，毕东河街内起火不到。谈虽畅，而心怆矣。

卅日 （12月23日）晨，过借园，与淳翁及子禾一谈，携《复初诗》《霜红龛集》《借园寒趣卷》《梅花书屋图》归。午初出，过赵心泉，未值。入城至□□先在大门外土堆，被小绺剪表去，一呼人□表乃在地，无恙也。入衙有大门耳，二门大堂及□□各司俱烬，东北东南各司多在，火起于库房，皆旧稿堆。此时火尚未灭，苦难得水，一望瓦砾，栋宋古木，浅焰尚炙，惨何可言。闻堂司各官，俱在三库也。过朱桐轩、沈朗亭，俱未晤。与沈郎一话。出城过厂市，翁蕙舫不值。归，将暮矣。寿臣晚来话，有局不酌。去后余同子愚酌，薄醉后，皮纸字写几张罢了。

亲，房屋的大梁。

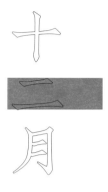

十二月

初一日 （12月24日）阿莲来，不饮食，写字一阵去。午后出拜数客。归，写大字多。晡后寿臣来话。王曼生来晤，尚为三河令也。光景如昔，可慰。

初二日 （12月25日）晨，候客。过李竹朋。至厂市，回拜周芝翁、程容伯，未晤。饭后至松筠庵看刘文清书碑，胡云坡尚书撰记，"松筠庵"三字竟不知何人题的。回拜吴筠轩，归，发东寓书。晚出至刘子重处，同冯鲁川请我，客有李子衡、张松屏、王蓉洲，名士气□重。肴酒俱□佳。回过寿臣处，畅饮畅写。丑初方回。

胡季堂，字升夫，号云坡，河南光山人，曾官刑部尚书。

初三日 （12月26日）子重早来，松屏次之，鲁川最后至。看《娄寿碑》。留早酌，颇畅。客去，余做得《次韵奉答寿阳谏草堂》诗一篇。晡见数客。李竹朋来，同赴张老人席，客有尹杏农、方子箴、周小田。酒肴俱精，不易逢也。写字颇多，闻山东沂州被捻。

初四日 （12月27日）怆痛渐甚。午出拜赵兰友年伯，明日寿。寿臣不遇，与际川话，归。

初五日　（12 月 28 日）母亲忌日，儿六十一岁生日，连夜五更哭醒□□□□之蠢也。早晚供，尚不迟。题祁春翁"勤获斋"及李竹朋所收青主《哭子诗》卷各一篇。晚试写小楷。寿臣来同夜酌。白玉复发痰，蹶五次，不至如前次之利害耳。

初六日　（12 月 29 日）早，阿莲来同酌，乞酒堕瓮，为一破笑也。写大字一阵，周秋庵早来晤，昨日掣得四川，甚好。韩树年前辈晤，比前年老多了。晚赵心泉请，同子愚往，客止寿臣、子箴。听曲，酒佳。写字纸毂，归时丑初矣。

初七日　（12 月 30 日）早游厂市，携数帖归，《房□碑》颇旧，有乾隆五十七年王惕甫题记。过黄寿臣，未起，而夫人已恭敬上香，□郎生日也。到张诗舲处道喜，今日过礼。遇潘星斋一话，归。翁叔平一话。早饭迟，到午正矣。朱桐轩前辈、龙老三湛森来话。祁叔和来寻字。出至陈福籽子鹤处一谈，南漕防夷事不即载运，奈何。子愚饮吴筠轩处。

初八日　（12 月 31 日）早出，□老四一话，略问□山东事，何伯英处□□书《乐寿图记》，有神气。吴冠英处话。归。饭后写大字极多，刘聋子来，看得出神。晡出，方子箴处送看周谷田《商城守御纪略》，

王芑孙，字念丰。号惕甫，江苏长洲（今苏州）人。

为题诗一首。送还□曾笙巢不遇，归。晚酌后作诗，题祁淳翁《借园寒趣卷》，得五古四十韵。

曾协均，字笙巢，江西南城人。

初九日 （1860年1月1日）本有早局，大小客俱辞，止寿臣来酌，心泉后至，一话耳。客去，写字一小阵。出过诗舫，遂留酌，并邀星斋、岚樵来，肴酒佳。上灯后，赴□□卿□请，院子大，月色好。携《坐位帖》归。

初十日 （1月2日）写《借园寒趣诗》，小楷四百余字，尚不甚荒也。午出至文昌馆请客，到者潘星斋、张诗舫、陈福籽，子愚亦往，减菜不添钱，自开菜单，早晚各六肴，颇清美。客辞者，潘绂庭、玉澄、黄寿臣。散后过朱景仓侍御，索看《请弭灾祈雪》折底，平实朴□，真好。回家少憩。赴张松坪之请，来其数事，酒佳，饮后略写字，归。过寿臣与子愚饮。□□□□未回也。

十一日 （1月3日）晨静，□间写大字一阵，□至厂肆，归。晚至心泉处，作东请寿臣，子愚同往。酒后作字，遂至一点钟。归，好睡觉。来鸦鹊，噪矣。

十二日 （1月4日）早，过淳甫中堂话。带《食笋斋图》及《馒弇亭图》归，要题诗也。松筠庵访冠英不遇。归。酌后，午间出，晤竹朋。程容伯次郎完婚，道喜，张诗舫之女，贺联云："画眉京兆笔传婿，立雪门生诗贺郎。"诗舫兼尹，容伯主讲金台书院也。到厂肆。归憩。晚出，寿臣处饮，有鹿尾两支，一支佳。归，睡得暖，狠自在。发东寓书。

十三日 （1月5日）早出，至福籽处，未起。看《长文襄年谱》，潘绂庭见过，寻至福籽处，遂同来吃我的半席。子鹤侍御门班召见，归，亦来入坐，殊有趣也。客去，余作《四明本华山碑诗》。奇冷，不可耐。约寿臣来话，乃携肴酒并呼阿莲□酌，多日无此醉矣。子愚河东□□拜□□樵堂上寿，以冷未暮归。得鼎侄常州廿三日书。申刻见门生四人。

十四日 （1月6日）早拜王世兄缉甫，为房子事，未起。归酌，复往。为寿臣订，无成说，罢论可也。归。静一阵，未刻出，谢公祠江西秋园，福籽约往观剧，颇少味。酉刻□至福籽处，借车归，因车夫寻不着也。黄际川来同酌，亦薄醉矣。客去，写字一阵。

十五日 （1月7日）晨出，回拜，由厂肆归。饭后奇冷。竹朋来话。晚饮寿臣处，在前县公园与看屋子一回。伊到都多日，此屋尚未看过，一奇。

十六日 （1月8日）早起，入前门东四牌楼驴市胡同，拜刘燕庭第四郎振采，上年新中，知《华山碑》在伊兄虞采处，南河候补通判。文正、文清、文□三世皆无碑志文集，故燕翁亦无之，并行述也，说家中例无此也。到崇朴山处，写《题四明华山碑诗》，奇冷。在□□□屋内□山请训回，晤话，仍出。两郎秀慧……意思郁郁出城，至三庆园，福籽请观剧，未正二刻到申正二刻散。至寿臣处同酌，屋子事仍阁起，食鹿尾，佳。

十七日　（1月9日）冷甚。晨，大厅写字一阵。王缉甫来晤。阿莲来索书扇。午仍写大字，挽为疲苶。刘聋子来伺候竟日，题写各件极忙。晡出至博古斋结帐。吴子余世兄处年敬。松筠庵送杨忠烈家书刻费。心泉赠小松画小幅，冠矣。一谈回，复出寿臣处，同子愚往，客有心泉及莲衢，小醉□□。

十八日　（1月10日）晨出，候客。早饭后清字债，作《馒饤亭诗》，并题各件，止好七言绝句，然风味殊胜也，欲向谁说。晚饮心泉处。便道至子鹤处，晤福籽。又到林颖叔、祁相国、吴冠英，厂肆。回，复出心泉处，酒后作书，围绕挥毫，自凄然有别意。

十九日　（1月11日）坡寿，无人做东。晨拜崇雨舲，得常少。江东神信有灵也。连日奏事，未晤。孔啸山□□□中堂处，有心事。华山碑不□□□□回，买酒。到家，子愚酿清音，大喉咙多，吾不喜也。晚饮，得香莲雅唱，酌大畅，寿臣、心泉作客，眷眷话旧，遂至夜分，外间有知余行色者。

廿日　（1月12日）早起，写扇、清书好一阵功夫。淳甫先生早送到送行诗，云五鼓披衣草就，意何挚也。张吉人来送。午初后出，回拜胡铁庵，一话。至寿臣处，与子愚并阿莲四人，看丰意厚，握手难别。未正二刻，回家与子愚弟娣□别。寿臣仍来送。出南星门，□不大冷。□初三刻到黄村，住刘家新店，平敞少见也。轿夫十名，每名每日一千一百文，班儿车每日三千五百文，轿车二辆，每辆十一千文到济南，炭每盆卅文，寿阳相诗送行意早。

廿一日 （1月13日）误看表，又误月明为天明，寅正即起，候至卯初二刻车行，卯正轿行，尚未亮也。路沙堆，不好走。廿五庞各庄，无尖处，又廿五渔坊尖。又廿固安河，有草桥免渡船。又卅五里曲沟住。车后□□亦到。余到申正一刻，炭每盆廿五……如昨暖。（天头：十载扬州老画师，戏将楮墨代胭脂。画成竹柏无颜色，卖与东风不合时。）

廿二日 （1月14日）卯初起，卯正行，奇寒无比。五十里孔家马头尖，手脚都不懂事了，烧酒四两解围，片儿汤两碗。午初一刻行，又四十里，未一正三刻到雄县住。车后一刻亦到。鲫鱼一个，买得一百五十文大。"春色太匆匆，飞花到处红。生来飘泊惯，不敢怨东风。蕉叶生题。"

廿三日 （1月15日）卯初二刻行，冷甚，比昨好些，夜间家信付涂间福建京差车去。七十里到□□尖，午□□矣。午正二刻行，五十里，酉初到□铺住。

路大，住店冷。今日家中祭灶矣。

廿四日　　（1月16日）卯正一刻天将亮行，冷。五十
　　　　　里至商家林□尽南头又回来，不见车，轿夫
小尖复行。又廿里臧家桥赶上尖，已未初矣。尖后未正行，
五十里伏城驿住，已戌初。一路土大，无雪意。晡时睡着，
梦两黄羊随我。

廿五日　　（1月17日）车先二刻行，余卯正方行，将
　　　　　明矣。七十里□□尖□□后矣，尖迟，午正
三刻方行。黑路……刘智庙，今日一百卅里大也。昨夜暖，
今果沉阴酿雪，午晴，晡复阴，亥初雪花飘飐，能竟夜为妙。

廿六日　　（1月18日）子刻起看雪，果大畅，遂达旦。
　　　　　卯正起，辰初方行，一白无际，舆夫蹇步矣。
巳正二刻方到德州署，张云骞签押房，早饭。雪止，渐融
化。申初出，拜金云卿粮道。归，即来回拜。晚与云骞酌，
命两仆先寻店住。轿夫令回京去，雪后止好坐车□戌正后
□□佳。

廿七日　　（1月19日）卯正行，云骞差人备酒面，殊
　　　　　佳。一直向东，雪风甚冷，过土桥，即赵王
河流，河身亦巨，共六十里。午正到陵县署，看鲁公书《东
方赞碑》，碑面碑阴及两侧环刻之，碑屋北向，而碑面本
南向，相拗矣。主人舒□□，下乡催粮去，委员田君、帐
房郑君□□门人袁虎臣同饭，略酌罢，未初矣。促车行，

往南廿五里，马家□又十八里水务住，酉正后矣。店荒凉□□□烛买。面条佳。忆刘智庙有题壁句云："今昔风光已迥殊，胭脂虽有牡丹无。剧怜一种无盐貌，辜负潘郎美丈夫。"亦可叹也。潘小咏□□处人。

廿八日 （1月20日）卯正一刻行，天大亮后。一夜大雪，晨来已更大，无路可认，一直南东行。五十五里入禹城北门，望见南门，东转到县署。王石樵前辈晤话，伯尊世兄同酌，取暖。家乡寄糖矗头来，佳，携一小瓶行，兼辱想年资。午正到未初□□出南□□车行四十五里，酉正二刻到晏城□□屋小而洁，酒两壶，稍暖。衣被多被雪□□幸有炭耳。砚冻字淡。将到禹城，见城垣新整，雪光盈望，江城如画里。

廿九日 （1月21日）夜间冷甚，不好睡，一夜雪大也。卯正二刻方行，无车□，难畅行。入济河北门，出东门，过大清桥，免上船面，汉河过一小船，略耽延，尖后午正矣。向东行，风雪奇寒，衣不沾身。西关外□车久□□酉初矣。大小俱适为慰，小山学使□在□□共晚酌，畅谈。

除日 （1月22日）晨酌后出，晤余芰香于宿官街，因乃弟藕舲事撤任也。文星崖中丞处久话，振作之意颇锐，亦尚肯听话。陈弼夫处话，借貂爪坎肩，为冷也。吴慕蘧未遇，归。中丞送酒果，有鹿尾。团年夜酌自在，好一幅燕舫消寒也。接富辞年后，子初睡。

咸豐十年

元旦　（1860 年 1 月 23 日）阴天，起稍迟，□初矣。望□□后神堂行礼，老小拜年，□得食饺子不到廿枚。郑小山来话，午间日出，和暖，夜圆棹团饮如昨。

初二日　（1 月 24 日）静。新年两日已临过《西狭颂》一通，欲补都门字课也。午间出拜年，各衙门俱到。学使处话。归，冷。

初三日　（1 月 25 日）令仆辈聚雪为山。午间李仲衡来谈，知嵇春源所苦尚未愈，久泄可虑也。又闻廿七徐州失守，□□传讹耶。发都寓书。晡出拜几□□□谢旸谷一话。由仲远处沿湖行，雪景虽佳，冷极矣。小山请便饭，看极佳且多，两人对酌，小醉矣。

初四日　（1 月 26 日）冷极，竟日作字，不离火与酒，不见一客。桂儿出门拜年去。《史晨前后碑》，灯下临竟。

咸豐二年庚申元旦陰天甚稽遲　繁驟

神拜新禧老小拜年也　食餃
子孫以樹枝掛以出未話半間日　未曉夜

圍柈圍餚多筵

初言靜新算曆已臨逾和狹頌一囬以福
都門宗誼也賀年各箚以候引等便
生話歸水

初三日令備快車駕馬以為北行勵未談起
稽各原兩涪岩未徐久逆之宛中以間廿七徐
川未行也

偽駝耶娄糊發美婦本妊第

初五日　（1月27日）天气稍和，歇一日不写字，看
　　　　　《昌黎集》。

初六日　（1月28日）更和，欲暖。看韩集。客见朱
　　　　　时斋、杜惺堂、陈达斋。竟日晴。

人　日　（1月29日）临《公方碑》一通。晤吴凤堂、
　　　　　姚小颂，卓庵之□□在下场，可怜念也。闻
新调济南府，青州守毛寿存病故于途。

谷　日　（1月30日）王姬四十二岁生日，早面，
　　　　　夜酌。上房院有六人班，京钱五千，聊为一噱。
川笋闷鸭，极佳。客见章师舟、吴筱亭、牛仲远。《公方
碑》第二通竟。

初九日　（1月31日）晨静。午出，晤陈弼夫，郑小
　　　　　山、钱香士各处回候，俱未晤。吴慕蘧晡来话。
弼夫言及姜家《岱岳访碑图册》有出售消息……画，除夕
所得者。

初十日　（2月1日）早，陈□门□诸孙上学，傻瓜
　　　　　亦上学，读《尔雅》甚高兴也。朱时斋回信
说明日姜家有消息。杨旭斋来话。王壬生来话，现在抚署
馆，少年好学者。晚请杜惺堂、陈达斋陪先生。哈密瓜尚
可吃，几忘却了。发都寓书，有寄寿臣信，从学院折差去，
说明日行。

十一日　　（2月2日）静竟日。客晤王伯尊、朱临川。临川仍馆院署，甚作难，非复雨舫时光景。

十二日　　（2月3日）先室生日。张云骞来晤，梅卓庵同□□数客。晚约吴慕渠、汪叔民、吴筱亭、梅卓庵、王龙溪、孙星华酌，甚畅，主人醉矣。先约者，陈石邻、方小东、杨紫庭、张云骞、王伯尊，皆辞。今日慕渠生日。

十三日　　（2月4日）戌初三刻，立春。梅卓庵、武理堂同请，客二人，我与云骞也。午间晤金云卿观察。李镜缘来谈，奉派查铁门关□税，甚苦甚苦。

十四日　　（2月5日）阴沉沉，酌。午出回候客。晤吴筱亭，知其将往东河□得东武诗□□藕生处，话，归。晚饮藕□处，客皆同乡，看酒均佳。孙星华送来云峰山郑氏摩崖刻，有从前未见者，可喜也。

十五日　　（2月6日）早，检云峰各拓。天仍阴，然积雪将化尽矣。未正赴中丞席，观剧，新打戏台甚宽敞，便于武戏耳。子正二刻始散，少味。客惟清方伯、陈都转、全督粮、吴首县及余五人。家中有郑太太来。夜看龙灯。

十六日　　（2月7日）清而冷甚。约葛藕生、张云骞、武理堂、牛仲远、方小东、王伯尊饮，散后同看双龙灯。客去，上房再舞。睡时子正矣。□寿泉、苏炳臣先后来晤。

十七日　（2月8日）晴，仍不暖，未见客。李仲衡来，与桂儿谈，知春源病剧，可怜也。得都寓十一日书，中有陈弼夫、彭雪眉、李竹朋□书，吴冠英画《燕舫消寒图》寄到。京师尚未得雪，亦可怪。王雪轩书中有江北近得奇捷语，邸钞中未见，想□□得涤生闻□度亦得手可□□□晚出□有□年处，写□字一阵。

十八日　（2月9日）书房开□，"宜兄宜弟，而后可以教国人"。兰茁其芽得"芽"字。申刻出候客。晤明月舫，甫从曹充一带□团勇堤壕回，情形知悉。晚酌，云采灯带戏耍至子正方散。得鼎侄嘉平廿六书，根云公馆太常仙蝶至，果佳兆耶。

十九日　（2月10日）静，张小蓬来晤，随月舫归也。外间事难办，德都护无用□。

廿日　（2月11日）冷胜昨，墨冻甚。明月舫来晤。文星崖中丞□□公私皆无甚可谈。朱时斋来话，姜家岱碑图无影响。灯下作书寄易问斋。

廿一日　（2月12日）剃发，孺辈次第皆剃发。新来孙十颇可也。易问斋眷属忽由青州来，从此入都，往奉天去。而翟明之兄今早甫行，往青州揽个空了，可叹可怜。今日寅时开印，大雪正其时，约得将二寸。葛藕生晚来话。

廿二日 （2月13日）早，儿侄回易家，拜于大花店。今日已行，……来问悉□□桥在彼，甚得……后即可□□阳矣。晡出，看郑小山尚□□不能见客□□附子之过。陈弼夫处谈。见京信，及南信，初九、十两日，江北贼营俱被我军击夺，为近日奇捷，张□臣之力也。夷人有先议和之说，亦佳耗。

廿三日 （2月14日）"使自得之"。周诰殷盘，得"文"字。杜、文两监院来，说要禀请中丞问甄别示期也。缊之须往汶上署，嘱以《衡方碑》移□□事。张升谷来话，仍为作叙事。晚得都寓十七日书□学使折差带回。业黄梨□□带到，甚好。梁矩亭同年于十二日病殁，可惜此好人。同年凋零，连失二梁，可伤感也。浙中书同来，联侄续姻邢子尹之女，廿九喜事，亦可慰喜。

廿四日 （2月15日）晨，渐暖。饭后出，候客。晤嵇春源，病可就愈，自六月初三起，七阅月矣。与老十五共话于上房，谢旸谷□身疼，是何症耶？牛仲远处久话，□陈□□□水光已活，无点□耳。钱香士……堂请□未入。李仲衡不在家□□庵。余藕舫□移居，未寻着。午间暖甚。寄吴平斋、乔鹤侪两书，并寄鼎侄书，交陈鸿。张之寿来见。

廿五日　　（2月16日）甚暖，写对子一阵。陈鸿未行，说明晨方走也。肄业诸生次第渐来见。今日仲衡请酒，辞却。

廿六日　　（2月17日）余荛香处送礼，止收喜对，□娶妇。昨□□□樵家送填箱礼，亦不收。今日□□冷多□。

廿七日　　（2月18日）仍冷，午后暖，吴筱亭、吴慕渠来话。晚请中丞饮，陈弼夫、明月舫作陪，亦尚畅洽。叶芸士降一级调，为失入处分。弼夫调回东运署枲事，因联秀峰调东枲，仍署漕督也。转换纷纷，各有命耶。闻夷议和，海运沙船已放洋。峄县□又退去，决湖入□蓄水御之也。

廿八日　　（2月19日）《韩集》□□完。□后出，梅卓庵未晤，荛香处□□方伯□□□翁寿根泉□□因办《呻吟语》《大学衍义□□》，赏三品衔，时□实录馆提调也，病痰后不□识字，且不能说话，可谓苦趣。姚良庞处道嫁女之喜，王仲元处道嫁妹之喜，陈弼夫处道署枲之喜。吴慕渠处话。藩运两署俱遇。钱香士同话。晚汪叔民请，酒佳，颇醉。

廿九日　　（2月20日）忌辰。风又冷些，昨□暖矣。午□□琴舫□□，话，来子俊不晤。梅卓庵来。

卅日　　　（2月21日）□点书帖，午间出看郑小山，

仍□□□□出，陈弼夫处话。叶芸士、陈栗

堂□□□归。张小蓬来辞行。栗堂、藕生同话去，谢旸谷

请，未去，邀桂儿往。朱时斋来，说姜玉溪处借《访碑图》

有消息。宝古斋送看《刁遵志》，碑阴有山谷题字，甚旧。

二月

初一日　（2月22日）本拟今日往清江，因《访碑图》事，暂歇一日。又闻宿迁被捻围，恐大路梗沮也。清□□动，□□□舫来别，□壬生同话。桂儿、朱时斋□□《访碑图》仍查□。嵇春源病起惠诗□□和之，五古十六韵。

初二日　（2月23日）临孟文《石门颂》起。午出访吴筱亭，未值。弼夫处问知宿迁事，已解适，乃□婿黄氏子到来也。首府汪晓堂承墉处道喜，酉刻接印。晚王家送席，因约朱临川、朱时斋、徐云樵、存静庵、李仲衡、张雁峰夜饭。嵇十五不来，昨夜其长子殇亡也。□□□来见，□□之孙，携示《紫云山探碑图》，乃模本耳。

初三日　（2月24日）卯正起，辰初一刻行，巳初三刻□□店尖。午初一刻行，申初一刻□复住。一仆一车，大风奇横，昨夜更甚于前夜，两次祭典不知中丞苦何成礼也。风后极冷，晡用炭盆。寄济南一纸付便车去。石路无味得狠。

初四日　（2 月 25 日）卯初起，卯正行。石路比昨好
　　　　些，六十里垫台尖，巳正后矣。午初二刻行，
石路转荦确，五十里，申初二刻□耒安住。问陈□台，已
于初二日□省拜寿□令□玉昆振□□知兰郯□□□起
□□□不□宿迁□□守之信。旋来回拜送席□可啖，酌两
壶，一壶系送的，亦好。

初五日　（2 月 26 日）父亲忌日，乃不在家，上供怆
　　　　切如何。早饭后，巳初登岱，渐风大雪飞，
至五大夫松，望见《明皇碑》。冷甚，不可进，遂回。一
路望经石峪、樱桃园，入斗母宫，下山到王府，池水澄澈，
有古树。入北门回店，申初二刻矣。路滑难走也，雪更大，
南车绝踪。今日舆夫□县中备□人百文耳。

据说秦始皇登泰
山时遇雨，避于
大树下，遂封其
"五大夫"爵位。

初六日　（2 月 27 日）辰正行，回车冒雪。午正后至
　　　　□□尖，奇冷。一路望岱，一层白一层黑，
并不吉□也。有云气来往，尖后廿里□路难走□行十里，
快到张夏，住三顺店，雪更大。公给有保定来车，廿余两。

初七日　（2 月 28 日）辰初行，冒大雪，奇寒，不见
　　　　车折。午初五十里到□□店尖，冷得过□，
得炭酒，俱迟到，因南来车□止此一店开着也。午正二刻
行，卅里。未正□□到书院，家中人亦有猜余半路回者，
因雪□也。庭院积雪□□消化出进路□晚快□后，和豁春

源诗二首。

初八日 （2月29日）"援而止之而止者"两句，奉于得"封"字。昨夜雪不小，今日奇冷。葛藕生来话，弼夫署臬，月舫署运，今日接印。文星崖酒完，今晚接开张小蓬所送酒，亦清佳。

初九日 （3月1日）雪时来时止，比昨稍和些。午初松江守高西斋倬，自都来晤，廿七出都尚未见雪雨也。出示沈阳诗，甚有功□□去复□要同游□□山。申初出城，申正后到，凭栏□□云雾□兹不见城□□□雪意耳。步行□到观音堂，坐轿回，雪土明白□□近城泥□回家即邀同酌，适语同乡吴凤堂□□□、叶心泉、王纫秋、郑襄延、郑□□同坐，纫秋说捻破桃源后，连破王营、清江浦，围逼淮安，致南北咽喉阻隔，奈何奈何！

初十日 （3月2日）雪，欲晴未晴。方小东来话。晡出，陈弼夫处话，乃次郎天花稳妥，令婿黄秀才乃蘅洲□□秀雅□□月□话。到古历亭，吴慕渠请客□□笑筠□旸□方小东、吴筱亭。中丞连失一小儿小女，尚有□女亦险症，怆怆。捻破清江后闻亦混走，或不攻，大决裂耶！闻胡润芝逼庐州，曾涤生逼安庆，袁午桥逼定远。

十一日 （3月3日）骤暖。午晴一大阵，瓦雪俱融，复阴，不可解。高西斋来，早饭去。得都寓

疑为王闿运，字壬（纫）秋，号湘绮，湖南湘潭人，晚清著名诗人、学者。

初五书，京师尚不见雪，亢旱如此，可虑之至。寿臣移住内城西华门，彭咏莪旧宅□南城□□了。

十二日　（3月4日）阴晴□□瓦雪都化尽。文星崖中丞四月内□□一子二女也。淮安□□令黄立山前往援剿，书院现在无……

十三日　（3月5日）春寒花树迟，赋□为韵。狂风斗雪，全非昨景。今日请王命为无，有枉乎？吴筱亭来话，商量昨日历亭之集。太冷了，余欲就城隍庙□道士院，似乎可坐。

十四日　（3月6日）雪止，稍和。桂桂出，辞行。李仲衡、朱时斋同话。葛藕生话。郑小山来话，十二日出棚□健适□申刻余出，中丞□府处晤话，到□□院吴篠亭、方小东、存□庵公请，客有慕渠、仲远、啸筠，福厚斋格，是初会。看酒俱佳，平□馆庖竟不错。写大字，冷。

十五日　（3月7日）阴，不大冷。桂桂巳初行，纫秋兄来候话。学院署叶、郑两君过门不下车，即招呼同行。余午间出，候客。小山处话，筱亭处话，说十八日准行。拜汪仲恪□行。晤余芰香话。葛藕生未遇，归。晤□晓堂，□□翁婿□□彝，乃兄□□□在此，候补县丞□衢洲□□陈石邻处话。

十六日　　（3月8日）阴冷，中丞甄别□院生。张□椿、
　　　　　周东寅未晤。

十七日　　（3月9日）晨，雪不大，仍不晴，且冷。
　　　　　剃发，早。

十八日　　（3月10日）日食志农及雪泽，得"勤"字，
　　　　　课钟孙。竟日阴，雪化将尽。昨日天宝斋送
看板桥兰幅，题"万里江山恣远游，闺中锦字忽相投。老
夫耄矣痴情在，画得兰花作并头。乾□□乙酉画于焦□"，
其时此翁已老□字□□□乎兰有三□□不出并头。得桂桂
□□尖次信，路上泥烂，不好走。见邸钞，浩罕额尔沁似
不安静。

十九日　　（3月11日）夜风大，晨有米头雪一阵，更
　　　　　冷矣。弼夫来谈，袁、傅两军俱分马队援东省，
清江或可收复，淮安并未扰及也。王伯尊来，又送菡头，
可感。张维权巽卿来，留同蓟门晚酌。陈栗堂来说，准进
京□□走。高□斋自□可寄□□□□甚畅，赠京□□菜。
余荄香馈□。

廿日　　　（3月12日）阴冷，甚于三九天□□。袁午
　　　　　桥书交李毓泰去，都寓书交陈鳌台。见数客。
未正后出，李仲衡不遇。陈弼夫处谈。陈栗堂处送行。李
毓泰说初十有克复定远之信。吴慕渠晚来，清江官去一百
余，庚子仙弃印，或是讹传，淮安未失。《华山碑》殆不

浩罕为18世纪
乌兹别克人在中
亚建立的汗国。
额尔沁为清代文
献对中亚诸部来
华使者的称谓。

可问矣。昨弼夫言山谷字卷，今检《□氏书画记》，有之。

廿一日　（3月13日）晴，有□然冷不解且□甚。林紫庭来话。葛藕生来。晡时朱时斋来。晚酌后，天黑如墨，可悸。临《礼器碑》二通毕。

廿二日　（3月14日）早，雪不小，旋止而□晴，比昨暖多了，墨忽不冻。

廿三日　（3月15日）半阴晴。"知者乐"。祥开日华得"开"字。见邸钞，京师初十得雪七寸有余。因前命山东布政司访岱上香，兹复命谢降。又因三旬万寿，赐大臣□老亲寿□□□如意□□二人皆满洲，惟梁海楼同□之祖母韩氏□□如意，□□又桂中□许滇生、张诗舲均以□□七旬赏给太子太保衔□□□□来谈□□周先生之子保生已有子，今在子坚处读书。陈石邻来别，廿五往武定府查税契去。

许乃普，字季鸿，号滇生，浙江钱塘（今杭州）人。

廿四日　（3月16日）晨，剃发。午间梅卓庵来，□□钱香士来，南信尚未通也。竟日阴，而颇暖。香士说接崇厚山信，夷人仍有议和之意，或者可不作□乎。

　　　　　　　　　　　　　以上出自《何绍基手写日记》

廿五日 （1860年3月17日）阴冷凝雪。吴世兄澍春从武定来，盐枭事一战而散。葛景贤从傅营来，似言其人勇健有为。李育明东昌审案回，久话去。韶女喉恙，着急，用时方：大蒜一片、轻粉三分，敷阳口，似有效。

廿六日 （3月18日）阴有雪。请邹小山来诊喉症，已就愈，服清散药。午后稍晴。

廿七日 （3月19日）阴有雪，冷甚。徐雪樵来话。

廿八日 （3月20日）春分。有荷蒉而过孔氏之门者。陆生著《新语》，得"新"字。大雪旋融，而冷颇甚。发都信。

汉初，陆贾曾著书论述秦亡汉兴、天下得失之理，以资借鉴，共十二篇，书名《新语》。

廿九日 （3月21日）晴。仍时时阴，日光□□，故冷如昨。韶女生日，吃面。见邸钞：泾县、旌德于□月二十六失守，盖即收复建德之窜贼耳，其来去自如可想。出看嵇春源，又大病几日，现得朱姓医，见效，面色不如前次，神气尚好，做诗多，其胸次果不俗也。陈弼夫处新得黄观书《滕王阁序》卷，洪武状元，有亭林题七律一首，其人于建文之难殉节者。

黄观，字伯澜，贵池（今安徽池州贵池区）人，洪武二十四年（1391）状元，工书法，书体古拙。

初一日　（3 月 22 日）阴，微雪冷甚，午晴一阵，晡复沉阴。得桂儿二十六都寓书，二十五到都，甚慰。子愚书言夷务尚无成说，粮事尚悬之，寿臣八郎逃出十余日无踪迹，可叹可悲也。见邸钞：翁莲舫为估变彩绸事，解任入刑部。又前日工部为司官处分事由，吏部议得不伦不公，此等面上蒙胡，一望便露，不知诸老何如此愦愦？三阳公生日，上供，有三牲。留朱时斋晚酌。去家信，中有李仲云信，正月十三午时举子，遭补孝，石梧□□第二孙矣。

初二日　（3 月 23 日）晨雪不小，午晴。傻瓜昨服小山药，尚效，前日已服清瘟解毒丸，并五时茶也。晚晴渐暖。丁大来晤。

初三日　（3 月 24 日）早，雪，阴，午后稍晴。早剃发，晡发都信。徐雪樵请晚饭，同席斌令春（照），年七十三，六十七选蒲台令，辛巳乡榜。邹煦谷（崇明），峄令，有仁能声。梅卓庵。五人俱豪饮，入醉乡矣。

初四日　（3月25日）算是晴了，日色薄。两日看《班书》，未写，殊因右臂酸痛，由用力过也。午间，李育明来。晚赴汪晓堂太守席，客有茅鹭湄、方小东、汪叔民、汪兰浦。小东先过我，候催客已上灯后方往。丁老二来见，昨关会试有改闰月之说，想是谣言。朱时斋来，携有桂隶。归，发都信。

初五日　（3月26日）早，欲晴，午后阴。高西斋从齐河来，久坐，看帖画，遂晚酌，邀孙星华来同话，伊欲问南路光景也。青驼寺二百四十里，便至青口，果如此直捷耶？星华所说。西斋说：齐河城内，有定慧寺，极宏丽，乃道衍弟子曾讲经住持处，永乐得其募兵之力，为建此寺。又齐河有姚广孝墓，则妄矣。广孝葬房山。

姚广孝，明初僧人，字斯道，自号逃虚老人，法名道衍，曾助燕王朱棣发动"靖难之役"。

初六日　（3月27日）竟日晴暖，天气当转矣。午间，芰香送到都信，江北军情顺适，而太平、宁国、绩溪、广德俱失守，浙省戒严，奈何！夷艘自登舟，四支无动静，外奉天金山来四支，想无大扰，粮船次弟放洋。因札致慕渠，属代探子敬弟北行消息。小雨一阵。

初七日　（3月28日）早晴。饭后，李仲衡来谈，说春源利势复剧。巳正出，余芰香处话。过方小东，看《衡方碑》。高西斋未遇。谢旸谷臂痛已愈。学院前看香士新买临湖小庄，颇有致，工程早得狠。过香士寓，昨日又失少女。一路谢客归。天又阴了。晡间茅鹭湄、吴慕渠同至，知广德失守后，遂窜陷安吉、长兴、昌化，不惟湖州紧急，苏杭常全震动矣。东院种小树。得初二日都信。

初八日 （3月29日）"不知言无以知人也"。长堤种树重，得"书"字。闻中丞复丧一子，一月内丧二子二女矣，可惨之至。高西斋来，甚醉。王仲元来话，知父子弟兄捐免同省回避，将改复旧例。当日上意本来太难了。竟日晴暖，张之寿来。

初九日 （3月30日）晴暖。连日颇写大字，惟重裱未即脱，臂挽尚费力耳。存静庵从青州查城工回，青州城周围十三里余，可谓大矣。古城在今城西北二里余，尚有一城门洞，深且高，异今制。发都信。晡出，看星崖中丞，慰话一番，实令人难过。赴王仲元席，吴凤堂、陈小农、洪南陔同仲元堂弟介卿同席。介卿腊底从家乡来，清朴可谈，闻笔下亦秀致。中丞言：江浙漕船次弟出洋，毫无阻阁，此大可贺。唐子仙已回清江，行旅渐通矣。

初十日 （3月31日）晴暖。东院动工，收拾水池、过亭。午后，忽大黑，旋风从东北而西南，天昏蒙，寒霾甚可怕。清辅亭方伯适由岱归，灵怪之至。蒿庵先生七世孙启科来见，懵然无知，未刻书亦未带来。谢旸谷、汪仲恪来晤。晚赴茅鹭湄席，先过陈弼夫话方志，同坐者，汪叔民德全、汪兰甫、戴友梅，看酒讲究，惟屋

揭重熙，字祝万，号蒿庵，江西临川（今江西抚州）人，官至南明兵部尚书，曾率兵坚持抗清。

中烟气少趣。壁间翁隶联"春气遂为诗人所觉"一联颇有致。

十一日 （4月1日）阴寒甚。傻瓜五岁生日，吃面。刘岵农来，知两司上院，差人到弼夫处探问，齐河有聚众抗粮之事。前日闻升谷说：民与官不别久矣。到晚更冷。今日忌辰。弼夫送邸钞：会试总裁正周芝台，副全小汀、朱致翁、杜继园。房考半是上年春秋两闱之人，王少鹤复与焉。盼浙信闷极。

十二日 （4月2日）早，奇寒。剃发。午间黄菉舟来，从都回，都中光景如昨。雪大难出门耳。明月舫回省。

十三日 （4月3日）"自得之则居之安"。猿臂善射，得"天"字。弼夫来，得上海信，蔡小渔署臬，带兵援浙。安吉、宁国已克复，湖、杭或可稳住。得都寓初六日书，一切如昨，为慰。晴暖有春意，惟花树俱无绿意，节气迟耶？齐河抗粮事已散。蒙阴、黄县土匪亦散，匪藏蒙山中深秘，伺衅即出，恐非痛剿一番不可。

十四日 （4月4日）清明节，上供。钟钟同先生踏青去。闻湖上有青意。文中丞来，知杭州被围，是前月二十间事。目下不知如何矣？可虑之至。朱莲来晤。晡时，吴慕渠来，金陵两六百里加紧过去，溧阳亦失陷，浙事更难设想，夷事亦不见佳。黄寿臣署缺，谢恩召对。不知是何缺？想是杜继园之工侍耶。

十五日　（4月5日）晴，大风，暖。明月舫查团并办堤归，言：闻吴门亦戒严甚。方深甫信，即墨回，东方极安静也。刘岵农来，急思往浙。"大学之道"。"植其杖而芸，子路拱而立"。"定于一"。聚米为山得"波"字。好正大的会试题。发都信。夜见邸钞：寿臣署吏部右侍郎，朗亭署大农。

十六日　（4月6日）晴，大风暖。脱皮袍，换厚棉袍。借小东《虞初新志》看，无甚味，由务多也。送杜惺堂处侄孙女填箱礼。陈弼夫处填箱并赘婚礼。送黄子常兰扇一联：旧德秀钟金玉质，名园春满凤皇柯。题桂隶，批《字学举隅》，俱送去。晡出门口，遇牛仲远说：嵇春源昨日未刻作古。怆怆。到学院署上房话。回拜明月舫，过也可园，看池子中趵突泉做法，主人出见。齐河禀状：初三、初六、初八，杭州将军六百、八百里折状，又和帅六百里加紧，根云六百里俱十二三递去。安危不定，如何？恐难得守。

十七日　（4月7日）晴暖，学院工完。齐河抗粮事复起，济南守十五日去，今未回，可虑也，本来不必带兵去。晡，出吊春源，出门遇仲远又来，少坐，同去一哭。与嵇十五话，归。汪叔明处谈，携《坐位帖》归。

十八日　（4月8日）"定于一"，聚米为山得"波"字。朱时斋来话。香士弟五郎又病，念念。

孙星华来说：见探信，杭州已收复，岂曾失守耶？写大字一阵。挽春源云：训士心劳，酝酿灵芝文字瑞；忧时泪苦，苍凉绝笔感怀诗。李仲衡来话。

十九日 （4月9日）连日为浙事，不得安睡。小东得石涛小画回，佳。弥夫送涪翁佛语卷来看。晡时，札询浙耗，复云杭州于二十八日失陷。初一日，瑞将军率满兵及工役人等驱逐克复，是何语言？然两日之陷，扰害不可言矣。齐河事未了，还要添兵去。

廿日 （4月10日）汪菽明来札话：齐河事已了，兵可不用。然首府来，何也？今日颇作小楷。星华来说：南路已通，有信脚从青口至。早剃发。

廿一日 （4月11日）作书寄周子坚、许印林，交星华处带往。张升谷来，知齐河事虽了，首犯未获，不算真了也。明水镇康家送竹子百二十枝来，种成竹园矣。晡出杜惺堂处，道嫁孙女之喜，新郎尹氏，秀才，尚清雅。陈弥夫处赘婿道喜，成礼已酉正后矣。留晚酌，颇醉。也可园花都未开。见报：杭州收复，乃瑞将军及张玉良之力，和何及王雪堂轩均得奖叙，或无大要紧耳。我子敬竟无消息！夜归得都寓十六日书，慰甚。亦不知杭、常两处信，奈何！江苏粮道汤鹤树于十九过齐河，子敬何往乎？闷极闷极。今午晡发都信也。

廿二日　（4月12日）晴，更暖矣。函致慕渠，问府署石头事，因早间葛葆生来说：汪太守已答应也。差陈芝兄弟往县署探听，即将石数点明。闻晓堂亦适于今晨回省矣。齐河事虽了，而为首之郭秀才逃匿未获，年少美才，甫补廪，而有飞檐走壁之能，手下有健者数十人也。中丞送阅南禀，知子敬尚未出运。杭城破后，由江督派令署藩。旋因抚、藩并未殉难，仍缴委矣。高西斋来说，二十四准行。毛玉鸣来见，子刚次郎门人玉成之弟。子刚枢已回家，玉成枢厝云南，父子死难，幸玉成有四子耳。周东寅来话。晚出，过仲蘅。即到运署赴黄子常兄弟席，观剧，丑初归。

山东历城（今济南）人。

毛玉成，字琢庵，

廿三日　（4月13日）早，得阳湖四侄信，清明日发，中有联侄杭州信，初六发，知二十七失守，初三收复。瑞将军率满兵日日开仗，江苏援兵迅疾，故得快收复。子敬已到苏，经根云札令回杭办善后，不复赴津。三娣及全眷住城内，未移出，迁居袁酒巷，幸获安全，箱物失去，可谓有定力。即发都信，将杭常信付去。高西斋来别。查天德年号，因在张夏南十里银山见麻衣先生庙，有天德天间李显撰碑也。钱香士来话。今日诗题：疏泉补竹，造亭移石。五古四首。

廿四日　（4月14日）早，见邸钞，知浙抚罗遵殿署藩，王月川署运，缪樟杭嘉道，叶堃俱已殉难，予恤。午出，吊李春醴于吕祖庙，乃郎钟英，在此候令，从来未见也。过济南书院，与嵇十五话。牛仲远处小憩，主人未在家。存静庵小屋，清池极有趣。孙星华处茶好。梅卓庵处老海棠尚未开，颇凋损。卓庵先来话，日内殇两少也。申刻，赴杜惺堂请，草草了事，非其时也。归，恰晚餐，仍酌。昨搬石头一日，今日陈芝布置起来，惟新种之竹，俱未回青，可虑。西斋带去鼎侄及韩履翁两信，寄《法华碑》初拓样本去。早寄郑小山学使书。昨日令四侄来话，有莫元述来求旧馆，说是宝斋太老师之侄。刑钱事非所敢与闻，即面辞之。

廿五日　（4 月 15 日）晴暖，大风，竟日少味。时斋来话。黄氏兄弟来谢，无改世泽。录叙，为张诗谷也。不早，酌。

廿六日　（4 月 16 日）大暖，几于不能着棉，甚奇怪。王仲元、杜惺堂、黄菉舟、汪叔民、嵇十五先后来话，大风至晡忽止。今日阿双生日。书院诸生，次第有来见者。

廿七日　（4 月 17 日）更热。明水又送竹子来，再不得雨，虚此君雅意矣。园中砌石工毕，一概平石板，突起者太少也。时斋来说：王愿庵有收藏，林紫庭自兖州回。早饭后，出西门，至白云楼，牡丹尚无信。间壁趵突泉闹甚，正庙会也。拜张师舟，未晤。入南门，看叶云士，回候莫世叔，陈石林处话。过钱香士，同至湖庄，久憩，将毕工矣。叔民送糯米来。风定，晡阴，是雨候。

廿八日　（4月18日）"不在其位，不谋其政。"愚公移山得"愚"字。午间，步至卓庵处，海棠大开，云锦粲烂，骤暖所致也，于不能久何！书寄何根云，内有阳湖鼎侄一件。寄王雪轩浙抚信，内有与子敬信。俱托中丞官封去。卓庵说：谣言杭州复陷，可悸可悸。札问弼夫，说日内杭州无警报，或非确耗也。得都寓二十一日书，借到愿庵倪画卷来。

廿九日　（4月19日）热，风大难过，晡尤黄昏，竟不雨，奈何！张源祁来见，发都信。得方存之保定书。小海棠开极盛，得四五百蕊，亦因过暖。椿芽忽然满街，转不见香美。

卅日　（4月20日）风更狂，热，天昏彻昼夜，非好气象。石邻先生来话，蓟门早晚俱未回。晡出，至运署，弼夫患热症，未出晤。吴柯山出郊城禀云，现闻皖逆复陷杭城，苏、常一带，节节戒严等语。然日内无六百八百里报过去，或未确耳。

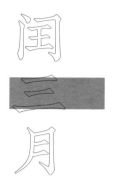

闰三月

初一日 （4月21日）风狂如昨，不大热耳。午间，李育臣来别，初三往岳山到任去。昨彻夜不眠，今日人倦甚。申初出到中丞处，适接两江二十四文书，为夷务未定事，亦知杭州再陷，果系谣言也，大慰大慰。弼夫处送阅京信，说杭城民居，十烧其九，恐亦未必。见邸钞，全椒收复，翁、袁合折。明月舫处话。晚赴梅卓庵席，观梅与周君奕、卓奄于此道甚精熟也。见邸钞，葆生放夔州守。即往道喜，头报也。

初二日 （4月22日）风定些矣，少凉矣。葛葆生来话，九十老亲，蜀行非易也。得阳湖十九日书，内有吴婿吴江舟中信，子敬月半回杭，杭寓有六侄夫妇，侄妇被贼截两耳留命，可怆可痛，亦险极矣。三娣携念、慰等来阳湖相聚。杭城中人口伤十之二，房屋十之三四，衙署全烬。因长毛只四百余，而溃勇倍之，肇成此变。长兴已收复，或从此转机耶？鼎侄因母受惊，有归志矣。章师舟来话，比从前清楚多了，官去心清，亦奇。发都信，并将浙情札知中丞及弼夫。

初三日　（4 月 23 日）"冉有季路"至"无乃尔是过与"。"云深不知处"。换凉帽，今日却甚凉，着棉矣。李仲衡来话。阳旭初来，尚无馆也。高印霞送粳、糯米各百来斤。晨，步至叔民处话。晡得二十八都寓书，湖南进士止五名，可叹可叹，初八出榜。都中来得浙信，计二十三日寄去信可到矣。

初四日　（4 月 24 日）阴，有雨意。剃发。写大字，臂渐轻快。方小东、陈小农来话。晡出汪晓堂太守处话。陈弼夫已愈，尚未出来，出示冬心画小册。青龙街灌蔬园久憩，归，夜半雨声幽妙。

初五日　（4 月 25 日）雨止未晴，尚可望续沛也，新种竹叶全展，可喜。两桥尚不够。明月舫来话。昨在弼夫处见根云折，夷务可虑之至，奈何奈何！

初六日　（4 月 26 日）昨晚闻存静庵忽以喉症逝，怆甚怆甚。孑然一身，真好人也。今日更凉，却得晴，午后渐暖。汪晓堂、茅鹭湄来话。从府署移大石至，势颇壁立。

初七日　（4 月 27 日）送学。辰初饭后，首县先至，府次之，署运藩臬至，中丞至，略话出，交揖后，受诸生礼毕，中丞开课。星崖颇有意振作，胜雨舲矣。弼夫病愈，尚未充实复元。高佩秋来说：明日回章邱去。发都信。夜得张滋园信，知二月二十七复书，尚未收到，亦奇。

初八日　（4月28日）"由也问：闻斯行之"至"闻斯行之"。"锦屏春晓"。昨日中丞开课题也。晡出，各处谢步，黄箓舟处话。存静庵处吊。赴钱香士请于湖庄，北风大，闭坐屋中，少味。候万少秋，久始至，客有吴琴轩、王黄庵、葛葆生。闻团首赵康侯来省，为蒙阴杀勇事，事或可解矣。看不佳，不得饱，戌正后归，惜雨不得下。

初九日　（4月29日）阴凉，仍不雨。得都中初三日信，言东坝、高淳、溧阳连陷，为之一惊。苏常将奈何！旋见邸钞：孝非、临安俱收复，或者贼踪混窜，不至深入耶？孙星华晚来，略谈南事。有送看未谷联：再思方省悔，轻议易招尤。十字可箴。

初十日　（4月30日）忽阴忽晴，仍不雨也。身子不甚适。得吴小亭东阿书，何愿船都下书。

十一日　（5月1日）晨剃发后。步至对门大有居看牡丹，西偏有双槐院，屋子洁净可读，章邱高家铺也。汪叔民来话，知方伯太翁入都，已行，不及送矣。未刻出，至芰香处话。过弼夫处久话，知《题名录》已到，吾儿落第。看小松画册，不精确，近来有此一种伪笔，俱充《访碑图》意。贺朱明川乃郎得隽。回家，见《题名录》，则小山学使侄孙业骏得中外，同乡俱不识得，喜蒋鹤庄侄婿中了，而侄女不及见矣。夜尝星崖所送酒，佳。

十二日 （5月2日）复暖，五更直热得睡不得。知贺惺堂乃甥王荣瑄得中，去年山东解元兄也。饭后，诸生先后见二十余人，张小蓬从潍县来，税局事不好办。李家园昨日送牡丹四盆，盆才一两朵耳。

十三日 （5月3日）阴，不雨，大风作寒，午后更甚，灰鼠上身矣。仲蘅来谈，旭斋来谈。高印霞送牡丹四盆，花俱不多也，连昨共八盆，止十三花耳。晚请茅鹭湄、汪晓堂、黄箓州、葛葆生、吴慕渠、汪叔民酌，尝鹭湄所送酒，丙申年者，古厚之至，然未便多饮，仍饮昨酒也。惜席间为江南事，适得中丞字，根云、雪轩登陴待援，东省有黄笠山散勇，大家念时事，不能怡然谈酌，子初散。

十四日 （5月4日）昨夜不得睡，早起更冷，晨酌不解冷。方小东来，将随明月舫查曹沂团务去。有人从杭州来说，在宿迁遇子敬眷属车北来，为之一喜。夜，遂得醉睡。

十五日 （5月5日）辰初点名，开课，共二百二十二人。"与国人交止于信。"云深不知处，得"深"字。晨冷。午后得都寓初十书，旋查问昨日姚姓所见，乃浙粮道书吏车，并非子敬眷车也。然杭、常近无警报，或者援军已到，可站住耶？看卷二十本。

十六日　　（5月6日）看卷一百，颇疲苶，心绪不佳也。
　　　　　陈石林来，遇朱时斋同话，时斋病甫愈，乃
强步出。明月舫来别，明日查沂蒙事去。说立山已来，亦
奇事。小东送来画，十四借看的。

十七日　　（5月7日）早，菽民送黄花鱼，并说有常
　　　　　州初七信，援军到三千，分五营，扎城外，
制军以下，俱家属不出城，或可无虞。午间，又得中丞札，
告知常州贼窜句容，为之暂慰。孙星华来。方深甫来。晚，
黄伯祁从范县回署，典史年余矣。看卷一百余，毕。

十八日　　（5月8日）"太师挚适齐。"风雨骤至得"到"
　　　　　字。晨剃发。文泰交来，未刻出，开课榜。
朱临川来话。

十九日　　（5月9日）昨夜有雷雨，子刻后矣，余睡
　　　　　着不知也。午间，仲衡来看竹，劝种芭蕉。
午间，黄菉舟署济东道，接印。因笠山已参劾，然何太促
促。徐云樵乃郎来。

廿日　　　（5月10日）晴风。闲步竹间，俱茁新芽，
　　　　　可活十之七八。午出，贺菉舟。至叔民处，常、
苏无警信，亦无佳音。学院衙与郑老四话。到因寄湖庄，
热晒少趣。过主人话，香士乃侄中进士，有报条，初不

知也。陈弼夫处久坐，又见一涪老墨迹《墨竹赋》，虽不真，亦有致。黄笠衫处谈，见被劾折底，知黄勇果损甚，然笠衫才干，岂宜竟罹斥耶？葛葆生来谈。杜惺堂来看水。

廿一日 （5月11日）风大且热，时亦阴雨，无信也。

上房搭天棚架，年年搭棚便雨，故复试为之。寄根云信，内有寄鼎侄信。又寄子敬信，俱交弼夫加封去。一夜浓阴，有细雨一小阵。

廿二日 （5月12日）天棚上席，又一整日方了。葆生来。门人见。牛仲远来小坐。

廿三日 （5月13日）"礼貌未衰"三句。"雨师娶妇"。

天晴凉，他处想有雨。弼夫来话。高印霞从章邱来，言今年菊秧极旺且佳。南山中有稍径山庄，自号石泉山庄，欲邀我暑游。杜惺堂、杨旭斋来。昨夜上屋西厢被窃，可惜秋罗帐也。弼夫言，雪轩已到浙抚任，有折报过齐河去。晚见邸钞，根云奏胜仗收复广德，则常、苏俱安稳。雪轩奏调员往浙，吾子敬不孤寂矣。发都信。印霞说板桥画多是唐子猷笔，未必未必。旭斋说，小松刻瓦当有跋，旧拓本有趣。又说，徐眉生刻邓完白隶书佳，当索之。

邓石如因居皖公山下，又号"完白山人"。

廿四日 （5月14日）晨清《西河集》。午出拜张小蓬、徐眉生，皆未晤。方深甫、高印霞同之。宝古斋携未谷联归，"流传兰雪主人稿，受持般若蜜多经"。为林汲枕上得句，索书不甚佳。买得春笋。晡复出，汪叔明处遇屠啸筠同话。赴清辅亭方伯请，先游园，水木幽奇。
新有疏培，更胜从前。看酒均讲究。客有陈弼夫、黄荥舟、
汪晓堂、吴慕渠。散时子初后。

廿五日　　（5月15日）斋课，辰初点名，共到二百四十
　　　　　　人。"所不虑而知者，其良知也。"将军下笔
开生面，得"烟"字。剃发。前滕令林亦韩（士琦）来见，
干才也。灯下阅卷二十。夜，雷雨不小，惜为时不甚久耳。

廿六日　　（5月16日）晴凉，午后热，阅卷一百。晡
　　　　　　出，再过印霞，不遇。往古历寺亭，葛葆生请，
席设北厅，因四面厅有他局也。客有林亦韩、黄用之、梅
卓庵、陈小农、吴凤堂。酒尚佳。亥初归。桂儿同李介生
于戌初到家，平安可喜。桂儿虽落第，挑誊录第十二，凡
五次誊录矣。问介生家中光景，如元年也。极慰极慰。孙
大令长顺来见，甘肃，孝廉方正，去年考第一，引见，以
知县分发来。

廿七日　　（5月17日）阅卷百余，毕。两日坐苦也。
　　　　　　张小蓬、沈小石来看泉去。晚酌于书房，得
祁春浦先生诗信，桂桂带回者。

廿八日　　（5月18日）晨，理名次，写完后，早饭。
　　　　　　饭后写榜。张升谷来久话。仲衡来寻桂桂谈。
晚酌于新厅前竹间。印霞送芍药二盆。陈小农来。

廿九日　　（5月19日）连日晴暖，高印霞来。明水康家送米、笋，笋多至十五六斤，可喜之至。李晓樵来，遂留同啖烧笋。钟钟陪先生、五舅游湖归，甚早，亦因热耳。晨复张资源书。夜热，不好睡。

平翰，字越（樾）峰，浙江山阴（今绍兴）人。

卅日　　（5月20日）早即热。中丞送阅平越峰信，和营为贼扑溃，守镇江，幸张殿臣营未动，成败利钝，其在此时乎？和帅本无用也。高佩秋来催客，未正出，候客中丞处，谈南事，为大局涣散之至。陈弼夫处话。到灌蔬园携笋脯一两，看去客，有汪叔民、庄宣之、严子云。宣之带酒，剧佳。卫生本家也。屋小闷，饮尚畅，至小醉。章邱昨夜大雨，此间寂然。中丞又祈雨，第三日。

庄谔，字宣之，江苏阳湖（今常州）人，善草书。

四月

初一日 （5月21日）晴热大风，晡后阴，雨意甚确，竟杳然。介生出候客。郑老四来，同晚酌，食笋。高鉴清又馈笋。晨间，叔民送豆腐干，宜下酒。惟来字云，用鸡汤炖之，卤虾焖之，乃佳。那得如许费耶？恐过做作，转无味也。

初二日 （5月22日）乍阴晴，热不雨。桂桂出拜客。两司前谢神唱戏，甫出场，失火［燃］棚，遂惊散。蓟门请介生并钟钟往，即归也。陈弼夫升桌，闻联秀峰告病，王梦龄署漕督。钱香士来晤。李生洪佐，济阳人，向以蒿庵送书，言有《周易说略》刻本。

王梦龄，字雨山，广东雷州人，曾任江宁布政使兼署漕河总督。

初三日 （5月23日）早，得阳湖闰初十鼎侄信，前月二十七，二、三两娣携诸稚避往江阴，复往常熟，吴婿同行。然常熟到海边，岂安稳地耶？杭州空虚可危。晚，吴慕渠、张小蓬来一话。运司放桂亮，岳常澧道也。钟钟课题"祝鮀治宗庙"。家书抵万金，得"珍"字。桂桂、介生游湖去。

初四日　（5月24日）昨晡，茅鹭湄饷园蔬黄瓜、蚕豆并酒，其园计不小也。晨静。午正出喧黄菉舟断弦，嵇宅开吊。过高印霞，屋前古柳，池光极佳，惜水流急而不清。看明月舫乃郎读书，尚听孙生说。陈弼夫处道喜。遇陈伯敏同年，看石庵字。到香士处，携两看，并令介生同桂桂往，本说无客，乃有趣。星桥无味，酒间，桂桂等先行游湖去，余复酌且饮。轿夫不来，遂出至芙蓉街，遇小车坐归。又酌，饭，桂桂转后回也。

初五日　（5月25日）课，"古之道也"。碑版照四香，得"才"字。二百二十余人。高佩秋来话，要会桂儿。午后发江督信，内有与鼎侄信，从中丞官封去。陈晋卿来话。

初六日　（5月26日）阅卷一百，闷甚。葆生、卓庵、熙芝、小农先后来话。桂儿赴高家请，印霞送小坛酒，甚佳。天阴欲雨。

初七日　（5月27日）阅课卷毕，阴浓得雨，未畅且凉也。桂儿、钟孙同先生贤郎游千佛山去。印霞来话别，说明日回山去。夜凉。

初八日　（5月28日）晨仍阴，有细雨一阵。昨日由泰山祈水来，今日中丞仍祈雨。见邸钞，河南报肃清，皖南收复三县。早饭后，得初二日都寓书，亦未接杭、常家信，可怪也。赵心泉丁外艰。梁垿甫信，求作乃翁家传。李黼堂三月二十八寄桂桂书。发初五日课榜后，作寄都寓书。王赞庵（俊）来话。陈石邻来谈，雨落不成风又来，夜见月。闻陈达斋有信，说《衡方碑》已如吾计，移置汶上学宫，可喜可喜！

初九日　（5月29日）晨冷甚，剃发更冷。早酌后，仍不适，两棉上身，写字无力。葛葆生请铁公祠，辞不能去，儿孙同李介生去。陈伯敏同年来话。晡见邸钞，黔、蜀军事均渐清。

初十日　（5月30日）稍适，尚怯。写黄箓舟夫人挽联："露卷相夫荣，忽惊环珮无声，堂上威姑倾老泪；鸣琴悲宦远，纵有芝兰绕室，剑南贤宰怆春晖。"写大字一阵。未正出晤陈伯敏同年。沈友竹来话，即回候。茅鹭湄未晤。因寄湖庄小坐，同赵梅邻谈，主人来一话。归。当道方祈雨也。桂桂同介生往厉亭，吴凤堂、陈小农作东。夜雨达旦，岱灵也。

十一日　（5月31日）凉甚，雨遂止，嫌少了。汪晓堂、李仲衡、晏伟侯、王仲元、张升谷先后来，忙却一日，颇困乏，体中未大适也。杨旭斋晚来，谈及《余谷碑》，取从前买于周家者，少后一幅，乃即晋卿今日所得。晋卿方觅前三幅也。

十二日　（6月1日）葛葆生来话。陶赞臣来，人果朴实。茅鹭湄来，话及乃翁与成哲亲王文字

陶绍绪，字赞臣，四川安岳人，曾任山东历城知县。

交雅。今日写大字多，因介生忽欲明日行也。夜，同介孙酌。

十三日 （6月2日）晨作寄祁春浦先生书，并答崇雨舲书，贺蒋鹤庄书，又寄子愚信，交介孙。已初行，来去自如，可羡之至。老人牵滞，回湘何日？致伤怀抱。《法华寺碑》拓寄都友二十部，长沙十部。陈晋卿来，畅话。见小松戊戌年临赵灵均双钩《娄寿碑》幅，时年三十五，已工密矣。据印林所赠《西狭颂》后小松跋，癸丑年五十，方官运河司马。又十余年，功夫入老境矣，此事非数十年不成可知。今日秋审，狂风沙可怕。

十四日 （6月3日）风定。李竹朋从利津来，留早饭，借《蓬樵画册》去。汪叔民来话。高印霞馈笋，遂邀竹朋、张小蓬、陈晋卿、陈伯敏、汪叔民晚酌。叔民未到，高佩秋辞饮。杨旭斋送到《斜谷碑》前二幅，果成全璧归我，一奇事也。金石有缘，信诸！

十五日 （6月4日）阴。闷竟日，不得雨，何也？考府考开场。昨日得方小东信，自韩庄发。说安庆光复，曾帅大军，直抵金陵，或者大功将奏乎？苏州绸缎车来了百余辆。叔民又说，闰二十后，苏、常无恙。两日来心绪颇开。乃十三见京抄后，今日见初九、初十报，中间隔了一次。闻因在平原马逸，包封遗失也。

十六日 （6月5日）晨剃发，已热。中丞往岱封山，黎明行，差送已无及。早饭后出，黄箓舟处开吊。过汪叔明，知丹阳失守，和帅及两张退守常州，根云退至苏州，闻之心碎，东南尚可问耶！后载门晤李竹朋，回拜陶赞臣，陈弼夫处小坐，李吉甫盐库使署与晓樵兄弟一谈。过余苓香，方养鱼八大缸为消遣。归饭，晚仍出，便衣至历下亭，张小蓬、陈晋卿公请，客有叔民、竹朋、小石，无甚味。看月归，睡时子正。

十七日　（6月6日）晴热，夜失眠，心绪劣，晨起不适，午得小眠，乃适。仲衡来话，晋卿入都，带家信去。蒿庵墓志存此，吾欲为题记也。两日夜酌后，尝印霞烧酒，佳，白醋尤美。

十八日　（6月7日）"其文则史"。宜略识字，得"奇"字。梅卓庵、牛仲远先后至。张小蓬来话，张升谷、葛葆生晡至。竟日阴云不雨，可惜，可怪。

十九日　（6月8日）半夜，黎明起后，各见雨点，云阴未散，午后，乃大晴光矣。林紫庭从鱼台回，催缓征册子。两司屡驳，因屡费未饱也，委员真苦矣。竹朋晡至，留共酌。

廿日　（6月9日）阴，不雨。黄赞夫（斌）来晤。写大字。申刻出，回拜荫福，乃存静庵之弟，来迎兄丧也。竹朋处话，见戴文进为聂大年画《灵谷春云图》。高毓芹处话，因寄庄小坐。往古历亭，川中友公请，

戴进，字文进，号静庵，明代画家，浙江钱塘（今杭州）人。
聂大年，字寿卿，江西临川（今江西抚州）人，明代文士。

陪葛葆生，主人陈石邻、林紫庭、刘鉴堂、刘静斋、尹实君、李吉夫、陶赞臣。客有戴友梅，主人周东瀛未到，府考阅卷也。看酒俱佳，颇畅。南京、丹阳大败，和帅自戕。张殿臣凫水久未出。根云到苏州，又往常熟，不知是何主意？中丞归省。

廿一日 （6月10日）风热，同乡黄编修毓彤从都来。中丞来话。孙星华差旋。方深甫、张升谷来话。

廿二日 （6月11日）风热如昨。连日作小楷，手觉生了。葛葆生送乃侄孙启林来上学。出谢府、县步。弼夫处话，丹阳之陷，乃侄无下落，未定阵亡也。汪叔民处一话，归，喉痛。

廿三日 （6月12日）卯初，出拜星崖中丞夫人生日。东门谢步。因寄湖庄晨景佳。竹朋处话。谢旸谷钓鱼出，湖边未寻着。归，早饭后，弼夫来说，沈友竹家信可看。旋索来乃翁云巢前辈泉州来信，有金陵收复、镇江胜战、常州被围、张玉良固守、张国梁招集溃兵等情，可慰之至。黄晓岱来说，禹城过去廷寄，有署两江督曾，然则涤生克金陵不错矣。

黄锡彤，字晓岱，湖南善化（今长沙）人。

廿四日 （6月13日）早，鹊门讲堂前。早饭后，得十八日都信：初六日云坛礼成后，皇上痛哭，次日咯血，琉黎厂陆姓进药，用生地、川芎、槐角，见效。渐康复矣。香儿婿有信回，似有转意，可慰。题高印霞《种瓜图》。写张升谷《世泽录序》。服清瘟解毒丸，饮通大海汤，啖生萝卜片，皆为喉痛也。风又大，寄都信。

廿五日　（6月14日）课题："中庸不可能也"。一琴一鹤，得"官"字。早饭后，谢旸谷来话，朱时斋来，知近日大作画。明月舫来，团事大有头绪，可慰。

廿六日　（6月15日）阅卷一百。甚热。仲衡来看竹，郑襄廷来，甫由都返。昨日得李介生二十日书，知在新城被劫，行路之难如此。刘直牧步云来久话。晚，张云骞、李竹朋、陶费臣先后来，同酌。张、李先看帖。桂桂学院处饮。

廿七日　（6月16日）更热。阅卷百，完，颇苦闷也。午后，沉阴不雨，尤难过。杨旭斋来，昨日赞臣请办笔墨关聘，已交到。张升谷来话。

廿八日　（6月17日）钟曾生日。沉阴得雨。葛生、启林来课。早面，晚同先生酌。黄菉舟来话，知涤生以兵部尚书衔署两江督，文往宿松报张玉良署。钦差大臣文，往常州报。金陵收复，事属影响，并安庆亦尚未收复也。根云革职，来京听审，以其避往常熟，本太草草矣，奈何！安《法华碑》于壁。

廿九日　（6月18日）仍雨，苦不大耳。早饭后出，晤张云骞，到汪叔民处看园景，南屋收拾出。牛仲远处，主人病疟未出。李竹朋一谈。明月舫、钱香士俱晤。陈弼夫处花园树木，多被旱枯灾，由无水也。归已未正矣。葆生来话。有袁宗治，曹县人，孝廉方正，来得荒唐，语言不对，乃寻杜惺堂者，然大可笑叹也。根云为君青劾奏，押解来京，可怜可怜，其举动似痰迷也。

初一日　（6月19日）阴甚，时有雨，昨夜奇凉。覆试超等中附课生。并特等末名吴学书，以诗有"三形史眼欢"怪句也，问之，乃能看段《说文》，可喜之至。"其文则史"。讲堂看雨，得"文"字。"霖"字七律二首。午后晴，遂热，夜热甚。见邸钞，小传胪改二十七，大传胪二十八，皆在园。朝考改初二，想是圣躬复违和也。

初二日　（6月20日）竟日甚热。梅卓庵来谈，写大字两阵。得李介生二十七都寓书，中有子愚一纸，闻状元系浙人钟姓。同乡黎君传胪。

初三日　（6月21日）葛生早至，以节近停课。昨丑刻雷雨一阵，不畅，今仍晴热。发都寓书。

初四日　（6月22日）甚凉，不知何处雨？阴晴却不定也。写对几二十付。郑小山学使回省，过晤，神采极佳，劳乃健耳。上房做粽，各处送节礼，想到杭、常两处，心绪劣极。

初五日　（6月23日）夜不好睡，早起，上房亦早，念老翁也。贺节后，开芰香所馈酒，饮一壶，佳甚。连日知常州已失，今日王仲元来辞行，说禹城过去廷寄，薛焕补江苏巡抚，署钦差大臣，不知徐君青获谴耶？抑苏垣亦陷耶？鼎侄想已殁王事耶？几时方有确信。杭州又如何守耶？晓过李竹朋、陈石邻太先生，并乃侄连城同蓟门酌，肴酒俱适口，主人薄醉矣。得印林书，即复。王伯尊节仪，即复谢。各处差贺，而到门贺客亦不少。

初六日　（6月24日）课，"述职者，述所职也"。屈平辞赋悬日月，得"均"字。有郑恩涛无状可恶。热不适，令桂儿出谢客，心绪恶极。得陈鸿二十四日泰州信：常州、苏州、江阴、常熟、无锡相继失陷，旗春自缢于浒墅；常州府、县俱先出城，鼎侄盖尚存活耶？钱香士来话。方深甫来。

初七日　（6月25日）早凉，汪叔民来，知常州因兵团互斗，贼乘隙入南门，遂失陷。张小蓬、梅卓庵、方小东、李仲衡先后来。黄笠衫久话。吴慕渠来。晡出，晤中丞，张璧田于十四酉刻带兵二千至杭州，由雪轩奏叛，徐君青全家殉难，镇江尚守得住。到钱香士庄上小坐，到小山学使处酌。客有香士、竹朋，尚畅，足遣闷怀。惜雨意浓而不下。今日看卷四十本耳，客多，且闷热也。

张玉良，字璧田，四川巴县（今重庆）人，清末将领。

初八日　　（6月26日）阅卷百，不甚热。葛生及钟钟
　　　　　　俱令作前日题。葛葆生来，定计候秋凉奉母
行，甚妥甚妥。午后沉阴，牛仲远昨申作古，病疟几日耳。
运坏至此，可惨可惨！

初九日　　（6月27日）早，阅卷毕。葆生来，仍活动
　　　　　　欲先行也。午后，发课榜。昨夜雨点响一阵，
今日亦有点滴，不成阵。明月舫行，往济宁结前案去。

初十日　　（6月28日）早，邹生岱东携学生张云鹏来
　　　　　　见，执挚甚恭，颇向学可喜。令桂桂到牛宅
去吊。早饭后，仲衡来说：莱州来信，英夷女主殁，将开
船去，果确，亦好消息也。高佩秋来别，谈醋理有致。酉
初出，汪叔民处话。陈弼夫处看西园字两件，写苏诗册甚
佳。钱香士因寄湖庄晚宴，客仍小山、竹朋，共四人。方
深甫来，知已得清方伯处教读馆。发都信。昨得都信，黄
家婿秋凉回都，可慰。

十一日　　（6月29日）甚热。伯父忌辰。想到常州一
　　　　　　屋人，好生怆痛。作书致中丞，因舆论不洽，
劝其固民心，培元气，毋徒筹财利，以将就司农，大意如此。
清方伯来，因深甫年轻，属为辞却，别为延老年者。夜饭时，
陈小农来，即同酌。郑志斋借《宋元句选》一本去。

十二日　　（6月30日）得弼夫札，知中丞昨已将余书
　　　　　　发与诸公看。因复作书劝其亲理词讼，以陈

陈宏谋，字汝咨，号榕门，广西桂林人，清代名臣，谥"文恭"。

文恭"求通民情，愿闻己过"八字为法。中丞复书言催科不得已者，昨书盖不甚谓然也。西关、南关皆有匿名帖，肆行诋毁，奈何奈何。

十三日 （7月1日）夜，风奇大，晨雨，关圣真有灵也。复书致中丞，单说税契、兵饷二事。早饭后，雨大，申初奇大，将申正晴，见日。写大字不少。喜鹊噪于上房，果然酉正二刻得第四孙，爽快无比，啼声甚宏。适中丞送阅十一日户部催京饷咨文，意在解前疑耳。如民心不固，催科得恃乎？夜见月。

十四日 （7月2日）夜雨不小，今日乡民求雨者仍入城，院署颇闹，致毁公案，因中丞先不出拜神也。此风他处所无。城外昨不得雨，亦奇。竟日阴，葛葆生辞行，明日准行矣。晡出送葆生行一话。芰香处话。笠山处未晤。沈友竹处话，乃翁云巢方伯，尚在泰州也。友竹署兖沂道，明日行。

十五日 （7月3日）早出，西关回拜史士良观察，不见十二年矣，往浙差遣，行至沂州而返，兹将绕道豫、楚去。过趵突泉，水甚浊。白雪楼与李老谈。回来，郑小山在此，留共面，候士良久不至，午时洗儿，取名泺曾，一切欢喜，毫无所苦。未刻，出谢学使步，到香士庄话，方自课种花。李竹朋来同话，因同至小山处谈酌，凉适无比，惜阴云不雨耳。二更时，同至历亭看月始散。小山夫人来贺，留面、酒。同乡各处送红蛋。得初七都信。

十六日 （7月4日）贺客颇来，陈弼夫来，南事仍无消息。乃弟贯夫，已由海船回闽去。管敬伯从常州初三避贼出城，挈眷到此，略问悉四倅阳湖守城光景，想城破后未死也。朱时斋时来话。夜见京报，常熟令周文之同年率沙勇于四月十九克复江阴，为近日快事，然则常熟未破，吾家两房人，差可放心矣。

管晏，字敬伯，江苏武进（今常州）人，因劝谏何桂清而遇害。

十七日 （7月5日）晨坐小车至叔民处，见常州近信：初六城破后，平越峰太守出城被杀。赵伯厚亦为民所杀，犯众怒也。多年办团，可怜可惨。两令俱逃出。曾督已到东坝。闻溧阳一带，贼势渐散，水路多已通行。若得杭州站住，事当转头矣。归。竹朋来，留同酌。见数客。阴。时有雨数点。昨日请峄县灵石来祈雨，如上年故事。

十八日 （7月6日）"故君子莫大乎与人为善。"夏雨生众绿，得"生"字。即十五日廉访课，书院题也。葛生早来领题。方深甫来，其馆事尚无着。沉阴不雨，且得少凉耳。见邸钞，胜克斋回京，候补三品京堂；毛旭初以副宪衔，回河南总办团练。闻有廷寄，问蒙阴杀团，及黄笠山可否仍带勇？

毛昶熙，字旭初，河南武陟人，1860年以左副都御史衔在河南办团练剿捻。

十九日 （7月7日）早，坐小车出，到管敬伯、梅卓庵两处。归，知香士甫来此，不遇也。早饭后，写扇子十四柄。桂桂出，回候客，朱时斋时来话。时阴时晴，入夜甚凉。

廿日 （7月8日）五鼓大凉，今遂晴开，然不大热。官民祈雨俱暂歇。写历下亭集禊帖联："山右有古水亭，揽一带幽齐之盛；大清当今万岁，为九年己未所修。"弼夫仍欲刻之碑亭柱也。写对子数付。今日祖父章五公生日，早晚供。晡出，晤清辅亭，知杭州兵四战皆捷。军驻平望，嘉兴并未失陷。常州、无锡，俱已无贼。曾帅抵小丹阳。前荐赵纯甫，已请上学。郑小山、钱香士、李竹朋俱晤。晚约朱时斋、周东瀛、林紫庭、李小樵、吉夫兄弟并陈蓟门酌，桂儿相陪，老翁不与，恐拘束也，果然畅洽，我听见为喜笑。方伯说：早间上院，被营兵妇女们毁轿辱骂，因发饷迟短也，皆司农之过。

廿一日 （7月9日）夜复热，晨凉。叔民字来说：常州月初收复，丹阳亦已得手。饭后，请邹小山来看泺曾，颇发热少啼也。服药后，即见愈。晚请陈弼夫廉访，饯其北行也。郑小山、钱香士、李竹朋作陪。弼夫后至，知顷奉廷寄，中丞往东防堵夷情，弼夫仍奏留缓行，饯而不饯，又同上年九月二十六故事，可喜慰。谈酌至子初后方散。午间发都信。

廿二日 （7月10日）阴晴半，午后沉阴热郁，真雨候矣。王湛腴观察到省，本为署臬来，今弼夫不行，湛腴仍当回兖沂本任。腹小泄数次，昨夜多饮啖些。

廿三日 （7月11日）昨丑初后雨，先小后大，直至天明雨住，尚沉阴复雨，可快意也。早饭后，晴阴不定，高印霞饷醋十瓶，酒四瓶，酸透鼻。杜惺堂来，为门役事。写大字多。夜泄数起，起服药，服清汤三次，遂止，今日甚好。写大字多，得都寓十八日信，门牌栅兰何为者？

廿四日 （7月12日）早过中丞话，归。饭后复出，汪叔民园篱花木奇胜。郭石臣、黄菉舟俱晤。屠棣员、李竹朋处话，归。食水饺子十余枚，不自在，盖饭点已久也。葛生得子，前日事，葛太恭人五世同堂矣。竟日欲雨不果，亦可惜。

廿五日 （7月13日）课，子曰"臧文仲其窃位者与"一节。南阳诸葛庐，得"阳"字。讲堂点名甚凉，晨饮数杯又热。叔民来话。回拜王湛余，未遇。归来，乃又在此等着，昨日已来过也，一谈，并无怪处，议论平正的，但无用耳。中丞来话别，并不因前书介意。写大字一阵。晡出葛家道喜。陈小农处话，将署禹城去。三角楼候屠世兄，陈弼夫处话。到因寄湖庄与香士谈，归发都信，交学院折差，明日行。

廿六日 （7月14日）阅卷百一十五。酿雨热。中丞东行防夷，此事太渺茫。连日请邹小山，无甚要紧也。

廿七日 （7月15日）竹朋早来话，崔静舫（澜）世兄来晤，吴凤堂将分府青州去。阅卷百，毕。

名次定完。小雨一阵，不解热。今日入伏，比昨热多了。

廿八日 （7 月 16 日）甚热，黄六舟、张西圃晤话。西圃者，滋元之兄，乙未同年也。屠世兄来晤。午出候客，晤汪叔民、郑小山归。晡又出，为王桐舫镇军题主，时选酉刻，奇热。桐舫为宜斋之侄，资勇勇巴图鲁，川北镇总兵，闰三月力战阵亡于鹿邑，昨挽联云："勇略帝深资，战血裹身酬渥眷；长城民失恃，忠魂歼贼仗余威。"送席。夜酌后，狂风，迅雷雨一阵，惜不久耳。热解，好睡。

廿九日 （7 月 17 日）晴热。汪晓堂、苏炳臣、张西甫先后来，皆久坐，真不怕热。写赏封十付。晡阴不雨，昨日、前日入伏。灌蔬园每日送茉莉花，今日着人取，以后日日如之。仲衡晚来，未晤。

朔日 （7月18日）热。午初后，阴沉沉。发杭州信，托东司。常熟信，交周文之，托历城去。署济军厅宋半村司马（钧元）来晤，有文学，可谈。与黄香铁相习，昨潮州所见吾诗颇多也。方深甫、李子青来。夜雨，清书起。

> 黄钊，字谷生，号香铁，广东镇平（今梅州蕉岭）人，工诗词。

初二日 （7月19日）少凉，清书第二日。管敬伯来话，李竹朋晚至，同酌。

初三日 （7月20日）有雨不大，甚热。晨出拜弼夫生日。因寄湖庄小坐，亦热。竹朋处话，归。早饭后，更热，葛启林来见。

初四日 （7月21日）昨夜雷，不知何处雨也？今早甚凉，适孙石来，未见。午间，张编修（丙炎）、嵇十五、梅卓庵先后来。晚赴李仲衡历下亭之约，热风少味，看酒不敢多也。昨见邸钞，薛觐唐奏收复太仓、嘉定，进攻昆、新。然则贼陷苏垣后，尚东驰也。奈何奈何！

> 昆、新指昆山、新阳。

初五日 （7月22日）课，"礼之实节文斯二者是也"。雨后行菜，得"畦"字。甚热，请惺堂代点名。章师舟来话。见邸钞，嘉兴失守，杭城危矣。

初六日 （7月23日）热，闷甚。阅卷止，得七十本，已烦极。申刻，得二十九都寓书云，接李黼堂，联侄侍二、三两娣携诸稚由江西水路回湘，大慰大慰。子敬尚在杭办防，甚危紧。鼎侄无消息，可怜念。止好听天矣。大雷雨一阵。陈小农来别，即出城，已暮矣。赶初九卯时接禹城任也。竹园中榆树被风吹折一大枝，竹伤两三根，雏槐受压，未损。

初七日 （7月24日）母亲生日，早晚供。雨后，不大热。吴慕渠来话。发都寓信。晚约屠槐生、管敬伯、梅卓庵、郭石臣、苏炳臣便饭，汪叔民不来，崔静舫现邀，亦未到。阴云不雨。芰香馈蕹菜。

初八日 （7月25日）不甚热，阅卷毕，无佳作。题目明白直捷，而竟无清楚者，大奇大奇！酉时出案。郑志斋晚来话。 三旬万寿日，晨起，九叩首。寅初雨至，寅正大，天明未止。想会府行礼，不能早也。早饭时，晴，儿孙同先生出游，至因寄庄吃四景园而返，胡小琢刺史来话，有豪气，能收藏。晚饭时，烛下得初四都寓书，中有杭州四月二十四子敬书、吴婿书，知全眷于十五日过山，四侄亦赶到衢州同行，然则午节已到湘矣。杭州兵饷皆缺，危甚。湖州有赵景贤带团屡胜，然恐独力

胡春华，字实君，号小琢，山东济南人。

难支也。广德、泾县复失。孙石来，昨文不佳，令重作，佳且速。

初十日 （7 月 27 日）晨极凉，不知昨夜何处雨也？午后渐热，苏炳臣久话。晚出竹朋处一谈，济南书院已送关聘。汪叔民处，吴慕渠作东，客有炳臣、石臣、小琢，酒不佳，菜可。庭院凉敞，小琢送看帖、画十二件。

十一日 （7 月 28 日）腹泄，酒之效也。叔民送三白瓜六，试之佳。鹭湄前送十枚，无一佳者。令桂儿看王石樵前辈，间到省城已十余日。仲元改省山西，而伯尊复撤，无味之至。仲衡、时斋先后来。

十二日 （7 月 29 日）陶安人忌日，早晚供。余、葛、丁、郑送满月礼。弼夫送周村瓜十，大而青皮。钱香士来话。朱时斋来，余未晤。晚同蓟门酌，余因腹泄，未敢多饮。茅鹭湄来，无非要请我吃。谈及故乡镇江城外家园秋影楼之胜，此番经贼占住，更华敞，亦怪幸也。

十三日 （7 月 30 日）晨，出拜清方伯夫人生日。叔民处晓景极佳。嵇十五处话。谢旸谷处小坐，因其感冒也。郑小山学使处一话。归，渌曾满月，可喜，母子无丝毫恙也。写大字，热。未正后出，回拜周晓高同年。到也可园，花木枯槁，弼翁出话，属收拾乃亲家龚锡卿堂上双寿文，题得天字册签。过李仲衡归。上房有丁太太饭，余与儿孙三人，酌史国公，午后，雨一阵，不畅。弼夫说，东府夷船次弟开行北上。军机处信，说今年僧王防守周密，各处可不虞冲突。果尔，大幸也。曾涤生率兵万人抵江西，要等左季高募湘勇来齐进。松江已失，恐缓不济，有促令分路先进之说。粤逆复分窜黔中，地方失守，奈何奈何！

十四日 （7月31日）不甚热，午后风。团练钦使杜云巢及随员六人进城，早晤惺堂，尚无信也。李文园来晤。杨旭斋晡至。牛宅挽联："迹恋明湖，并蒂秋华非吉兆；魂归折木，连床梦草有余悲。"闻仲远兄亦病卧悯忠寺也，可怜。

十五日 （8月1日）学院来课，辰初二刻点名，诸生来颇迟也。宋补隅司马来伺候，可谓仅见。午间，杜云巢来晤，较客冬苍老多了，说近有恙，不思饮食。方深甫来，馆事尚虚。杨旭斋因妻病，有馆未能去，寒士之运蹇如此。韶女复患喉痹，请邹小山诊，大热，服凉剂。

十六日 （8月2日）药见效，可慰。牛宅卯正题主，兼开吊，真惨人，孤孙六岁，不甚长，仲远两叔，亦不成材也。回拜云巢于贡院，归早饭，极热，为多日所无。小山来诊，桂儿忽亦喉痛，紫肿，吃西瓜而减。晡后至芰香处一谈。

李棠阶，字树南，号文园，河南河内（今沁阳）人。

十七日 （8月3日）早，出拜黄菉舟太夫人寿。叔民处话，荷花盛开。到竹朋处，同至灌蔬园步，过四景园小酌，丁东所开，甚敞，于今日奇热何？温拌面佳，酒亦陈。归，热极，而上房有丁太太来，至暮方去，可怜亦可厌也。晚饭时，稍阴凉。

十八日 （8月4日）寅卯间大雨，前后院水满，辰后住，阴晴相间，热不可解。沈友竹来，署道，二十日回。

十九日 （8月5日）阴闷热极。连日看《东华录》一过，乃不成书。发都寓书。邸钞，知彭咏莪以精力不及，出军机。杭州屡有折报，竟站得住邪？孙星华差回，未晤。嵇十五来话。

廿日 （8月6日）热稍退，有秋信。王葍庵署阳谷，来别。苏炳臣、李仲衡先后来，夜少凉。

廿一日 （8月7日）阴，闷不得雨。张海帆来，久坐。又张升谷来久坐，真不怕热。葛家送满月礼，止收"五世同堂"一扁，余为太恭人书贺也。酉初刻十四分立秋。夜奇热。

廿二日 （8月8日）阴晴半，热似差，梅卓庵来谈。陈石邻来别，说明日往临清州接州同印去，即回省当差也。旋闻明日未必行。

廿三日 （8月9日）阴闷更热，细雨一阵，今日而
不晴也。葛生来领题。

廿四日 （8月10日）更热。早饭后出，诗舟、石樵
俱未晤。弼夫处谈。杜云巢话，归。晡复出，
叔民处谈。江阴复失。早间得都寓信，松江收复，嘉兴胜仗。
盖松江之贼，复窜江阴耳。杭州或尚可保。惟曾帅迟迟，
欲先到江北布置漕、盐二事，以东南付之他人矣。仲云信来，
以湖南单薄为虑，盖兵与将俱他出也。兼得鲁川、少言书，
十七日天津北塘攻克夷匪。王赞廷请在香士处，晚凉差可。

廿五日 （8月11日）课，"君子信而后劳其民，未
信则以为厉己也"。太热，免诗。午间，大雨，
前后庭院洋溢，然不解热也。腹又泄，昨酒所致。

廿六日 （8月12日）雨竟日，虽不甚大，然不甚歇，
已有苦雨意，剧望晴矣。阅卷一百。阴黑甚早。
连日请邹小山看涑儿，其实无毛病，因晨间似厥，盖肝气
耳。黄金山来同晚饭。

廿七日 （8月13日）晨，出拜中丞生日。谢茅鹭湄
步。因寄湖庄小坐。到四景园，香士约叙，
客仍蒉廷、少秋，竹朋后来，同酌。面后，写对三付。客
渐多，天亦渐热，归。阅卷六十。

廿八日 （8月14日）阅毕，午间出榜。发都信。阴

雨不大。

廿九日　　（8月15日）丑正后大雨至天明，遂竟日未
　　　　　住，大小不等耳。望晴之至。阅《范书》起。

卅日　　　（8月16日）阴复晴，时有细雨。晡出，至
　　　　　因寄湖庄，竹朋做东，请杜云巢、钱香士、
郑小山与余，本请历亭，因雨改此。酉刻酌散后，仍至惠
泉寺一游，修葺未竟也。余先归，补吃面一大碗。

七月

初一日 （8月17日）大晴可喜。仲衡来话。赵饴山前辈从利津来，为团练事，前办武定团数年，乃熟手也。谓团而不练，可守乡间，而免筹经费，无警之府县，此计可行也。方深甫来，知阳谷馆事，尚不知，即遣人往问王赞庵，知已去拜，赞庵晚来，已定局。王荣柏来见，鲁之兄令孙也，捐盐场，居此，未到过四川，光景尚过得去。黄伯初来话，看杜惺堂，患痢已愈，郑小山久话去。

初二日 （8月18日）晴，稍热。午间，梅卓庵来晤。王秋垞从兖州来，言子梅两足病痿，奈何！晡出，回拜赵饴山，回候他客归。饴山处遇杨协卿谈，见邸钞，石逆窜贵州，湖南兵收贺县。闻夷人占住天津北塘，距大沽三十里，不知僧王何无动作？孔经孶来。

初三日 （8月19日）阴晴半，静，闷不大热。晚约杜云巢、郑小山、钱香士、李竹朋、袁雪舟酌，颇畅。亥正二刻方散。睡时将子正。

初四日 （8月20日）方深甫来，知阳谷已下开，未能即行也。昨买得朱莲所代销碑帖零件，有朱拓长《武荣》《衡方》，拓尚旧，可爱。杨旭斋送阅傅青主诗卷，小有致。

初五日 （8月21日）课，"以意逆志，是为得之"。含饴弄孙，得"饴"字。辰初二刻方点名，渐迟迟矣。午间，赵星海来话，谈诗何必《秋兴》八首乎？杨协卿来谈，少风味。闻天津夷匪窜扑，吾军大挫，有提军阵亡，京师警矣。夜雨。

初六日 （8月22日）雨竟日不住点，甚忧潦也。阅卷百二十。汪佛生晡至，因留酌，问悉湘中光景，联侄辈于五月二十日到湘，住马家巷一租屋；易念园、黄南坡、胡恕堂诸老友俱适也。联侄及仲云均无信，亦奇。

初七日 （8月23日）雨住而阴，午间偶见日。黄立三来久话。申刻阅卷毕，酉刻出榜，孙生毓麒文奇佳，旷代才也，何识者之难遇乎？昨得都寓二十九日书，津警方迫，南军平望再失，杭事又紧。

初八日 （8月24日）大晴可喜，而客至者多，颇扰清课也。夜来不好睡，今日亦乏，郭石臣辞行，将往昌乐去。屠槐生来话。黄质夫、朱熙芝、郭梅庵同话。熙芝谈南事，惨闷惨闷。

初九日 （8月25日）晴，方深甫辞行。杨旭斋亦将就馆益都。朱时斋晚来，得都寄初三信。

初十日 （8月26日）迎家神，早晚供起。汪叔民来话，旋饷沧酒一瓶。晡出，香士请因寄湖庄，客止余与筠巢、竹朋三人，小山说有感冒，不能出。湖边晚景殊佳，入醉乡矣。到香士上房，多丽藏匿，可笑。竹朋处新纳姬，已先睡矣。月色好，子初方寝。

十一日 （8月27日）晴，稍热。仲衡饭后来话。陈弼夫来，言得德州探，津门和议将成，且暂慰，月前到。

十二日 （8月28日）早，文东交来，余未会。午间，旸谷、石林来话。暮，呼位东观察来晤，从潍县税局回，因烟台为夷据，由中丞奏请撤局，不允也。闻天津为夷陷，奈何！

呼震，字位东，直隶乐亭（今河北乐亭）人，官至山东按察使兼布政使。

十三日 （8月29日）晨，小车过叔民，知天津于初八日被夷人侵入，不伤官民，如广州例，分治之意。惟和约过于无状，已由中旨全答应，天朝体统，得无替乎？食常州茄饼。看庭花，秋景转佳。新罗大画，亦稀见之品。归饭。梅卓庵、章师舟、刘晋珊先后来，绵缠遂至暮间。闲谈访要，非余所愿也。月下坠阶，伤右膝，不打紧，却且一惊，可警也。

十四日　（8月30日）裹药，露青，幸未伤筋骨，竟
　　　　　日静。先出看郑小山归，与伯尊一话。申正
后上供，烧包后，梁昆甫来晤。晚赴弼夫约，席设也可园，
看月，酒佳，得小醉。归迟，将子初矣。发都信。晨剃发。

十五日　（8月31日）天气燥，竟日静。止张海藩来
　　　　　一晤。夜月佳。黄箓舟月课，来晤。

十六日　（9月1日）晨出清方伯处话，秋堂楸影，
　　　　　水声极佳。杜筠巢处话。李竹朋感冒，已渐愈。
归，巳初后矣。午间静，晡出，黄笠衫处话。茅鹭湄处请，
不敢多饮，同席客：钱香士、黄箓舟、汪晓堂。席间，出
小洋盒，中间时辰表，两旁各一小娃，一弹琵琶，一拨阮，
有声态，亦奇玩也。闻天津和局将成，又可将就过去。筠
巢买得葛家书，交存我处。

十七日　（9月2日）静，写对子一阵。桂桂赴郑篠
　　　　　翁席。屠啸云来谈。

十八日　（9月3日）晴，燥热甚，竟日静。晡时，
　　　　　李竹朋来，忽大风雨，雨大而不久，夜仍滴沥。

十九日　（9月4日）阴，雨未已。携儿孙同蓟门先
　　　　　后到四景园，晨酌颇畅。写字一阵。带三孙
往钱家庄坐船游古历亭，至鹊华桥上车，至汪叔民园馆小
坐，归，仍未晴也。晡时，明月舫都转来晤，前日甫由南

路回省，说外间农收极丰，省境一律安静。

廿日 （9月5日）桂儿四十岁生日，天晴，不甚热，有贺客十余人，老翁却静得好。晚间半席，出陪客，畅叙，蓟门外，止同乡张海帆、汪佛生、郑氏叔侄，酒多，不大醉。得都寓十四日书，都中尚不大惊荒。中有联侄长沙来信，沈家姑爷到湘不久，病殁，可怜祥侄女也。钟曾聘室亦病殁，怆怆。

廿一日 （9月6日）李仲衡来一话。孙星华来，将许印林书价十五金交其寄往。桂桂出谢客。杜钦使昨今皆审案。吴婢江萍遣往东关外徐家为养媳，相依两年半，亦难为别也。

廿二日 （9月7日）白露节，竟日静。

廿三日 （9月8日）早出，汪叔民处话，知二十、二十一两日审案光景，博守交首府，区令交首县看管。学院衙拜夫人生日。出，至钱家庄小憩，回候明月舫一谈，归早饭。午后，韶女及阿双往拜寿。小山约晚酌，同坐有汪佛生，颇醉，清辅亭来话。

廿四日 （9月9日）徐绍圃从京回，知大概安静。惟圣躬咯血复发，户、工两案严紧将结。小山学使来辞行。昨余得十八都寓书，知郴、永后被贼扰，奈何奈何！发都信。

廿五日 （9月10日）课，"三戒章"。陆憩五岳，
得"游"字。午间出晤余芰香、王伯尊、陈
弼夫、钱香士、郑小山，归。晡复出，汪叔民、胡小琢同
请，客有吴慕蘧、杜西樵、屠啸云、姚子良，肴酒俱佳，
亦薄醉矣。发都信一纸，交慕渠，说明早有捷便入都也。
小东送阅顾南原钩《华山碑》，郭元伯本。

廿六日 （9月11日）阅卷一百。热，蚊难耐。祐曾
十岁生日，早面，夜酌，先生邀看戏，吃四
景园去。

廿七日 （9月12日）阅卷毕，申刻写榜。比昨少凉，
而蚊子仍毒。桂儿拜石邻先生生日，钟曾吃
面复回。

廿八日 （9月13日）竟日静。邸钞，知江沔大水，
湖南滨湖各县俱成灾，抚恤。前闻亳州蛟水，
淹毙捻巢万余，又江北大水，淮、湖并涨，已见钞报。前
京信说，廷寄令骆籲门往蜀，而无明发，兹命署抚文格办
赈恤，则骆中丞往蜀确矣。张海藩晡至，将往郯城查案去。
桂桂赴陈太先生请。

廿九日 （9月14日）晨甚凉，午后晴，亦不如前热。

初一日　（9 月 15 日）《范书》阅毕，距六月二十九起算一月，中间阅课卷空四日耳。隶课久歇，今日临《樊敏碑》起，写大字，渐有力。

初二日　（9 月 16 日）临第二通，写大字多，腕更健，入秋湿气敛也。张虎头之次郎仲虎来见，其兄小虎阵亡于金陵，弟叔虎阵亡于高唐，尚有弟季虎。晚赴屠啸筼请灌蔬园，客有叔民、西樵、小琢、慕渠。酒不佳。散后，到四景园，写大字不少，惟遇黄用之泥酒搅兴耳。邸钞，两斋俱递联衔封奏，不解何事？和夷尚未成议耶？慕渠说汴梁戒严，杭州被围已解，上海止北门未被围，似闻已陷，奈何！

初三日　（9 月 17 日）临第三通。早饭后出，方小东处借《三巴耆古志》。《樊碑》释文多确，惟东京各碑多摹刻原字，而此及高、欧止录释文，矜惜板片，甚可惜也。灌蔬园王伯尊请早酌，热颇甚，看酒不佳，余更不思食。客有叔民、紫庭、常笏臣（庚）、徐子信（顺昌）、丁蓉村（堃），皆初见。子信面有书气。归，人颇倦。复问叔民索沧酒来。

初四日 （9月18日）晨凉。闻汴梁被捻窜入，庆中丞退保怀庆，大可惊谬，胜克斋未被劾入都，毛旭初归办团，所办何事乎？北五省都震动矣。连日闻夷兵至通州，廷议主战，尚未有动静，蒙古兵到了二万也，焦急之至。发都信。回湘之计，岂竟不成耶？且盼汴捷耳。晚见邸钞，豫抚报全境肃清，贼遁老巢，为一慰，汴陷盖谣传耶？

初五日 （9月19日）课，"焉用稼"。孝弟力田，得"京"字。临《伯时前碑》一通，夜竟。

初六日 （9月20日）早出，至历亭，拜叔民生日，本先有公局之约也。不见一人，遂至钱家园，香士来话。过陈弼夫谈，知都城光景，夷兵逼近通州，圣意主战，而尚未决期也。沈云巢前辈处话，知漕道由海船往浙，系六月底事，此时吾子敬想已卸粮道任矣。归饭大迟，阅卷数十本。晡仍出看清辅亭，病愈。知圣意初欲幸热河，因百官谏阻而止，归晚矣。午间晤屠槐生、陈石邻、戴心斋。

初七日 （9月21日）阅卷竟日，毕。早饭时，得子愚二十八日都信，有停止热河行幸之旨。都中尚粗安，内城多抢案，城上尽兵棚耳。

初八日　（9月22日）临《伯时后碑》，接临《叔节碑》，久别殊生疏矣。昨都信说，松江收复，上海解围，于潜、昌化、临安收复，杭州稳住，且差慰盼。

初九日　（9月23日）晨凉，人竟日不甚适。卓庵来话。陈弼夫来话。连日查缉东关外庙僧谋滋事及盐匪谋劫狱两案，可虑可幸也。寄乔鹤侪书，中有与陈鸿书，由臬署去。

初十日　（9月24日）临《叔节碑》竟。写大字多。朱载基由常州回，东贼势方炽。各郡县有团，皆白布包头，贼亦非不惮。乡间尚多安静处。敬琴舫、茅鹭湄同话。琴舫将往德州，同李芸舫查四女寺筑坝，欲汤水以困夷船也。

十一日　（9月25日）阴静，无客，写字多。邸钞中见初六日上谕，为夷酋逼近通州，赫然震怒，务在歼旃，通行晓谕。大哉王言也。

十二日　（9月26日）晨凉，午热。早饭后，出贺梅卓庵生子。贺陈弼夫乃孙入学。贺钱香士开复藩司。吊朱临川断弦。汪叔明处闲话，归。邸钞见骆中丞报郴、桂、永、宝靖同时告警，而中丞将入蜀，左季高助曾军，吾湘军事，将谁恃乎？

十三日　（9月27日）晴，更热。李世兄（淳），日照人，带到印林信。李系父亲入学门生，戊戌进士，江西铭山令。庚戌，余奉讳过其境，上船祭，余竟想不起，可叹也。权民送到昨晚探报：初四日逆夷两千余逼通州，经载垣、穆荫理谕不服，决意入都城，穆君忿怒，立将夷酋巴亚里等生擒九名，械送京师，戌刻入城，因有昨旨。是日僧王兜剿夷人二千人，无生还者，真一大快事。

十四日　（9月28日）阴雨可喜。巳刻闻决盐匪十名，去秋武定盐枭要犯，因此次擒获，谋欲劫狱匪犯，故今日出决，亦大迟迟矣。送节礼纷纷，果饼酒多多。发都信。

中秋　（9月29日）竟日雨，静甚，且多写字也。豆已旱，得此可救。各处差人贺节。见邸钞，浙兵收复广德，李若珠丹阳胜仗。孙纪堂同年乃郎汝贤来，知由皖回，住邹县。

十六日　（9月30日）儿妇生日，早面晚酌。明月舫署运来课，钱香士来，皆谈及逆夷逼都门，仗互有胜负，都城紧急。初九日，无直日及召见，奇事可忧也。阴雨复竟日，陈蓟门移行李去，明日就章邱馆，于孙辈四年师弟，转瞬不觉。梅卓庵早来，未及谈。孙汝贤（子乔）来见，年轻捐官，可见纪堂之谬。晡抱泺曾过惺堂话。笃巢差人入都回说：各城门俱闭，开者止三门，每日亦不过开两时许。

十七日 （10月1日）雨竟日，无客。夜无邸钞，可忧之至。买马两匹，一廿七千，一四十八千，皆京钱，价相悬，仆辈说驽、骏回殊也。今日临《西狭颂》，得两通，转无主意。夜间方伯专人请，中丞回省，有何紧事？

十八日 （10月2日） 雨止。晨出至叔民处，惊闻圣驾初八日往热河，惠王监国，恭王统帅六师，胜克战于沙窝门外，得胜受伤。早饭后，出吊明月舫叔母之丧。据云，得乃弟十一书，圣驾于初九日銮旋。至弼夫处，据吴慕渠得都友书，并未回銮，胜帅受伤殒命。皇后于驾行后带阿哥回宫，此社稷之福也。余事不尽确，大约都城尚粗安耳。晚复出，至谢旸谷处谈。申刻后，装书箱行李，至二鼓方毕。

十九日 （10月3日）卯初起，卯正，车次第行，至辰初方毕，共二把手，四十三辆，派陈芝、陈三、姚夔、王顺四人押运，县派役四人护行。陈弼夫来久话，疑余即同行也。早饭后，李仲衡来话。申刻，见十四邸钞，虽无上谕，然按期至东，想见都中尚静也。

廿日 （10月4日）更大晴。午间，团练局齐集于讲堂，齐后，往贡院，请钦使阅视，仍回讲堂，一集而散。安平康乐和亲六团，共二千余人。王湛余来话。昨复宗涤楼书。为孔诚甫墓铭篆额，附去。早间，叔民来。晡时东寅来。

廿一日 （10月5日）何世兄诒孙来晤，赓卿之子。

上房收拾忙扰，而丁太太尚来缠，无可如何也。幸其四郎来，即劝令促归。申刻，出晤弼夫，问都信，无所闻。因顷得五弟中秋书，言僧、瑞军俱溃，夷兵扎江察门，城内十室九空，伊与寿臣亦欲往涿州也，大局散漫矣。子敬义槁办饷及盐，在宁、绍之间，甚闲雅自在，亦为之一慰。晚用四景园菜上供，团话，清行李至半夜。

廿二日 （10月6日）上房收拾至辰正方成行，二妾、一女、一儿、一妇、四孙全行，共轿车九辆，四系鼓棚，四家人，翟融、王春、冯发、李打杂。四鼓棚每辆京钱百千五，轿车四十三千。前次二把手每辆京钱十八千，不算贵。余肩舆抱泺曾送出西关，上土路，交与娘，一路安眠，可放心。此儿未百日，已见书即唱读，左右展步。夜见灯烛，即安睡通宵。见酒，即踊跃要吃，是公孙也。巳初后回书院，觉冷冰冰的。陈石邻来送行。午后，客有沈云巢前辈、朱时斋、王伯尊、苏炳臣。夜成独酌矣。桂花大开。得陈芝刘家集信，安妥。

廿三日 （10月7日）昨夜尚好睡。黄伯初早来。葛启林来领题，同早酌，颇热。桂花齐放，一丹一银，皆极盛。午后，谢旸谷、杜惺堂、王缊之先后话。缊之从汶上学来，赠我《封龙山》《三公碑》，知上年小松《三公山移碑》《曲阜图记》皆伪矣。得儿孙齐河信，上路平安，可慰。邸钞到十八日。

廿四日 （10月8日）昨夜不得佳眠。天阴，桂香，更闷。早雨数点。饭后出，晤黄六舟、汪叔民、苏炳臣、郑老四、茅鹭眉，知方伯得十八日家信，内城尚静。郑处张仆接老墙报家信，亦无事。惟峄县有捻警，曹、单团有口舌，费调处。归憩。晡复出，晤吴慕渠、陈石邻，石翁处见王令片，有十七日伊都统开仗获胜，僧王由黑字截杀，夷人退至八里桥之说。晚得方小东札云：团使处有二十日都信，和议已成，为之甚慰。即札问杜侍郎，复云无之，又不可解矣。酒后，写对子十八付，燃烛作书，笔情超异，自喜，谁其解赏之？课题"管仲且犹不可召"两句。偶有名酒，得"名"字。

廿五日 （10月9日）父亲生日，早晚上供。竟日阴，午后雨，不甚大而未住，晚乃晴，见星。约客晚酌，因得云巢信，说得二十日京信，和议已有八分，恭邸权主一切，心为稍慰也。方小东、梅卓庵来。汪叔民、胡小琢俱有他局不至。今日写大字少力，不可解。

廿六日 （10月10日）阴，细雨。走至卓庵处换衣，至朱临川处，吊其夫人，于无锡失守后，在长安桥自缢也。陪客至午初方归。早饭后，阅卷。黄六舟前辈来话，得二十三日儿孙酉刻到庄平书，一路好走。

廿七日 （10月11日）阅卷，闷甚。客有彭锁、董毓葆，董世兄从京来，十九日出都，亦言和议将成未成，恭邸推让，不肯作主，奈何！鬼子无入城者，巴里亚高庙养病之其议耳。胜帅伤愈，仍督帅，可慰，未死也。

廿八日 （10月12日）午正，阅卷毕。早间奇冷，三棉上身矣。申刻出榜，并写题解示之，因诸文多痛骂夷吾也。晡出，晤杜筠巢，知和议尚未成。而二十四日有夷人突至圆明园，烧大宫门而返，如入无人之境，奈何！二十五日定将巴里亚还之矣。出至叔民处，遇胡小琢，索饮酒，不佳。归不适，冷凄凄的。午间，写大字。今日极冷。

廿九日 （10月13日）晨写扇，比昨暖些。午间，写大字极多，文星崖横幅奇大，费力之至。星崖申刻回城，闻不日带兵北行。辅亭署抚，弼夫署藩，筠巢亦令。赵康侯带勇三千赴援北行。今日邸钞见上谕两条，自初八日圣驾往热河，久不见矣。吴慕渠晡来话。

九月

朔日　（10月14日）写大字、小字俱多。文中丞来话，即辞行，说初六北行也。仓子仪候令来（景长），小平嫡堂兄，嗜学书，言左臂书熟，亦可如右臂。朱时斋来话。陶廉泉信来，问桂儿行期，约同路走也，何迟迟乎？即复书去。

初二日　（10月15日）写字亦多，连日未临隶帖矣。陈弼夫、明月舫先后来，知都事不可问。邸钞中有上谕，自热河行在发。孙星华来，将往江南接眷去。张升谷来。张海藩从郯城查重坊案回省。

初三日　（10月16日）昨夜雨，五更大觉，不寂寞也。晨起小雨，出拜方伯太夫人寿，叔民处话。回抚军拜，因客多，未拜会。回拜陈栗堂同年。归，得子敬七月五日杭州书，来往省垣、义桥间。杭城仍紧急，吴婿信甚详。又得子愚二十六日涿州书，不日又往保定去，可怜可慰。都中迁徙一空，止六卿实缺者未徙耳，眷属亦俱出矣。即作复子愚信，带交弼夫即发。弼夫处久谈，遇笠山同话。出南门，晤王石樵前辈。回至余芰香处话。归，写大字一阵，遂昏黑。竟日阴，时有雨，亦偶见日。鸦噪庭树，甚喧。梅卓庵子满月，贺以二诗，此事久歇矣。

初四日 （10月17日）昨夜后凉，今日晴，大风更冷。卓庵、仲衡来话。见二十七、八邸钞，都城尚无恙，有谕旨数条。江北贼酋洪佃一、薛成良俱擒获正法。未刻大风，奇狂，鸦飞涨天，庭前老树枝柯，带叶坠满地。阅道言《内外秘诀全书》，无解悟处，从石邻借来者。

初五日 （10月18日）"子曰吾十有五"一章。天骤寒，免诗。午间出晤中丞，昨日未接明年关书，实因主讲烦闷，松楸念切也。明月舫处话。钱香士处青金石镜，见竹树皆红叶，天色正蓝，亦怪事。过杜筠巢话，都事无佳耗。回来则叔民、栗堂、小琢同到此，未值，皆从济南书院来，因嵇春源祠告成，今日升主也。中丞送酒二坛，佳。

古时墓地多种松树、楸树，松楸即代指坟墓，也特指父母坟墓。

初六日 （10月19日）阅卷百，烦极。朱时斋来谈，陈石邻、屠槐生来谈。旧被添新棉，甚暖，昨日、今日白天俱冷，盖已有霜矣。

初七日 （10月20日）阅卷，午初毕。筠巢处送到德州禀云：得都信，于二十七日和议已成，先给银二十万两，夷人退至通州，余尽至天津海口再议。官商士民，次第搬回，衙门已照常办事，大慰大庆也！梅卓庵、王五桥、张海藩先后来话。出案后，出至清方伯处，据云：德州探属子虚，今日尚有六百里加紧至钦差及巡抚处。因往杜筠巢处问，则云：初四日曾接有六百里文，方伯误看报单也，然则都中事可信矣。回换便衣，至四景园，算是卓庵做满月酒，同席汪叔民、胡小琢、张海藩、王五桥。酒后，写对二付。

初八日 （10月21日）晴暖，作霜也，晨写扇一阵。

午出，晤黄六舟。陈弼夫处，见小松隶联："退一步行安乐法，道三个好喜欢缘。"字亦别致。过黄笠衫，不晤。李仲衡，不晤。今日无京报，可怪之至。晡后，写册子有兴趣。弼夫申时接藩印，星崖亥时交抚印，辅亭寅时拜抚印，湛余明日接臬印。

初九日 （10月22日）昨五更大风，今日阴冷，千佛山不好登矣。六舟前辈送到冬修并程仪。

午刻接桂儿初一日尉氏信，知二十九渡河，往汴城南门外，初一至尉氏，一路平安，樊城路极好走，甚慰甚慰。杜筠巢来，知都中和议尚未了当，须恭邸见面方定也。中丞带兵北行，未正后方起身。冷闷殊甚，闻千佛山登高人不少。

初十日 （10月23日）写字奇多，然埽不清楚耳。

午出，晤清辅亭，至学院署，晤郑次垣，回与余芰香话，归。郑姑太太送四肴，邀李仲衡来酌，方小东来，亦入坐。

十一日 （10月24日）仍清字债。王湛余、清辅亭、钱香士先后来。陈弼夫来久话。张海藩略话去。晚出至灌蔬园，陈栗堂同年请，同席汪叔民、杜石樵、吴慕渠、梅卓庵、胡小琢、王五桥，肴佳，酒劣，不敢多饮。而诸君豪饮，自愧不如。

十二日 （10月25日）夜不好睡，寅正遂起检点，卯正二刻，方放醒炮也。晨出至四景园，买山楂糕。宝石斋借《圣教》，为弼夫补足，因前年竹纸戏临本，为弼夫攫去，今装成册，极可观，少后一叶也。有容堂买对纸十付，归饭后，写赠诸公：清辅亭、明月舫、黄六舟、黄笠衫、王湛余、汪晓堂、吴慕渠、茅鹭眉。又弼夫家祠联，又胡小琢一联。又写"法华小舫""玉琴山馆""燕来泉"三扁。申初出辞行，俱不拜会。惟杜云巢处一话。然周转后，到弼夫处，已昏黑，客惟钱香士、黄笠山，颇畅适。酒间，筠巢送信来，说闻都中宴夷酋之日，僧邸暗计，醉夷兵而杀之，二千名无脱者，痛快可浮一大白，恐未必有此事也。酒后为弼夫写大字一阵，亥正后归。余芰香在此相待话别。吴慕渠来话。李晓樵来晤，睡时子正矣。馈赆者：弼夫五十，月舫三十四，慕渠二十四，六舟二十四耳。

十三日 （10月26日）五鼓起收拾，天明全清。杜惺堂、李晓樵、葛启林及书院诸生送行，甚依依难别。辰初一刻行，余由西关迁至丁家，送其归资三十金，打门久之，方得丁老大一见。至灵官庙候仆辈来，方同行。四十里，杨家台尖，长清管，离历城界二十里。尖后三十里，至长清，入东门，出南门住。昨为弼夫写《题坐位帖鹰字韵诗》，今到店复为写去年《题〈阁帖〉用鹰字韵诗》，以成全璧也。然弼夫亦过贪矣。一轿共夫九名，每日京钱九千文，二轿车每两价京钱四十一千。带翟明及贺恩行，陈芑舍不得，无如何也。白玉不愿远游，且今照应陈芑，故亦不带去，而荐与月舫、芰香。又韩厨子荐与弼夫。在筠巢处草一信，托寄保定与子愚。杜眷亦全至保定矣。晴暖甚，夜有月。

十四日　（10 月 27 日）卯初起，卯正一刻天明，方行二十余里，归德街，共三十里。翟家庄，然无一翟姓人，盖古庄名也。共五十里，水里铺尖，潦草之至。小村店，车在街上歇息。尖后，渐入石路崎岖，又值雨，滑甚，共五十里，入平阴东门，出西门，路南店住。住屋向南，门有石榴树。到店将酉初，阴黑，车后至，亦言石路难走，甚于泰沂间也。夜小雨。

十五日　（10 月 28 日）卯正二刻方行，仍阴渐开，有雾颇大。二十里，王好店小憩，又十里，站里尖。尖后，二十里，至小泰山一看，乃天齐庙在坡上，非山也，况小岱乎。吴筱亭差人来迎，入东门，到东阿县署，与筱亭同年饭。即出示所著《六书微》，探根蹑窟，意根钟鼎，虽傍许书，实空其科臼，但时有过于斧凿处，恐成功非易也。诸城丁小仙住此，亦治六书，年七十，健谈，晚饭同席。又有筱亭乃弟竹侯，临清州判，以无事居

许书即《说文解字》，东汉许慎撰。

此。又陈启周（文显）在此就征比席。署宽而荒，茅屋土院，树木亦不多，后园种菜，佳。弼夫专为递信，话别情挚，仍索书未了。子初后睡，亦不甚安眠。

十六日　　（10 月 29 日）晨起，出北门东转，至黄石公灵显观，塑象白发老人，有唐大历分书碑，颇有古意。碑阴叙裴公序修祠，李卓后名栖筠。文后篆字一行，则题裴平书。分书写碑，而小篆题衔，亦别致。又有宋咸平分书碑，亦可观。余则明后碑，古柏数株，佳。归剃发后，同筱亭兄弟早饭，巳正后矣。余出东南门，十五里，到洪范池，池二丈见方，澄碧水旺，如明水池然。西边有小书院，为洪范书院，言左山有东流书院，亦有池水，两池水俱入狼溪河，其溪正源，则去此尚十里，合流入城，出城归盐河也。未到池所，先三四里，有于文定公（慎行）墓，万历年间，御碑祭文，极宏伟，石人、马、虎、羊、华表俱高大，墓前方碑，题资人之墓。尽前有"恩光泉壤""宠溢松楸"两大碑，分立左右。闻此间于家人不少，无显贵者矣。回署将申正。筱亭今日开厫，厫两处，一在城内，一在五十里外七级地方，先到内厫，即往七级去，今日不能归。晡时写大字一阵，晚饭同小仙、竹侯、启周酌。灯下看丁小仙（大椿）《论语》，极有识见；谓《学而》《为政》等各章次第俱有意，说"千乘""多能""雅颂"俱精，惟不喜朱子，致有嫚骂处，不可不可。夜雨好睡，五鼓，仆人说，自廉泉有警，距城十余里，署中颇空空，而筱亭未归也。

十七日　　（10月30日）卯初起，收拾候筱亭，至辰

正不来，止好行矣。东北至桃源，风雨大，

不敢过河，仍行至王好店庄小憩。问得西北行十余里有滑

□可过河，未刻后过河，到庄家屋，车后至，不愿行，遂

住此，方申正也。闻平阴亦有抢盐店事。昨日教书先生黄

寅谷来见（晟），丙辰归班，云南人。

十八日　　（10月31日）卯初起，大月，对面屋向西也。

卯正三刻方行，避积水，二十里，铜城驿尖，

属东阿，有管号人，鲍姓，现煮饭吃。尖后，向西行，至

邢庄，舆夫又吃，许久方行，共五十里。到东关，过运河

闸桥，阛阓嗔咽，街有四五里长，系水陆之冲也。饭后，

写信一阵。燃灯，过鼓楼西，访王子梅，病两足，废不能

行立，苦甚，谈尚可。余寝后，差人赠砚及高丽信筒。无

大米饭，而面殊佳。换钱一次。

十九日　　（11月1日）卯初起，卯正三刻行，至西关，

候至辰初二刻方开门行。护城河水大，由运

河漫入者。西南行五十里，一坦平阳，至沙镇尖，东阿两

役遣回，带去吴筱亭信，又复陈弼夫信，内有致清辅亭、

明月舫、文星崖、郑小山、杜筠巢信。并寄子敬杭州家信。

尖后，三十里颇大，到莘县南关外住，从前随侍时，住城

内书院，南北应试，却未曾住过此处也。晨寒，午后稍暖，

车夫因无班儿车，索每日加钱一千。大沙镇有灵芝亭。

廿日　　（11月2日）卯初起，卯正三刻后，月未落，

天明迟也。四十五里，朝城北关外尖，土城荒凉甚。尖后，入北门，出西门，又四十五里，观城东关住，今日路不小也。天阴早寒，午后暖。遇汴来车，说路途平静。

廿一日　（11月3日）卯初二刻起，卯正二刻行。阴有细雨，遂竟日，不碍行也。五十里，关庙街尖，清丰县管。又四十五里，开州壮关外住，一路西南，麦田弥望，走至州城内荒凉，想必有热闹处也。绍兴邹玉樵来话，又村族弟，将往京接家眷去。言八月烟桥溃后，袁帅、翁抚俱失势，在汴似闻有九江失守之说，或不确耶？换钱二次。玉樵名蕲，乙卯乡榜。

廿二日　（11月4日）天阴，后晴，有月，起早行迟，辰初方行，为月所误也。西南行五十里，大北道口尖，滑县管，空阔匆促之至。未正一刻行，又五十里，滑县东关外，借余姓店住。屋中堆积秫柴，打扫东南一角，设榻，仆子卧草地，因南关大会，屋占满也。地入中州，土膏滋润，梨、柿成林，红黄溢目。竟日阴晴相间。尖次遇东来海味大车。

廿三日　（11月5日）辰初方行，舆夫疲得讨厌，天大明方起也。西南行四十里新寨尖，潘县管。尖甚久，又六十里大，西南卫徽府，过大桥，西关住。走黑路，戌正方到，尚有一车后至。桥下河即卫河运粮者。店俱为兵差所占，中丞将带兵北行也。前月滑县出案，镇、臬、道俱往，拿二十余人，解省审办。

廿四日　（11 月 6 日）天大明方行。向东南入城，拜何圆溪太守，丹溪同年之兄也。久始出谈，甚朴，问知都中和议，尚未定局，奈何奈何！两湖无事，安庆无克复信。留酌，吃面，巳正二刻行。向正西二十里，至山彪小憩。又行约五六里，至潞王坟，圆城巨工，碑大，字题"敕封潞简王墓"，中有妃合葬。万历、天启俱有赐祭碑。西不数百步，有护国万圣庵，中有三教同源各殿，内为潞王次妃赵氏坟。前朝香火地五十余顷，今归入书院，尚存四顷余，养活和尚耳。地属新乡。又西行三十里，入辉县东关，署令姚鉴冰迎谒（锟），即入署一话，十八日甫接任，从滑县来，庭有唐槐古傲甚。出西门，西北行，将七八里，至百泉住。蒙泉坐南向北，殊可惜也。近夜，无所见，水光滉漾。流广西南为卫河，东入府城。鉴冰来同晚饭，酌尚畅，客去睡已子初。

廿五日　（11 月 7 日）五更起看月，仍睡，睡不着。辰初后起，步向西行，过石桥，至二分屋清辉阁，有楼，居水中。由西门出，至孙夏峰祠、邵子祠、喷玉亭、灵源亭、涌金亭。看东坡"苏门山涌金亭"六大字，镵迹如新。吾旧藏古拓，不解后来新拓，何以模胡？元遗山《太行元气诗碑》寻不见。东过圣庙，周、程三夫子祠，耶律文正祠，有前明邑令张克俭木主并立，看碑，则本系张祠，后祀文正也。池东沿，石峰殊胜，似有亭址，由思贤亭回。点心后，阅县志，衙餐不来，现寻米煮饭吃，巳正后矣。午后，坐小船，支幌如吴舫，至涌金亭，觅得遗元诗刻，在亭外西墙下，完好之至。步至"子在川上"

耶律楚材，字晋卿，号湛然居士。元初政治家，谥"文正"。

处，并登啸台，在山顶上，山本不高也。然已一身汗出。回写信一阵，姚鉴冰来话，旋别去。余写大字一阵。夕阳佳妙，登舟沿溯，晚趣尤胜。今日立冬，换皮袍。

廿六日　（11月8日）已面又饭，巳初一刻方行，过县西关，绕南关，西南行二十余里，成垛小憩，入新乡界。又十八里，入新乡北关，拜县令，无衙门，住公馆，未值。出东门，住路南店，刘香轮大令（前轸）迎见，癸卯乡榜，大挑，南海人，满面书气，难得，到店未正耳。晴暖。一路柿林、麦田，将到县，过桥，桥下即百泉，下流入运河者。每年春夏，水灌稻田，河干矣。稻收后，始通运，商船云集，水本不甚大，卫河亦不尽靠此。阅《新乡县志》，为自明以来至国初，欲以沁入卫，议屡不敢行，沁水浊且大，入河助河害，入卫又为卫害，即丹水分出济卫，而正流入沁，不能令入卫者，以卫河势弱小，不堪受巨流也。治水之难如此。为香轮写联幅。

廿七日　（11月9日）黎明起，饭后，辰正一刻方行。向南二十余里，福兴集小憩。又东南行，一路沙卤，不生草，共算六十里。入小北门，仅容肩舆，别有大北门也。到县署，与林令锦堂一话，地方简苦，无人来往。林令，北通州人。出至西门街路北店住，刚未正二刻。车于申初二刻方到，沙路难行也。林令来回拜，一话。晚餐白菜妙甚。自带绍酒，磬。阅县志，张苍、陈平，皆阳武人。

廿八日 （11月10日）天明后，辰正方行，沙深不好走。出南门，向东南三十里，赵口渡河，闹事口憩，吃面两盂，车到方行。东南二十里，东张住，中牟管。阳武家人王姓护行，颇朴实。帮儿车每日京钱三百二十文，轿夫每日一百大。此间无驿站，止预备河督、河道查勘差事，故有大公馆。余住东头路北店，亦不小。过河后，大暖，几不能裘。

廿九日 （11月11日）天大明方行，三十里不大，回回寨尖。又三十里，沙路不好走。入汴城西门，新调祥符令瑞徵出迎，闻说圣驾有已回昌平州之信。入城后，东南转，至臬署，住边袖石南厅，甫未正后。阴，风定后，雨。晚酌，客有同馆李志和，甚无味，谈至子初方睡，雨未大住。见邸钞，黄寿臣补吏侍，万藕舲得总宪，沈朗亭得兵尚，陈子鹤调吏尚，许滇生冢宰引班也。山东济宁捻扰，由曹县一带窜回巢。中丞处有折差，附与寿臣及子愚各一纸。

卅日 （11月12日）夜来不好睡，因酒不可饮也。天明始少眠耳，不过一刻。辰初二刻起，天晴矣。写山东各信，黄六舟、余芰香、黄笠衫、钱香士、吴慕渠、陈石邻六件，俱封入陈弼夫信内。又寄李仲云信，内有与儿孙书。又寄子敬杭信，俱交袖石官封去。门人傅青余来见，归德守，被毛旭初劾，事已明白，可回任。未初出拜客，罗蔼人太守得晤（景恬），漳浦人。费润生方伯、瑞祥符均未晤。到铁塔上方寺一游，回忆三十四年前

游迹，可为怅惘。晨写对子一阵。夜酌，始得见袖石。《健
修堂诗集》精警有骨，见所未见。

何鼎，字梦庐，贵州开州（今开阳）人，能诗善画。

初一日 （11月13日）青余家人朱万昌来伺应一切，因于西行洛阳一带路熟悉也。午间，罗蔼人太守、瑞馨兰大令及青余同来晤。胡以人有煌，改名廷桢，号苏龙来见。福建世侄高庆政来见。晨午写对联不少。申正出，过相国寺，欲出，门已闭，无乃太早？过陈小坪话，总角之交，相对悲慰，其家运儿孙凋落，可惨也。至青余处，同席罗首郡及胡、何二门人。何鼎今年即用到此，亦黔士。又同馆后辈孙、蓝两君。酒佳甚。先写数扁，方入席，归时亥正后矣。为蔼人题《董临圣教册》。晨剃发。

初二日 （11月14日）晨稍静，傅青余来话。早饭后出，至王春绶帅处，须发皓然，老病颓唐，尚无子嗣，家叠被焚掠，近侨居省垣，俱有伤感。出南门，至白塔，塔仅两三层，宽方别致，有碑，言塔之年岁苦无考。国初时，桂山和尚始修葺，本石繁塔寺。桂山本前明广东举人也。一砖一佛，中空如寺，故不能甚高。傅、胡、何三门人俱在此，乃回。此繁台即吹台，即禹王台也，似比三十年前整齐。禹王殿、三贤祠（太白、子美、尧夫，又益以何仲默、李梦阳，又高子业同祠）、水德祠（历代诸公治水者）。罗蔼人诗在东庑，客有孙子珊及黔士三人。酒后，写字一阵，即入宋门，到署酉初矣。夜与袖石酌，出示近集。青余来，致游山资与筱亭信，交翟升，明日回去。

初三日 （11月15日）卯正后起，辰初三刻行，主人未起，不及面别。出西门，西南行，沙路软，却难走。四十里，包店尖。青余来送，并携庖至，而予已先打尖。午初一刻到，未初一刻行。又三十里，到中牟，入东关，出西关住，青余亦至。鲁子高大令（奉尧）来见，知县城曾被捻破，故荒凉如此。何梦庐后至，写大字一阵。晚与两门人同酌畅话，信难遇之大缘也。一轿、三骡、二车、二仆，又添青余护送一仆，尖时，袖石差人送诗并游资，诗即和去。昨在繁台写百泉对联，付青余刻之："半岭啸声长，苏门山知在何许？东坡题字古，涌金亭或是真源。"上题《吹台访古图》额。今日题《嵩游饯别图》额。鲁令送席，有甘蔗，鲜美。青余庖人，治具佳。

初四日 （11月16日）与傅、何两门人别，怅怅。鲁令送行。四十五里，圃田尖。又三十里，郑州西关外住。城甚大，学政考开封，分八县，在此考也。署牧方恩植（仲培）来见，南京人，望溪先生元孙。望溪后人至今余十余人，上元籍。店屋宽敞，写赏对一阵。饭后送席，未收。临睡有东安席春生、易占元来晤。席为唐敬轩妻舅，易则敬轩之婿。敬轩在省，竟不能来看我，而袖石、蔼人、青余俱云敬轩在州幕交代，无此一面，不可解也？半夜，复来送礼物四包。

初五日 （11月17日）略早，辰初少五分即行，天亦明矣。一路山沟狭路，三十里，卅里铺小憩。又十五里，须水镇。又二十五里，荥阳县西关尖。县令刘志绩（菊麓）来见，送席，即留共饭，山东清平人，乃兄志隽，甲辰孝廉。换夫车，即行，又四十里，汜水东关住。县令刘定馥，县考未来。郑州《荥阳志》，书不成书。午后，路尤狭。成皋、荥阳，古战场，乃如此险狭，不知古时车战，如何容得？今日风沙大。菊农说，曹州此次捻氛甚恶，曹团伤千余人，团首纪熙禄伤亡，可惜。赵康侯之势孤矣。今日行一百一十里。

初六日 （11月18日）辰初行，东关外绕南而西，过汜水船，波清可爱。过水，即虎牢关，有村壁，不险。以后，土岭上行，纤夫四人，肩舆而上，宛然黔、蜀光景，皆狭路。三十里，出汜水界，入巩县界，堡墩颇整齐，见交让路碑相望。费运生作守河南时，因路狭不能容两车，隔一段，令作土坎，可容三车，每车一丈宽，真仁术德政也。咸丰元年巩令聊城王恩泰撰碑文。又三十里，巩县西关尖。县令袁修翰（子骞），乃希肃胞弟。华亭消息杳然，言西府安静，而办团颇得人心也。未正后始行，二十五里，黑石关，渡洛河，早间即见此于东，占在巩县东，煤驮所聚，煤出南山，由舟运汴也。至此，始渡洛而西，孙家湾未住，尖后，又六十里，偃师公馆住。

县令邓乐复，子久嫡堂弟。走黑路五六里。阅县志，巩县多北宋诸帝陵，自宣祖至哲、钦。钦宗陵，万不可信。偃师多商陵及唐陵。芡宏墓、杜甫墓，至夷、齐墓，可信邪？谓即首阳也。《偃师志》乃孙星衍、汤毓倬同修，每段有星衍按、毓倬按云云，亦可笑。毓倬当时为县令。《金石志》武灵谷所纂，皆六朝以后石墨耳。每高处辄见河洛水影不远。

宋宣祖指赵弘殷，为宋太祖赵匡胤父亲。

初七日 （11月19日）一轿一马一挑夫，仍出东门，东南行，过鲁庄，有姚公井，又忠烈世家祠堂，过侯庄赵城，共五十里，至参驾店尖。路极大，皆土山坡沟。妇女成群，晨出拾棉花，盖遗秉滞穗也。尖后，入石山，路险峻，交界处尤甚，约有二十余里，以后渐平，说三十五里，有四十里还不止。到登封县署，章爱堂大令延住，后院内屋三间，设酒肴俱佳，绍兴人，果有乡味。前厅演剧，本地班，主人请出看，亦别致。今日一路大风雪，雪又化雨，衣服被枕俱湿。携仆翟明，骑马相随，余行李，由车往洛阳，朱万昌、贺恩押行。登封路不通车，故不能同来也。桑店尖次，见两嵩岳石，奇古有趣。据店主人说，少林寺多蓄此。

初八日 （11月20日）竟日阴风细雨，一事不能为，庭院空阔，西院有菜畦，屋院足资游涉，主人殷勤，早晚共酌，出南糟菜，尤妙。阅《登封县志》，毕秋帆抚豫时，洪稚存常博所修，登封令陆君同修。其上浮邱峰、黄盖峰、青童峰、老翁峰、玉人峰，玉女峰有大

毕沅，字秋帆，江苏镇洋（今太仓）人。

张芝，字伯英，敦煌渊泉（今甘肃瓜州东）人，东汉书法家。

篆七字，世莫能识。子晋峰、科斗岩，张芝获科斗古书处。郜成山即古阳城地。三涂山入登封界，为缶高山，又东为箕山。石淙在县东南三十里。颍水出登封西阳乾山颍谷，是为右颍。东流鄢水注之，为中颍。又东左颍，水注之，即洞水也。又东，少阳五渡水，平洛溪水注之。平洛即石淙，即勺水，即龙渊。大狂水出大非青山阳狂水。又西，八风溪水注之，入伊水。小狂水出半石山，亦入伊。洧水出阳城山，入颍水。休水出少室，北注洛。焦水出太室，东南入颍。周公测景台、观星台在告成镇，古阳城。唐姚元、南宫说，元郭守敬俱于此立表，以窥极星，守敬作量天尺处。

初九日

（11 月 21 日）雨冷。巳正二刻，同爱堂出东门，约十里，至中岳庙，由西门入，先看古神库，四铁人守库者，甚古。西北角者，背有阳文字"治平元年三月二十八日"，余字多，不尽可辨。入正殿，丹墀下古柏林立，唐宋各碑，不及细读。仁庙"嵩高峻极"扁。上有楼，为御书楼，最后，万岁殿，殿后黄盖峰，高宗登顶御道，即从此上，闻今不可行。出前门，见赶会者，次第方来，每年三月、十月俱有会，昔盛今衰。向南不二里，看太室石阙，分左右，高丈余，广六七尺，厚尺半，巨方石叠成，中通路，盖为岳庙头门。惟阳文篆中岳泰室、阳城石阙，及小篆字为正文，背面分书两方，乃诗两铭。余石俱有花文，无字。有阮师"嘉庆十三年来观"题字，更无他人，此处来游不易也。回过迎仙阁，小憩，即回署。雨仍来，今日不负，甚快意也。晚同酌，主人先饭。

"治平"是北宋英宗赵曙的年号，治平元年为1064 年。

初十日 （11月22日）早仍细雨，霭堂令爱夜发惊风，今早愈，五鼓尚闻前面人语也。晨酌暖。午初二刻出北门，至嵩阳书院，即古嵩阳观，古柏大将军、三将军，大将军奇巨。两墙有宋题名，有石幢，宋题名满。大门外西隅，唐嵩阳观碑，甚巨。前书义学，内有孙秀才青莲，字子明，曾登峻极峰，说徒步可至，不过二十里。会善寺僧智水，号可亮，诗书画俱佳。东行约四五里，至万福宫，止有元、明碑，庭宇颓仄。又步行，东一里余，看启母石阙，惟西阙有字，篆迹可扪，东阙尽花文，往北半里许，即启母石，从上颠堕落，高丈五六尺，堕迹显然。何云启母？想到飞云岩也。东京人喜谶纬，建庙立阙，庙久圮尽。嵩阳宋题名，有捧砚人刘天锡一石，题名人张杲，字类米颠。回署索看药方，用黄连、酒军等不错，都止数钱，即今如重服之。霭堂请入一看，面色白，鼻不扇，尚非惊风。夜遂独酌，主人不得出陪。

相传大禹妻子怀孕后化成石头，大禹对石头大喊"还我儿子"。石头破裂，一个男婴从石缝中出来，他便是启。

十一日 （11月23日）早点后，与主人两面，仍为酌方。辰正二刻出东门，十里新店，又五里黄刘，又五里纸坊，又十里告成镇，泥泞甚，午正二刻始到。尖后，未初三刻，冒雪行。向北不半里，即周公测景台，有石表，后观星台，高约三丈，拾级登之，下去有量天尺，乃砖石砌成，宽二尺，南北长将三丈。后有尧庙、前有周公庙，无古碑。古迹有古于此者乎？工程尚整固也。又东行，泥，大约六里，到石淙，果奇观，石峰岫错列，淙流其中，声满山谷。武后刻诗在石上，一方一方，吾不能往看，令仆辈看之，上有架眼，想见拓之不易。然薛曜

薛曜，字异华，唐初文士，曾侍从武则天游登封石淙山，奉敕正书武后与侍从诸臣诗。

字并不高，吾向不甚爱也。一路山涧清绝，夏间殆难步。回至店，申正二刻，将暮矣。店北向，冷夜微月。

十二日 （11月24日）卯正起，辰初三刻行。夜雪，早大风，奇寒，路冻可行，而舆夫被风吹欲倒。十五里小憩，手足僵矣。又行五六里，至中岳宫前，会盛。入殿，与霭堂晤，今日会首请县官拈香，即酌面于此。风中孺妇，可怜可笑。布棚买卖颇多，天中街摆满，回署已午正。命酒仍冷，风竟日不息，有月，有大月，不解冷。晚有火锅，主人因女病，闷闷然。昨服药太轻，似不碍。寻毛、黄两朋友话。毛心泉，桐城人；黄，祥符人。

十三日 （11月25日）早，风定些，主人同酌，其女渐愈，昨为加川朴也。因谋即行，写对子一阵，未正方成行。西北至会善寺，局面甚展，左手泉声，层叠而下，好听。西行渐出大路，过十里铺，又五里，步看少室石阙，坐申向寅，明少室朝供太室也。字在右阙，高不易识。又西约十里，路渐好，土润，积雪中水声汩汩汩汩。暮至少林寺，燃烛始得入，设榻东客堂里间，知客僧某某，略通文。知寺事荒寂，拳棒亦少习者。寺官不在家。夜酌草草甚，办差王姓，老病无用也。屋小尚暖，看《少林寺志》，无味。

十四日 （11月26日）卯初二刻起，天明后，与一老僧步至后殿，看达摩影石。西配殿紧闭，王僧剿红巾贼画壁，颇绚伟。次后殿中，尚安高宗宝座几。

又西墙看唐太宗柏谷坞、庄田两碑，宋后碑多不暇寻，诸僧送至立雪亭而别，二祖传初祖立雪处也。出山林东行，雪景佳。渐向北，归大路，西行至轩辕关出，登封境。下行，石盘路共三东三西，转环相望，轩辕所由名也。下入平路，参驾店，过双盛店，携石而去。又十五里，府店尖。尖后，过缑氏故县，今呼沟子。至桃花店，有碑，颂孙令均市之法，乃"万历四十三年乙卯正月二十九日长至"，"长至"不可解。陶化镇与大屯镇争市斗殴，孙君均之，"陶化"讹为"桃花"矣。过洛河，有大草桥，至田庄，入店，教书先生周姓占住，茫然无识之童生。无处安身，大月行泥水中，又过桥一次，到南关，马头街极长，积水，一路拖拖沓沓，舆夫甚苦。至顺兴店，已子正三刻，一酌便睡，丑初后矣。朱万昌迎至尖次。店则初七由偃师到此赁定，每日房钱二百文。

十五日 （11月27日）晨剃发。登南城楼一看，即周南楼也。早饭后，樊玉农太守同年（琨）来晤，客去，余即出入南门，东转至县署，游聊园，主人任馨斋大令（桂）往省未回，园中有梅一株，有八尺高。至东门上城周览，至北门、西门、南门楼，城四方约九里余。到府署，先与玉农话，旋回拜德研香（林），前署府事者，因玉农补穿孝，回任交卸后，未即行也。好古嗜书画，出示帖画，有倪鸿宝为相如侄画石并题绝句幅佳；《西狭颂》有"惠安西表"篆额拓本好。文衡山画《玉女潭图》，乃宜兴景物，画变化有趣。寻智水和尚来话，即共酌，看酒算讲究的。研香自称世侄，前过陕时，乃翁为盐道，出研香字画属观也。惟名士气重，与玉农难相得。借到府志，而无县志。夜得雷鹤皋留书，拳拳久别之思。见邸钞，和议已成，见谕旨。贵州田兴恕奏，思南、石阡次第肃清。

十六日 （11 月 28 日）晨酌后，至东门访可亮和尚一话。即东门北转，又东往南，至存古阁，前令马介山（恕）搜得六朝、唐、宋碑幢等七十余种，林立棋布，古气塞屋。庭院小有花竹，西南行，转正南，过洛桥，十五里，至关圣墓林，极闳伟。又十五里，龙门街，前半里，至龙门宾阳洞看《伊阙三龛记》，褚碑刻太浅细，宜拓本总嫌瘦也。大小石佛，高崖低壁都满，却少有字者。恐暮，未到香山寺，一饭即返，到店已酉正，三十里不少也。天复益短，故砚香赶至，半路请其回城。

十七日 （11 月 29 日）晨写赏对一阵。早饭时，可亮来话，托其雇小轿，欲出，而玉农来，知其六郎戊午乡榜，与桂儿同年。出至迎恩寺，寺院深敞，僧香海、宣印辈俱知书，亦能写作，大有苏杭风气。智水同来，即同往，小坐，门口大觉寺碑，似北魏额，而碑面字少，又难识别。文庙看《王基碑》及《鲁公殷夫人碑》，马图、龟书两石像，真是河南府学也。有打碑人马姓，年七十九，住西院小屋。因送我《王基碑》《殷夫人碑》《高公碑》《三龛碑》各拓本，余许送钱一千，而渠意嫌过多，再三推辞，可谓廉介。回店，而星甫来，属书，甫得一联，乃叔砚香来，苦求作书不少，叩头两次，谓见所未见，癫趣可笑，其用功亦深矣。命酌，又备肴来，畅饮后，复作字不少。智水亦后至，亥初二刻散，检点行李装车。又二仆出浴，丑初方归。砚香酒后作画一幅。

十八日 （11月30日）早，樊玉农来送行，看升舆而别。辰正行，五更已来，余未起也。过天津桥，至大王庙一看，到时午初，下榻宾阳洞前厅屋。饭后，未初出，南行过九间房，老君洞佛象，题字四面、顶上俱是。北魏、北齐，至唐后，不足谈矣。过桥至看经寺，登香山寺，有白香山祠木主，汤西崖衬焉。此寺西崖所修，有碑记，在康熙戊子。石坡上去，三四屋，逼仄，无味之极。乐□□乐，必不在此。墓在北里余，土堆高立，亦不似也。仍回龙门，僧如楷尚清朴，亦好写字。智水来同晚酌，酌前后写大字多。夜看月，大妙，清旷非常。东望香山，黑闷闷的。玉农差人伺听，砚香亦有仆至，县中不管了。

汤右曾，字西厓（崖），浙江仁和（今杭州）人，清代诗人、书画家。

十九日 （12月1日）天明起，已辰初矣。为砚香题所临《青藤画册》，补完前夜横幅，和智水诗一律，伊欲刻石此山也。家信一纸，托玉农寄长沙。畅酌畅书。午初一刻行，过彭婆镇，彭祖妻乡里也。一路有沟坡，四十里大，到白沙，申正矣。店北向，间壁有书房，南向雅敞，惜先未看彼屋，草草即入此。

廿日 （12月2日）辰初行，过白沙坡，一路石盘陀，不好走。三十五里，临汝尖，甚喧哗，多肉架子。尖后三十里，庙下。又二十五里，汝州牧舒芙峤出迎，入城，东关内住，屋是旧家，书房敞洁华丽，有花木石台，惜北向耳。芙峤乃王百期壬辰分房也，奉化人，夜同酌，酒量大。言润芝退守德安，严州失守，为闷闷。砥柱上游，踌躇之至，止好歇想。

廿一日　（12月3日）早过芙峤处，即出东门，北转将二十里，至玉带桥，入风穴寺，步上白云寺方丈处，庭有白皮松二。东至山高处，看泉出处。下至观音堂，降水母处，中为喜公池，左右各有泉，清激可听。吴公洞乃吴辨叔读书处，现尚有义学，有本地童生杨高，字松亭，字意殊佳。"当年石洞隐吴生，苦探琅嬛有令名。剩得松涛深夜响，萧萧犹似读书声。"乃石颖琇禅师八景诗之一也。喜公池后，竹子盛极，满山柏树，黏石即生，屈折离奇。舒芙峤同周敬客、余戢园两友后至，同饭于揽胜亭。申初下山，过竹园内一憩，归。昨日车中酒瓮倾泼，衣书浸润，今晾一日，俱干矣。夜独酌，写字一阵。芙峤饭后来话，苦留未允也。

吴几复，字辨叔，北宋儒学家，曾在风穴寺锦屏风下凿一石洞，闭门读书其中。

廿二日　（12月4日）辰初一刻行，芙峤来送。出东门，东南行四十里，长福尖。所过苏楼、西赵楼、东赵楼，此间村落，俱以楼称也。芙峤差人应尖。尖后东行，五十里，郏县住。署令王廷炜考试未来，看颇鲜。有送朱朵山乃郎往秦之家人李成来见，那年过宝鸡，在□□处曾见我。言此次由樊雇船，与桂儿船同至□溪。始知陈芝辈行李赶到同行，甚慰甚慰。作书寄李铁梅，交其带去。剃发，轻。

廿三日 （12月5日）辰正方行，小溪涧时有之。

三十里小憩。又三十里，由襄城西关绕至南关，过大石桥，向西往南一住，钱品卿大令（增鸿）迎谒，己亥乡榜，香士堂弟。说庄卫生病住在此，步往看之，乃病水肿，腹腿俱壮，面透黄，症不小，然尚健谈，苦留同饭。县差人送席来，余取酒同饮，为写对一付，回店亥正矣。仍为品卿书联，睡后，卫生信来。汝水绕城，商船所聚，桥上牛车走不通。阅县志：黄甲云，字唱韩，二十余，诸生，顺治戊子明经，任乐安令。请行邱田法，作图以献。因设屯田使，查勘，旋撤屯田御史。甲云罢归，居家孝友，教养二弟，年七十余。所著有《楚游草》《潍阳草》《椒馨堂文集》。晚年专以画名。从前戚小蓉所藏画册，予奇爱之，为装池，而不知其人，今为一快。

廿四日 （12月6日）晨，回候品卿，入署一看，甚清雅，有古柏、梅花。又庄卫生处话，为写维摩堂匾，近看《华严》。同行□□陆，始知吾家行李、眷属俱会齐，于初二日两麻阳船回湘矣，甚慰甚慰。合论说：大有悟，故不愁病也。品卿先到店，又送于村外。四十里，汝坟桥尖。又二十里，叶县小憩，换夫。又三十里，旧县住，新作寨围之，圆十五里。今日两次过河，曰沙河，曰香水河。

廿五日 （12月7日）夜来阴，晨细雨，辰初三刻行，天甫明，路烂甚。三十里，保安尖，候车许久方到，翻其一车也。换夫行，颇健。三十里，扳倒井久郑元善，字体仁，号松峰，直隶广宗（今河北广宗）人。

憩，仆辈来方行。三十里，至裕州东关住。郑观察（元善）阅兵，带勇看团，店都占满，幸得正房一大间，且大啖酌，黄闷鸡有味。州署忽送席，余已将醉矣。署牧孙宣泗（溥泉），直隶，乙卯。家人李姓，德州人，在京与吾仆辈王贵等往来，曾见过我。今日大雪节，阴。路难走，泥水深辙。

廿六日 （12月8日）辰初二刻行，换夫甚快，路大平。入东门，有四五里，出西门，想起周鉴湖也。四十里，赵河小憩。又三十里，博望驿尖，阳县差伺，鱼甚佳。又三十里不大，新店住。路□□而天……行。晨阅《裕州志》，极草草，乾隆五年修。今百二十年未重修。张释之、贾复，皆堵阳人，即此境。酉初到宿处。

廿七日 （12月9日）辰初三刻行。天阴。望见独山上有祖师殿，遂忻然往，舆夫升峻颇费力，山寺无趣，而四望空洞。下山西南行，共三十里，入南阳东门，出南门，又东拐，到店，吃白水面两碗。就原夫，西南八里，至卧龙岗，有草庐、躬耕处、三顾堂，最后宁远楼。高处眺望，见独山、紫山、丰山，白河回抱，平原万顷，烟雨蒙蒙，极有画意。回入南门，拜顾湘坡一话。金稚园太守（梁）看新从南乡移到《李孟初碑》，存字更少，而有古意。县令曹孜，未晤。出北门，元妙观深幽，有花木之胜。绕由西门外，走南门外到店。湘坡在此，即留共酌。县署送席，半醉。湘坡复拉入城，至考院再酌，看尚可，意甚勤勤，归来，子初后矣。曹信之先来回拜，南京人。今日始知涤生祁门大挫，徽、宁俱陷于贼，涤生退守饶州，可为浩叹。九月二十日事。

廿八日　　（12月10日）□□方行。顾湘坡送礼物，收其筷子两把，南召县出竹。过白沙桥，至卅里屯小憩，始合大路，又三十里，瓦店，临水驿尖，炙鱼殊佳。南阳家人伺应爽快。换夫即行，已未正二刻，一气六十里，入新野北门，出南门长街，入公馆，无支应，自寻店住。下车后，至公馆中，有办厘金委员吴其矗，候补典史，桐城人，一见。今日沿河行，见小船有意致。

廿九日　　（12月11日）晨初三刻行，县令胡其沼差人来应夫马。三十里，新店铺尖。尖后，过石桥，为河南南界。又四十里，吕堰驿住，申初到。早间过白河两次，霜后大晴，同店张药农，陕西，候府入都，家住重庆，问知川事，尚纷错未靖。葛葆生已到夔任。据云，粤西已擒获石大开。

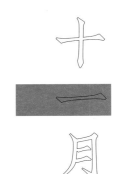

十一月

初一日 （12月12日）五鼓起，作书寄黄寿臣，并示子愚，交张药农去。辰初二刻，黎明行。三十里，野鸡店尖，门前空旷，望见油房，又阴天欲雪。尖后三十里，颇大，许多人筑土营，又培筑樊城土城。入西门，至魁茂店住下，向北可厌。坐小轿渡江，拜毛寄云观察，新由皖臬升苏藩，候谢折回即行。徽州之失，李元度阵亡。溆浦事无所闻，或是谣言。雇定湖广筏子。遇黄星农六世兄由都来，雇湘扁子三只，回江西，即下船去。李顺同刘升来，要桂儿在此借银四十八两，即付之。李顺，本旧人也。晚酌正酣，忽然常泰来见，知子愚亦到洪山头矣。真天外飞来，无怪一连梦三四夜。

初二日 （12月13日）辰正后即行，小船三十里，巳初二刻，到洪山头，子愚尚未来，过船，船上枯坐，等到申初二刻，五弟始来，喜可知也。略话彼此情绪，即肩舆回店。陆行止十五里，在船上饥甚，吃豆腐一碗，殊有味。知香云侄女于九月初二生男。毛寄云来，未得晤。

初三日　　（12月14日）雨竟日，且静，子愚船事粗定，
　　　　　雨且路远，不得见。晚间字来，为马事，出
都带马，本属累赘也。清诗稿数首，睡颇迟。

初四日　　（12月15日）晴，到街口，知夜雨不小，
　　　　　托寄云带骡马各一，往济南交吴慕渠，送张
云骞处，都交庄家侄婿。寄云即差人来牵去，并吴信交清。
见川□□□，不免思蜀也。轿子交常太。过船。

初五日　　（12月16日）晴，早饭后，往跨鹤楼，甚无
　　　　　趣，以在西北不见江也。子愚处无人来，念念。

初六日　　（12月17日）早饭后，下船午初矣，午正
　　　　　即到洪山头。舟人收柁急，遂搁沙上，久不
得动，未初二刻始拢至子愚船同泊。五娣以次俱见，侄儿
女都文静可喜。夜同子愚酌，有钩月。都门近事，说来可
叹，总之无正经人才耳。闻张石卿病退，邓子久黔抚。刘
鉴泉滇督。陈弼夫移桌去山东，应叹老蝯先见也。

初七日　　（12月18日）艑子船候考榜，未刻勉强行，
　　　　　十五至董家湾憩，忽行，约得七八十里泊，
似乎非马头也。

初八日　　（12月19日）丑刻，大风起，舟子俱起，
　　　　　下锚打锨，然不得当也，遂竟日未开行，闷闷。
无处买菜。

初九日　　（12月20日）风未定，开出不十里而泊，地名小河口，有菜买，距宜城县城陆行十五里。

冬至日　　（12月21日）仍阴风，开出约三十余里泊，与子愚船隔数船。送来保定香肠、榻儿菜，独饮小醉，填词不就。

十一日　　（12月22日）早开行。买得鳊鱼。梳发。行过石山，可观，问舟人，不知其名。夜至里河口泊，等子愚船，至酉正二刻，上灯许久未到。

黄昌辅，字虎卿，江苏江都（今扬州）人，工诗善画。

十二日　　（12月23日）开更早，巳初二刻至安陆府马头，方伺应庄方伯差，上坡，拜黄虎卿太守，乃乙丑春谷年伯（承吉）之胞侄孙。问知绥宁收后，骆篝门仍留湘；闻有夷船三十，到鹦鹉洲勘马头；祁门曾营危窘；城内被长毛焚府县署，止余白壁，府住书院，县住公馆。虎卿旋来回拜，久谈去。子愚船到来，同泊此，即同酌，并保儿、成儿两侄同过船饭。虎卿送礼，有冬笋，煮尝，不见得味。此间面斤十二文，烧饼一文一个，好吃。

十三日　　（12月24日）早开行，四十里，石簰。又七十里，马梁集泊，尚早，而候扁子不来。风雨大至，寂寂甚，阴多日了。

十四日　　（12月25日）风大，巳正二刻，说觯子过去，余未见也。且开行，未初二刻到沙洋，与扁子会，因买菜人迟回耽阁，遂泊此。朱万昌棹筏子落水，可警。夜与子愚同酌，见月。

十五日　　（12月26日）竟日行百二十里，泽口泊。扁子船后至，同泊。与弟、侄酌。今日无大风，晚风不顺，上水船，驶行快意。阴不见月。早大雾，晨醒后，方见岸。

十六日　　（12月27日）阴竟日，午后雨，六十里，岳家口。又四十里，彭石河住。艑子不泊，雨行未必能远也。岳家口、彭石河俱天门县管。想到蒋家婿，吾大侄女亡逝也。

十七日　　（12月28日）阴，细雨。午后，偶见日，仙桃镇买菜，即尖刀嘴，别名耳。过麦芒嘴、分水嘴，至半河口泊，剃发。闻瀚川、沔阳水灾，田没十之六，船家父子回家去。夜，两艑子不知泊何处？

十八日　　（12月29日）船家长回船，辰初后开，有五子二女，到船四子，随两老一媳，好喧聒也。六十里，到翰川县，船夫失手，碰扁子，阳桥落水，可悸，遂同泊。午后复行，三十里余，至杨家嘴同泊。子愚耳际湿气发，不敢饮，雨竟夜。张篠浦已早走过去，船次未遇，为怅。

十九日　　（12月30日）雨不住，不开行，未刻后雨住风起，仍不行。……陈绍酒罄，饮烧酒。

廿日 （12月31日）雪雨交至，冷甚，挥毫无兴。晨、午饮酒，与弟、侄一开笑口耳。怆念老毅，二十二年矣，夜梦无日不见。亥正三刻起看月，朦胧露现。

廿一日 （1861年1月1日）寅初三刻开船，即起，辰初二刻饮酒，辰正二刻饭，巳初到蔡店，大晴见日，更冷。扁子船过载耽阁，遂泊此。上坡小步，泥烂甚，夜有月。

廿二日 （1月2日）天明开行，卯正二刻矣。渐有顶风，未初二刻到夏镇马头泊。扁子后半时方至，米头雪冷，落至夜。省垣各官俱差迎，可笑也。闻曾帅营大胜后，不得手，可虑之至。闻河南三宣俱动。此间严渭春方伯升豫抚，唐义渠廉访升方伯。烧酒渐不甚合，不得佳眠。子愚上坡。

严树森，字渭春，四川新繁（今成都）人。
唐训方，字义渠，湖南常宁人，湘军水师将领。

廿三日 （1月3日）仍阴雨。黎衡甫大令来见（秉钧），宿松，辛卯，人朴甚。知胡润芝不甚适，书来，望余往也。刘冰如太守（齐衔）晚来久话，燃烛，冒雨而去。江夏令送绍酒冬笋，酒佳可饮，夜遂得眠。

廿四日 （1月4日）为子愚换船事，且耽延。早饭后上坡，过当□□，化为平壤，并石山洞亦杳然。一路□□□□所为月湖堤茶馆铺面俱荡然。入西城门，拜黎衡甫，登会仙亭看江，又刘冰如处话，回船。子愚午后亦往候二客。竟日阴，且细雨。本月尚未见晴天，时事不佳可想。衡甫送席，昨日馈赆。见邸钞，江北军情有起色，江南皆败陷事。山东屡有捻氛，俱击退。弼夫升滇藩。黄金山升东臬。边袖石升豫藩。迁擢愈烦，办事益难。圣驾明春再议回銮，解饷均送行在，奈何！

廿五日　（1月5日）小寒节，阴冷甚。午后，船事甫定。冰如送肴酒。熊韵楼来晤。

廿六日　（1月6日）晨，上坡，见叶东卿丈，说昆臣被夷人载去，不食，七日而死。乃地方官不肯据奏，止以病故上闻。欲余为作传。并晤笙林世讲，昆臣、润臣，共此一儿也。过徽国祠，尚不甚残毁。上船早饭，已正矣。午正后，小满江红始来过载，申刻方竣。今日风奇大，不能过江了。

叶名沣，字润臣，号翰源，为叶名琛胞弟。其子叶恩颐（笙林）过继给叶名琛为嗣。

廿七日　（1月7日）起，即上坡，过衡甫处一面。至冰如处，即同坐红船，过江，止一刻抵岸，有小顺风也，然江心已浪矣。到黄鹤楼，余山址耳，被贼烧尽。仙枣亭修起一小屋，惟阁笔序茶话处未毁，无乃为太白留笑话耶！入汉阳门，拜李午山太守，未遇。至公馆，即旧之府署，客来多晤，汤敏斋太常、唐义渠方伯、张仲远观察；聂东湖司马（光銮），四川门人；又候州李修梅（雪芬），郴州人；两首县；夏芸舫（锡祺），钱唐人；黎衡甫、李介孙同话。申正，出见制军官中堂。出文昌门，

李宗煮，字午山（珊），陕西盩厔（今周至）人。汤修，字敏斋，浙江萧山（今杭州）人。

顾文彬，字蔚如，
号子山，江苏元
和（今苏州）人。
厉恩官，字伯符，
号砚秋，江苏仪
征人。
盛康，字勖存，
号旭人，江苏常
州人。

到船上看娣侄辈。年鱼套水窄，船泊近江口矣。回寓晚饭，半酌，子愚来，拜客将毕，同酌去，将亥初矣。城门早闭，招呼可开。晚晤唐义渠。

廿八日　（1月8日）一早出，拜顾子山，苏城破后，其眷属尚无确信。又晤厉伯符，署粮道，已放岳常澧道，未往也。至抚署，看胡润芝夫人，陶文毅十四幼女，思往事怆然。与丁果臣、汪、张同饭于多桂堂。过庄卫生话，归。晤盛旭人观察，吃大鱼一碗。晚出，赴卫生请，汤敏斋同坐，诸郎索书。卫生十儿四女，嫡出十儿三女。看佳，酒平平。

廿九日　（1月9日）早，孙世兄宝田、贺同年懋檀同来，皆己亥也。子愚来同早饭，鲢子头、野鸡。熊韵楼后至。子愚回船。文宗欧，灌县人，距吾州甚近，今年即用到此。邓公武（嘉绳），子玖胞侄，蕲水杨炳岳同来。杨君在鼎侄处书启，于常州危急时逃出，略坐。鼎儿守城，官声甚好也。丁果臣（取忠）、李氏兄弟来见。李氏四川入学门生，乃翁雪香太守映芬，有能名。晚出至熊宅，韵楼尊介生公请。回拜巴玉农都统（扬阿），杨雅林司马（兆琼），汤敏斋太常，俱未晤。午山处少坐，写对子十五付。

卅日　（1月10日）连日雨夹雪。早酌，午山送酒极佳，适顾子山来，遂同酌。午后出文昌门，至子愚船上，交与免单，少坐言别，欲明日开行。一月之聚，别仍怅怅。府学宫晤陈秋门，监修学宫工程。秋门为涤生管案两年，脾气比从前好多了。回寓，略憩即出，唐方伯，厉、张两观察同请，席设厉处，肴酒均可，谈亦适，不多饮，夜雪大。

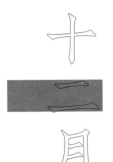

十
二
月

杨载福，字厚庵，
湖南善化（今长
沙）人，湘军水
师统帅。
彭玉麟，字雪琴，
湖南衡阳人，湘
军水师统帅。

初一日　（1月11日）雪更大，奇冷，着人上船，知子愚未能行也。　连日闻常州、丹阳收复。嘉兴亦有好音，未甚确。河口舟行已通。自湖口守住，彭泽收复后，浮梁、景德、饶州、都昌、德兴次弟收复。杨厚庵、彭雪琴、左季高之功也。昨闻田军门兴恕（年才二十三，短小精悍）克复镇远，直至贵阳省垣驻扎，处处同捷，信为奇快。晚至府学宫，陈秋门、彭昧之同约，适昨日官协揆送席，即送往同餐也，还可吃。郭观察前辈同席，谈饮畅。　朱万昌托渭春中丞带回汴书，与傅青余。乙丑世兄何荔泉（元凯）司马来话。

初二日　（1月12日）雪止，晴，可喜。徐慕韩来同早酌。吴辛农司马来晤，莱庭堂弟，知莱庭捐同知，往广东。午间写大字，手仍僵也。未刻出，贺唐义渠接藩印，入署略坐。回拜十余客，晤郭观亭、庄卫生。到抚署，丁、汪、张三君同酌，果臣讲算法，梅村讲《水经注》地理。闻常州复失，可叹可叹。天色忽阴忽晴，泥水冻烂，舆夫苦之。借《广武碑》《魏石门铭》二种归。

初三日　（1月13日）晴了，可喜。盛旭人来晤。厉伯符赠裘。李香雪太守来话，即小石、又珍之乃翁也。同乡龙伟（珥臣）、赵恩溥（润生）、王书墀俱见。午正后出，上黄鹤楼，至平湖门、文昌门，皆西门也。东转至望山门、保安门、新南门，皆南门也。新南又名中和。北转至宾阳门、忠孝门，为东门。正北为武胜门，向西过烟波楼，向南仍至汉阳门回寓。惟东北缺角一转步，下百步坡，途虽融烂，尚好走。北西南三面大江，城内外湖名颇多，盖水乡也。城中蛇山、凤凰山、胭脂山、狗头山，实一山绵延耳。晚饮徐慕韩处，赵润生、李介生、唐惺垣、李氏两门人同席。肴佳，酒亦可，小醉矣。写对子将三十付，为近日酒后所无。

李映棻，字香雪，号石琴，四川宜宾人。

初四日　（1月14日）半阴晴，雪止矣。晨出，回拜何荔泉、张仲远，又答各处拜，冷且饿。归约介生来同酌。吴熙载乃郎来人，□□可怜。未刻出晤李午山、汤敏斋、官中堂。署臬文友石五兄，星崖胞兄也，神采相似，而安详胜之，归已暮矣。奇冷，复阴，夜偶见星，或可晴耶？

慈忌日　（1月15日）儿六十二岁生日。客中泣奠，百感怆集。昨介生得湘信，说子敬回来，老矣。想今日儿孙同奠也。午出谢客，至贡院，登明远楼，四面雪景大观，然不见大江，止见帆樯。直到后层，厉伯符寻来，约明日便酌，见示咏芝来信。余即东行拜客，至卫生处，写《人生归有道》一篇。抚署与果臣谈，知咏芝拟初十移营太湖，比英山远两站，悔不早往也，军情复紧，奈何！今日时见太阳，晡时，贺月樵来。祁阳唐子寅太守（协和）由秀才带勇，战功保至候补知府，年甫逾三十，谈历年战事，以吾上四郡勇及湘乡勇为最劲，武官至副参者甚众。沈明来说武昌三次失陷事颇悉。

初六日　（1月16日）大晴，然日仍有阴时，午间，日色满窗，分三次写对子五十五付，晴之可喜如此。汤敏斋、陈秋门、熊韵楼先后来。发长沙家信，从方伯加封去。晚赴伯符席，顾子山同席，尚适意。闻中丞移营英山，日期尚不甚定。夜见月，不冷。

初七日　（1月17日）早，至教场看阅兵，呆板迟顿，殊无味。已正过臬署，上望江亭，为城中最高处，三面见江，文廉访在教场，而备饭相款。过顾子山同年，看画数件。登署后小亭看江。携朱酉生词及子山春水词本回，赠我蓬心幅。李香云送席，彭味之同年适来，遂同酌。申刻，得胡润芝初三日书，词多危苦，想见其难。李午山来一话去。

初八日　（1月18日）起迟，因有雪，且小不适也。忽然欲行，遂于巳初起行，过方伯未遇，抚署与果臣一话别。出忠孝门，过长春观，过红山，过关桥，过文德铺，雪泥透烂，昨夜雪大且远也。申正六十里，至土桥住，江夏有管号人支应。如此大雪不住，长毛贼定当冻死。夜寄书厉伯符。

初九日 （1月19日）风雪竟日，不好走，下午后，尤奇冷，郭店尖，华客驿庙中住。

初十日 （1月20日）起迟，辰初方行。三十里，黄木山过江，以顺水过也，到岸都费力。入黄州府南门东转龙神庙尖，极草草。余以不适，口无味甚。周励庵太守来晤，旋回拜，看新修雪堂，非复旧观，念徐石民不置。出南门东南行四十里，巴河住。临到过小河两次，巡检孙循质来见，问宫保移营事，俱不了了。

十一日 （1月21日）卯正二刻行，昨东南，今东北。二十五里，巴水驿尖。又四十五里，蕲水县宋家饭店住。城被贼毁，未修也。晤蒋文若大令照，言润芝近体日佳，饮食复元，甚慰。由英山直至太湖，不走蕲水矣。探报，有"四眼狗"谋占枞阳，现筹防剿等语。江北健将李熙庵、多礼堂，江南则鲍春廷、彭雪芹，又水师杨厚庵提军，大好。

清军污蔑陈玉成，称其为"四眼狗"。

十二日 （1月22日）仍不适，文若早来晤，余服药一剂。午后，来迎至署，索书，即移襆被入，夜共酌，谈亦可，而饮食无味。夜见月，常州刘芷民同话。

十三日 （1月23日）比昨似好些，天大晴，可瑞也。主人在考棚，为劝捐请乡绅。同晚饭，写大字一阵，挽软无力。文若系辛卯优贡同年，一快。夜月佳。

十四日 （1月24日）晴见日，且暖。考棚仍请客，主人未去，写字仍不见有力。有候令林心培来，同夜饭。心培，历城人，名基，辛酉世兄弟，幸遇幸遇。连日报命案，可怪。

十五日 （1月25日）雪，主人下乡验命案去，闻往返须三日，有百多里也。早晚与芷民同餐，心培自有人请。午后暖，雪化雨，甚沛。连日略写大字，无处寻纸。

十六日 （1月26日）头痛不解，无如何也。竟日阴雪，雨不大，心培一早回省去，未面别也。连日芷民学执笔，能领会大意。今日两次喊冤，大约年尾索债耳。

十七日 （1月27日）阴暖未雪，芷民昨夜不适，今仍好。午间，略写字，出至考院一看，与教官、捕厅、把总一话。今日尚请客，五乡分五日也。城内屋烧尽，止余断墙满眼。考棚新修，有二千余童应试。暖，写大字不多，无处寻纸也。夜同芷民酌，知主人明日方回。

十八日 （1月28日）起行，天不雨而泥水烂，南门过山河，一路东南行，三十里尖，菡头脯有味。又十五里，少歇，尖后，共五十里，浠河驿住。蕲州李榆差伺（俞山，四川人）。驿屋开敞，向南佳。

十九日 （1 月 29 日）竟夜雨。天明，欲懒起。辰初二刻方行，三十里尖，舆夫叫苦，本来十名，昨午止六名，自讨苦，可恶。中丞差戈什哈四人迎于尖次。又三十里，广济住，方菊人大令（大湜，巴陵人）迎出，即回拜于水北公馆，从前至此有衙门，已毁矣。公馆在考棚，号舍开敞，菊人来同晚餐。往太湖有三条路，以走黄梅路为差近，今日若由西河驿往张家塝，可少走一日，惜无人先知者。菊人者，稼轩胞弟，夔卿大两辈，雪浦丈大三辈，颇奇。日想起去年乐事也。

廿日 （1 月 30 日）辰初二刻方行。方君来谈，即送三十里。路可，金竹铺尖。又三十里，双城驿少憩，大风雪来，奇冷。又三十里，路大且烂，申正至黄梅。覃令翰元（石仙），藤县人，初八从太湖回，言中丞尚戴风帽见客。晚酌后，又来见。捕厅龙霖，常德人，问知竹伯、杏农近状。

廿一日 （1 月 31 日）竟日晴，大风之效也。午间暖，早晚冷。石仙来话，送行。四十里大，辰初行，至未初，到宿松城内，松滋书院尖。黄春山大令（开元）同饭，江西金溪人，五十八岁，而须发俱白。中丞轿夫来，遂行，县中止发夫一班耳。说三十五里，有五十里大，酉正二刻到凉亭驿住。走夜路约六七里。

廿二日 （2 月 1 日）大晴，晨冷，未辰刻即行。路冻，舆夫踏冰，格格有声。三十五里不小，入西门城内，一片荒凉，午初到中丞公馆，与润芝相见，尚有病容，神采如昔，脉细而长，可慰也。族弟绍采来见，年未三十，已至副将，绍贤闻已回家，也罢了。溧阳陈作梅、澧州邢星台、益阳夏古彝、姚桂轩，次第来见，即同早饭。午后剃发，公馆屋新造，朴甚。润翁删尽官气，可敬之至。惟精神未复，余颇以多服补药为疑。谈次人才难得，无如何也。让床便夜话，古谊笃挚。

廿三日　（2月2日）晨过子文弟帐房所，中丞亲军文喜叔、李忠侄及东门孙、朱俱见，各哨官俱见，一话，归。早饭后，写对子两阵。庄小眉世兄及陈庆涵世兄俱晤。连日中丞盼酒不至，所饮皆吾所携，余可为一笑。今日半阴晴。

廿四日　（2月3日）阴，时有雨雪，雪即积庭白矣。写对子三次，约四十付。周寿山侄婿由青草坝军……侄女殁状，渠已来鄂后矣。夜片札与荆州守唐守云。与中丞话至子初后方寝。

廿五日　（2月4日）丑刻立春，雨声打枕，好消息也。卯正二刻起，辰正早酌，巳初启行，与中丞别。子文弟率队候送于西郊。三十五里，凉亭小憩，又二十五里，二郎河，看马队占屋俱满，欲住不能。复行二十余里，亭前驿忠节祠住，酉正二刻。然烛行五里，行李又迟，至戌初二刻方到。今日得晴，路已有干处，过木板桥，颇多有担心处。三日联床清话，颇涉无解，其实平平也。

廿六日 （2月5日）辰初行，四十里，黄梅石家祠堂尖，覃石仙迎谒同餐。他客俱未暇见，即行，又六十里，清河铺住，路大，阴雨复来，止昨晴一日耳。今日过岭坡，听田水，殊饶清致。向西行，不由宿松矣。夜住无供应，屋陋且小。

覃瀚元，字石仙，广西藤县人，湖北黄梅县令。

廿七日 （2月6日）夜大雨彻旦，余竟不成眠，剔灯四起，似受寒也。天明后睡着，有二刻。辰初起，辰正行，冒雨过田水，舆夫可悯，幸尚不甚冷。三十里，午初至广济，方菊人迎谒，留同饭，仍住考棚。雨未歇，大家沾透，止好住此，仍邀菊人夜话。

廿八日 （2月7日）雨住，祀神饮福。候舆夫不至，辰后方行，候仆辈甚久。易马为舆，又缺夫，菊人甚打算盘，殊少味。尖后三十里，至西河驿。又二十里，文石桥住，可将就，然不好睡，四壁嘈杂。西河驿过河方到。

廿九日 （2月8日）卯正二刻行，不大亮。三十里，李店铺尖。又三十五里，南门外河顷渡船，山水长大也。至署，与文若同年、芷民世兄话，迟迟方行，肩舆出而复止，申正方行。大家过年，雇夫大难。酉正到枣儿刺岭住，文若差人伺应。食苃儿炒肉丝，甚鲜，说自省带来者。包竿到迟，因无夫故。店家张姓，几案俱洁。

除日 （2月9日）卯正三刻行。二十里，巴水驿。又二十五里，巴河尖，巴河街极长。尖后，

周炳鉴，字安卿，
号立庵，浙江诸
暨人。

过河两次，蕲水夫俱回去过年。后三十里，中丞所派四夫一气肩到。入清源门，拜黄冈令薛云锦，未晤。到府署，晤周立庵，即住雪堂。薛君来见，仍由县支差，屋高寒，宜炭火。立庵自有家宴，余独酌，与仆辈及老兵谈，乐得且睡。立庵送祀灶果品。

咸豐十一年

正月

元旦 （2月10日）黎明起，彻夜不好眠，炮竹声喧甚，好个气象。北向拜阙，南向拜墓。立庵拜牌回，补睡，出颇迟。晨酌后，午间为写对十余付。觅工拓坡刻。晚，府县公请，燕菜、烧烤，潦草无味。今日始知立庵为先公取一等门生。

初二日 （2月11日）黎明方起，等夫役，至辰初二刻，茶泡饭，行。立庵尚未起，与袖石一样，可叹也。出清源门，西北行，约三十里，唐家渡过江，晴而微有风，一刻许过。又三十里，华容驿尖。又四十里甚大，新店住，昏黑矣。今日得百里。天阴偶晴，路渐干。

初三日 （2月12日）卯正三刻行。二十里，土桥尖，看佳。一路坡陀，路不好走。又六十里，到小东门，即忠孝门也，至抚署，与陶妹一话。出与果臣、梅村谈，坚留晚饭，酒极佳，熏菜好。戌正后回公馆，果臣出十八日长沙家信，有子敬及桂儿书，知子愚十五到家，大慰大慰！不及鼎侄一字，如何如何！

初四日　（2月13日）早，果臣来，留同早饭。同乡候补苏笙楼、罗稷臣、易莲舫诸君同来拜年。余旋出拜年，唐方伯、官中堂、达和笙观察、厉伯符观察、庄卫生方伯、李午山太守俱晤，余未晤。和笙言前在升如亭处同席，我竟不记得。其人看书颇多，论议亦正，差见考耳。回寓已酉初，而文友石与义渠、伯符次弟来拜年，同赴太守席也。介生夜来同酌。

初五日　（2月14日）早，汤敏斋、阎丹初同时来，遂留早饭，开方伯所送酒，极佳也。晨见客，唐时雍。午初出拜客，晤陈石珊、郭观亭、李介生、赵润生，余未晤。回寓后，达和笙、何荔泉、顾子山、聂陶斋、邓嘉绳、李雪芬次弟来话。晚出饮庄卫生处，敏斋、子山同席。

阎敬铭，字丹初，陕西朝邑（今大荔）人，晚清理财专家，曾任户部尚书。

初六日　（2月15日）庄卫生早来话，同饭，甚赏鲜银鱼。李午山、唐义渠、盛旭人，又叶德同李氏廉孚兄弟、熊韵楼先后至。写对子横帔十余件。天冷冻，晚饭时，微雪。连日灯下看江慎修注《近思录》及施虹玉集注《近思录》。江本简明，王文恪师刻于江南者。施本颇繁，添入薛、胡、黄四先生语多也。

初七日　（2月16日）雪冷。义渠、旭人，往太湖去，和笙由水路去。何荔泉来话。刘思浩（养吾）来话。周志甫来谈，古气旁薄，但口音难懂。问知郑浣香于四年作古矣。写对子二十余付。

初八日 （2月17日）晴见日，可庆也。黎衡甫同年来商行程事，庄卫生来缠，携我诗本去。官中堂来话。文少叔来，略谈粤西事。曾少谷一话。李介孙、徐慕韩、唐惺垣便服过话。熊韵楼来别，仍将往沔阳州去。写对子三十余付，午窗难得也。晚，文友石、厉伯符公请，唐、盛两君亦与东，同坐者，卫生、午山。酒后看扇面百幅，画多佳者。

初九日 （2月18日）昨夜醉归，作家书，晨交介生一语，记不得了。厉伯符来，送到清单，集腋之惠，可愧可愧。夏芸舫来，有嘉兴收复之信，或者是真。曾少固来闲话，写大字极多。晡出访午山不晤。文友石一话。到官秀峰节相处饮，同坐止庄卫生，主人意甚拳拳也。回仍过午山处，客未散，又谈一阵，回寓。写对子十五付方歇。荆州玉泉山景佳，智者师道场。沙市有十三行会馆。

初十日 （2月19日）晨，至五凤楼看纸，回，少固又来，早饭迟，饭不得熟。午间，写大字多，字债全清。苦送纸者未已，随到随涂。未刻出，晤厉伯符。又庄卫生处取回诗本，回寓。又写字，汤敏斋来。傍晚同至午山署，看西园射堂，登署后山，望江佳。阎丹初至，同酌于东厅，谈饮畅，酒间，写对子一阵。子初回，介孙、慕韩来，知余明日过江淮，是衡夫漏信矣。收拾行李，丑初方睡。

十一日 （2月20日）早起，辰初一刻，肩舆先独过江。二刻多，入至朝宗门，拜刘冰如太守，未起。至县署，黎衡夫同年亦似未起，起来，一贺即谈，连早酌，登后山会仙亭，有其乡亲郭仙波住其上，怀宁人，能习完伯篆隶书。丁果臣书来，中丞夫人馈熏菜、酒多。号房送各处字卷俱清楚。晚回坐，夜月佳。看放花炮，有"鼠偷蒲萄"，别致。

十二日　（2月21日）阅《列仙剑侠传》，生气勃勃。周志甫同洪琴西（玉奎）来话，琴西云，丁未曾在吕鹤田处同席。欲木刻《开成石经》，志则大矣，募金何从耶？早饭后，衡夫邀至夏口沈家庙观剧，遇郑祝三同坐，从前在此及扬州姚家行，皆朝夕见也。李朴臣司马（殿华），渭南人。识师小山、刘秉恬、车南舫，皆本地人。子初回衙。来往过河，路亦不近。

十三日　（2月22日）写大字几阵。刘冰如来谈，仙波同夜酌。

十四日　（2月23日）阴且雨，晡仍晴，夜月佳。写大字多。郑祝三来谈。衡夫赠《江陵集》，忆达和笙属觅此，因属转赠之，事亦巧也。夜酌仍邀仙波，言邓守之日内当从湖南来，守之乃郎现在曾营，涤生课其读书，亦别致事。

上元日　（2月24日）衡夫早拈香，即过江去。晨习字一阵。早饭后，游后湖宝林庵，开小茶馆，

邓守之独子名邓解，字作卿，在曾藩营中染病早逝，留一子。

中有命相馆及玩艺数处耳，无可游，即回。谒徽国祠，新葺出龛主一小院，余尚空着。从五显庙过河归，入西门，至考棚，甚敝，整南楼城楼，归与衡夫谈。又写字一阵，阅《阳明集》。晡邀过捕厅署观剧，不久，匆匆散，地狭人喧，考相公要挤进也。看烟火两架，若"锦绣春城""百鸟出巢""七层宝塔"，俱新色。寄润芝书，交衡夫。

十六日 （2月25日）昨夜小雨，晓未晴。卯初起，辰初二刻方行，主人伺应府考，归送。阴雨向西带北，过小河一次，六十里，蔡店尖。尖后，雨渐大，船过浪头湖，共三十里。又二十里，过襄河，至翰川县公馆住。过湖后，大风报，风雨奇横，过河可怕。高小泉大令，顺德，壬辰副榜。闻悉龙兰簃、苏庚堂、罗椒生近状，并广东省城情形，可叹之至。办差人有徐石民旧仆，知石民死状。夜，风雨更大。

十七日 （2月26日）雨住，而风极大。催夫不得至，少泉来久话，守至巳初方行。雨后路烂，大风掀轿顶，落田中，又田埂路窄，摇播可虑。午初到崇皇涧尖，无菜买，饭甚好，出腌白菜，吃两碗。行，路渐干，风亦少息。十五里大，十五里小，飞水口憩，舆夫又尖。又十五里甚大，至小里潭巡司署住。巡司胡权智，光山人，进省去。想是扶山本家，家人全懵懵。今日得六十里，意外事。大风几不得走，风是少有的。昨住处有姜仲子、张二水字幅，系书办家，乃有此。小泉送广东□□四。仆子说，星、明月出，吾怕冷，懒起了。

姜实节，字学在，号仲子，山东莱阳人，清初书画家。

十八日 （2月27日）昨夜梦与涤生议儿女姻，面订，甚奇。行十五里，蔡湖垸过湖，四五里，又上坡，二十里至田河尖。尖后十里，乾镇驿。又十五里，汴湖口。又十里，豹山口下船，说三十里，有四十。小河小船，水不流，荡桨，二鼓到天门县住四衙公馆。县令孙福海，荣成人。

十九日 （2月28日）早，辰初后方行，催夫不齐也。出西门，过河，即昨行船处。二十里，桔河。又二十五里，过襄河，鱼花洪尖。又四十里泥水路，入潜江县北门，城中仍尽是水，曲折至县公馆，与宋海楼（文光）说蜀事。衙中水泡透，寓我于庙，来回拜，饭不烂，而肴颇鲜，四川泡菜太辣。今日一片湖光月，不忍睹。

廿日 （3月1日）早起，不得行，夫迟甚。步至县署，候海楼出，久话，吃面，辰初二刻方成行。出南门，路好走，四十五里，高家场尖。尖后，四十五里甚大，过河过湖数次，七里湾，点灯笼行。将戌初，到了角司公馆，街上遇龙灯两次，极拥挤，然景象可喜也。管号人备饭。有夜航船，余欲睡，行李有上船者。阴而不雨竟日，夜雨。白伏驿何解？在潜江城内。

廿一日 （3月2日）小雨未息，夜风奇大，晨稍定。小船共三只西行，得东北风，一时许得四十里，至陟屺桥朱家店尖。余先不知桥名，店中小老榜曰：陟彼屺兮，瞻望母兮！想是儿想娘处。尖后三十里，入小河，似苏、常风景，穿桥下过亦如之。冒雨，沙市张家院上坡，三四里至街，颇热闹。拜周笠西司马（乐）话次，舆夫全逃，笠西为觅各夫，始得行。冒雨，不十里，入荆州府东南门，先过城河，入城后，正西行，又北转，东北至府署，晤荫云，快甚。方病风湿热，头面肿，消未全愈，然精采如十年前，但须已尽白耳。唐鹤九亦住此，由监利县任来，住西园大厅。花木多腊梅，香甚。夜风大，五更冷。

廿二日 （3月3日）阴冷，晨剃发。周笠西来，早饭后，出拜栗仲然观察同年，张见山大令俱晤。看荆南书院，登楼，上年新修者。出西门，至太晖观，殿宇多，无佳景，月大宫、么西宫等，不免邪气。晚酌后，写大字，与鹤九谈，睡不早。

廿三日 （3月4日）仲然、洤山俱来回拜。有沅陵汪捕厅来见，与仙舫亲戚，问知仙兄在家办团，精力尚佳可知。写大字数次。晚见川探报，似军事不大要紧，屡有胜仗。太湖邢星槎来信，初三日枞阳一带贼全窜去，往无为、庐江矣。骆中丞有往川信，带勇万人，由荆、宜入蜀，船何处寻起？

廿四日 （3月5日）早，写字，复独酌。见山来同饮，后与荫翁久话。午后，写对子极多。晚，主人请客，鹤九、见山、钟朗泉同席。朗泉者，即安陆上坡时所途遇也。看多，过甜。客去即想睡。今日晴。

廿五日 （3月6日）晴更佳，晨午俱写大字。吴仲回江夏去，此番甚得其力。书寄夏云舫、黎衡夫。晚饮道署，栗仲然、周笠西、张见山三主人，荫云避风未能出。客有一满城一卫官，饮话殊畅。归与荫翁谈，子初方睡。连日荫云以鸡蛋运头面风肿，大见效，余所说也。

廿六日 （3月7日）晴阴半。晨写寄胡泳芝、葛耦笙信各一件，托荫云去。写大字一阵，纸填交不可清。早饭后，出西门，南至龙山，一小山堆耳。落帽亭余空墩，寺宇两层，不大。南门外息壤，有禹王台，新修靠城面隍，故不能深，息壤说是泉源之穴，有乾隆年间碑。吾永州亦有息壤，柳子有文，与此是二也。入南门，至考棚，横排似不顺眼。左有龙山书院，屋址开敞，有大方池，芜敝矣。考棚内有冯展云联云："树蕙滋兰，五载荆湖传使节；扬风扢雅，千年屈宋溯词源。"回署大写字。晚酌时，浵山来，知余明日行也。与荫云话至亥刻睡。

胡林翼别号咏（泳）芝。

廿七日 （3月8日）寅正起，卯正二刻方行，役夫迟至也。一轿一包杠一挑子，翟明及李四坐兜子。荫云情文肫挚，与咏芝相似。出西门，二十余里等齐，共一马船过江，不及一刻，由□口抵岸。舆夫吃饭后，十五里，梅家崦尖，殊草草。又三十里，至李家口马号，地属江陵，号属公安。换夫不即得，申初即住。李四者，曾事我兄弟于长沙，今在府署当轿夫头，荫云令护余行。留下衣包菜裹等交贺恩暂留，两日内有专仆由水陆回湘，可同行也。昨日葛启林由沙市来见，问悉山东近状，僧王尚在东境，捻氛尚炽。葛家眷属来了大半，余劝其回湘，不必往夔州，果当听否？昨见十二月初一至初五邸钞：恭王作为总办各国通商事务大臣；薛焕办理各海口通商事务；邵又村奏团练得胜，收复富阳等县；见和约刻本；有西林县令张鸣凤将传天主教头杀死，应革职，不得复任。此公差强人意。此语乃夷人口气。住处名"羿陵驿"，古甚。

廿八日 （3月9日）五更雨大，天明住，得行，有泥烂。十五里，过河两次，至马场港尖。又十五里，入公安县东门城，衙被水冲，尚存构架。清仲余大令，留面，乃伊克精阿之侄婿。道余所劾南江案□坐，伊令开复后补苍溪，遂殁，无子，可谓无福。行五里，过河。十里，登陆，松黄驿。又三十五里，界机桥住。店中妇女喧，而男子不管事，可恶。屋亦逼仄将就，不能开卷。桥系分界处。

廿九日 （3月10日）寅正三刻行，卯正三刻二十五里，至顺林驿尖，补雇夫，略耽阁。尖后六十不大，入澧州东门，两仪客栈住。街上赌风颇盛，官吏何不问也？竟日阴，不雨，大柚子多。遇驰马小人，几被践，警之慎之。早行起身过桥，即入湖南界，松竹苍苍，便觉秀色。城市亦热闹。今日见杏花大开，有两处皆有竹林书声。雇定夫十三名到常德，每名八百文，算三站，每站六十里。

二月

初一日 （3月11日）早行，出东门北转，过大石桥，转东南过河，河往津市去。又过小河，共三十里，东山铺尖。尖后三十里，新化驿憩。又四十五里，鳌山住。今日频过黄土山坡，高高低低，却不甚斗险。矮松林时时遇之，不见大树。鳌山热闹，有公馆，在新住黄家店对门，龙灯两条来往。今日之晴，为新年所未有。

初二日 （3月12日）夜来所住，两旁皆妇孺嘈杂难睡。黎明即行，山坡路三十里，大龙驿尖。走访公馆双桂轩，桂茂。尖后三十里，至三十里铺后，下小船，约十余里，复上岸，辰江发大水，漫至大道也。前行西南十余里，过七里桥，进小西门，实是北门偏西耳。到朗江书院，陈竹伯未上馆，至其家，又不遇。遂往五省栈房，鸦烟难受。出至县署，新到令孙春皋（翘泽），乃兰皋之胞弟，遂移寓署中后层。出拜恽次山太守，东厅园景雅敞。次山官声奇好，归同春皋酌。戌正后复出至竹伯处谈，面目老些，精采尚好。言滇省于腊初失守，张石卿、徐新斋俱死，果尔，奈何奈何！竟日阴，未雨。

恽世临，字季咸，号次山，江苏阳湖（今常州）人，曾任长沙知府。

初三日 （3月13日）阴，不雨如昨。阅《永顺府志》。

早饭后，竹伯来话，问以粮银中丝忽微尘纤渺漠茫沙漂灰，如何分辨？云为藩司时，少见此等数目，亦不能识也。恽太守来同话。有刘承溥（春帆）来见，乃禹赓嫡堂侄，在此刑名馆。又胡光伯之子□培（子厚）、余祚赓（蓉初）同来见，写对子两付。春皋请观剧，未正一刻入坐，与大兄兰乃、主人三人耳，大致文雅胜他省。酉初命酒，谈宴至亥正散，子初睡。

初四日 （3月14日）阴又雨，时大时小，叶心樵来晤，老尚健。陈大璐来见，子敬门生，晨写对子一阵，且读各家诗。申正出，回拜各客，至府署，次山太守欲邀住东园，不欲又移，园中竹木亦太少也。亦观剧，同坐陈竹伯、姚彦士（湖州文僖公之孙）。子正后方散。以入席已迟，睡时丑初后，一梦哭醒，不复睡。

姚觐元，字彦侍（士），浙江归安（今湖州）人，姚文田之孙，好金石，工小篆。

初五日 （3月15日）先公忌辰，不及赶回同奠，悲梦连日矣。午间写字一大阵。晡出至朗江书院一看，非复甲辰年局面，竹木亦疏。偕竹伯、心樵至竹伯处便饭，先到东间壁，令三弟屋写字，仍回入坐，同坐者有秦茗生、余蓉初共五人，酒佳，而看则官样。

初六日 （3月16日）早出西门堤上，行二十里，至河洑山太和观，登高看江，有丛竹，地颇幽秀，下山二百余级，汗浃衣矣。过仙源关，至木关署，访仓少平同年一饭，酒佳甚，为城中所无。园池竹水之胜，大约为吾省所少，山泉流处，尤清妙也。木关闻将移回辰州，此屋若空出，吾欲居之。午初回，未初二刻到城，雨不止。申初出至府署，黎星甫不见二十余年，尚健甚，大我三岁。陈少海亦同坐，先写字一阵，并姚彦士及次山共五人，清谈颇醉。次山得宋本王《圣教》《圭峰碑》，俱精古。从竹伯借《灵寿县志》一阅。

初七日 （3月17日）阴且雨。府志匆匆阅过，寻河洑太和观，乃无之。晨剃发，早饭后，久候春皋，先上船来邀，巳初出下南门，与次山、春皋同坐麻阳船，南行十余里上坡，至德山乾明寺，竹木多，厅堂大，无甚奇致，雨中亦不得畅游。谈宴作书，申正后渡河而东，至德山街，肩舆回城，至署早上灯矣。春皋又出拜客，回审案。余仍酌饭方睡。

初八日 （3月18日）阴不雨，早饭后出，至竹伯处，先是竹翁来谈也。至考棚，过元都观，兔葵、燕麦俱无。府署话，至大善寺，遇峨眉寺僧禅定，话及前游峨眉时，看我饮酒写字、扁对各件。金顶殿前后寺于上年二月天火全烧，五百余僧，逃散各处，募化重修，求再写旧日长联及直扁"玉毫光"三字，带归重刻。禅定本吴县人，在峨眉出家，今年甫三十二岁，谈次不胜凄惘。大善寺局面开敞，乃为近城所无。出东门约五里余，至楼贤寺，问明笛园所在，前往一看，乃南京义山，旁有小园，有玉兰、牡丹、芍药、紫薇、橙、桂、秀球等十余种，想见春夏间可观也。回城，万寿宫一憩。回署小憩，仍出至府署酌，笋及豆腐，做得别致。归来三鼓。次山得乃郎都信，一切安静，食物贵耳。

初九日 （3月19日）晨过竹伯，为蓉初事，带瓶去，盛酒归。早饭后，仓少平来，知其部文已到，即当赴岳常澧道任。春皋拜客未回，少平往府署去。春皋请来，兼请次山来共酌，有剧。申刻少平回木关去，席散，次山亦去，余与主人再命酌，至亥正方散。今日晴，佳。

初十日 （3月20日）卯正即行，春皋社稷坛未回，大兄送行，意殊拳拳。出东门，过青皮港，竹子多。二十里，有二十五里大，社马铺尖，武陵差人伺应。尖后七八里，梅家湾过河，即新兴，雨来行不歇。又三十里过苍港河后，风报奇大，可悸。一路淋湿，入龙阳县西门南转东转至周莲丞广文署住。送席来同酌，因预备公馆一切，余初不至，遂亦不欲移也。散后，黎星甫、陈少海来话，睡时亥正矣。夜风渐定，仍无月。

十一日 （3月21日）晨出拜县令梅同年震荣，未起。万寿宫小花园一看，客厅好。厘金局晤星甫、少海话。出东门，至龙池书院，有芙蓉山馆，园宇无花木，水漫坏也。回候刘厚甫广文，未起。归饭，厚甫、星甫、少海及易笏山同席，笏山与桂儿同年同房。公局中又晤严吉吾，亦嗜学。午间写大字甚多，入后书兴颇佳。笏山将同罗惺四大令往蜀。晚饮县署大公馆，署被贼毁，未修复。两席上席迟，余已与莲丞酌得半方往也。星甫、少海、笏山、惺四、莲生共坐一席，右席错杂，不尽记得。余坐席困甚，先归自饭，仍候莲丞回，一话后方睡。今日闻川为渐解，李端已擒获正法，不知果否？竟日未雨而阴，夜有星月。

十二日　　（3月22日）五更起，卯初行，莲丞赶上送行，煦庵送于城外。一路东南行，鸭子铺过河，共二十里尖。尖后六十里，青山铺住，甫申初耳。所过小塘、肉头铺、龙塘、大公馆，树木苍秀，田水汩越，值大晴，竟日殊惬眼。

十三日　　（3月23日）寅正二刻行。二十五里，迎丰桥尖。尖后三十里，入益阳北门，出西门，北转至胡七丈处奉访，下乡去为怅。绕至南门之东收厘局，前过资江，有资江神小庙。距县二十三里宁家塘，有牌坊。又十里，猪婆塘住，店屋陋，而南窗对菜畦竹林，窗不糊纸，宜夏夜也。午前晴，午后阴，有微雨一阵。闻益阳西门外保上最闹热处，近因厘金增倍，遂罢市未开。过河后，见龙州书院，竹木盛。

十四日　　（3月24日）早行。二十里，苍水铺尖。尖后四十里，过宁乡县城，入北门，出南门，街道齐整，衙门向北。县中闻备公馆数日，余故未敢停。过南门，桥甚长。又三十里极大，行山坡田洞，有幽趣。两中田水汩汩，黄土黏，不碍行也。油闸铺住。日间过衡龙桥亦长。夜遇陶章胜，谈及曾营招勇，宁邑前后出勇李续宾，字如九，俗称"李九大人"。

二万余，近日复招九百人去。言李九大人之败，二万人仅有存者，可伤也。

十五日 （3月25日）早，细雨行，二十里，白箬铺尖。又五里，雇引路人，往东北，过罗围坳、石冲、黑鱼坝、童家冲，雨大歇息。乃陈氏家，介卿出见，云，余与乃翁植三有交情，乃翁去年殁于粤东矣。我全不记得。颇谈粤事，官夷相安已惯，省外却无夷人占据也。留饭辞之，仍冒雨行，午正后，至毛家坝。叩父墓，十年一归，悲思罔极。雨中遍视周围，树木长盛，飨堂修葺后尚好，治供，复泣祀于堂。雨不住点，傍晚欲晴。夜闻大雨且雷。

十六日 （3月26日）早行，仍雨，渐欲止。十余里，全寿庵少憩。又十里，望城坡尖。尖后，路烂，且有断处难走。十里，龙王市过河，第二次因长水过跳，难行，浪亦不小。上坡北转，入大西门，东行，过东牌楼、息机园，至理问街到家。三、五两弟各眷次第来，侄儿女辈俱团聚，直数十年所未有。惟二娣、鼎侄一房在元丰坝母墓侧，未即见面耳。夜饭，客有李仲云及塾师毛小峰，弟、儿侄同饮，余不觉醉矣，得能不喜邪！惟闻黄州有失守信，樊城又闻为苗练占踞，楚军可危；润芝尤可念，移营太湖，大为失计矣。夜见月，下半夜雨雷大。

十七日 （3月27日）晨剃发，汤藻臣来晤。午出至小瀛洲子敬弟处，化龙池子愚弟处。至李季眉三亲家处。步至待石园，辛亥年居此。友朋诗酒之乐，真如远梦。至芋香山馆，园景妍茂，变化大殊昔观，先晤老七，步至东头，晤西台二亲家，话于涩芰圆荷之馆。仲云拜客回一晤，十郎亦出见，憩赏久之，归。晚酌于子敬处，肴有田家味，酒后，为祥云侄女写字，凤姨磨墨，唱曲悦然，戊午初春杭景。雨竟日。

十八日　（3月28日）早至子敬处，方回鼎侄信，鼎侄昨日由元丰坝寄信来，侍母乡居亦佳。至子愚处，同至吴子备处。回至化龙池，子敬亦来，商量居城居乡之计，定暂移子愚处同住。归，早饭后，出拜客，至胡恕堂处，因僻得阔，信与李园并妙也。值其新婚徐老九回门，留饮观剧，久坐，上灯后，困倦，未终席归。子愚适来，同酌一壶，一饮方睡。竟日偶晴而阴多，夜雷雨。

十九日　（3月29日）早过黄南坡，兼晤鹤汀同年，裕时卿廉访在坐同话。亭池甚幽敞，新柳雨中摇曳。小酌。先归饭，饭后，出晤汪佛生、王敬一。至两浙馆，熊雨舻同年未遇，前后院清佳。忆昔年两次寓此，如在目前。晤丁伊辅前辈，尚健。唐介吾静谈如昔。到子愚处斟酌书房，吃粥两盂。回看易念园，两足不能动，尚能谈，病五年矣，苦趣可悯。回家已暮，子愚来同饭。今日李家有满月酒，请女客，妇孺等俱往。子敬一早下乡去。雨竟日。夜闻松滋一带有土匪起事。

裕麟，字时卿，汉军镶黄旗人。

廿日　　（3月30日）竟日雨，未出。客晤王敬一、胡恕堂、黄庆光。午间写大字一阵。李家补孝来，晚饭酒后，为写字一大阵，指间勃勃。

廿一日　　（3月31日）晨至化龙池寓，与子愚商定收拾书房一切。过小瀛洲，侄辈俱未起。回，早饭后，搬动家具，弟二日不得静。晚李仲云请，同坐者熊雨胪、子愚、西台二亲家。酒后略写字，先遍历各胜，石峰英多，磊落有气势，园亭中为大观矣。到上房，如如出见疑问，回忆十年前姻伯母在时，不胜怆怅。天晴。

廿二日　　（4月1日）次第搬运，午初，率儿孙妇孺移住化龙池，与子愚同寓。天色晴暖，人事顺适。子敬处妇孺亦均至，亲丁老小，四十余人，欢聒称贺，果为佳事。惟二娣及侄三房在乡未来耳。晡出晤黄南坡，池中举网得鱼，登楼眺麓，命酌，谈时事。湖北胡咏芝、李希庵俱统大兵，至成镇军败贼于松子关，戮三千人。曾、左两军于正月初九、十俱大胜仗。仲云说道州失陷。南坡云无之。回，上晚供后，与弟侄欢饮。屋宇敞洁，处处通亮，洵佳构也。大晴。

廿三日　　（4月2日）早饭后，出北门，至骆驼嘴，等船不得，折回，半路遇应差渡船。水程十里，至瑶岭方上坡，斗长大水。过高岭右转，共二十里，至元丰坝，叩谒母墓。违离十年，伤感何极！过张家屋，昔年住庐，七老相七年逝，老妪十年逝，儿孙尚耕田，能自给。

过垄二里，至刘家湾屈家屋，二娣及侄、侄孙辈均适，话及常州由死得活，全家生还，真可悯之至。到子毅墓一哭，别我二十三年矣。回屋憩时，祥云亦来，沈婿枢尚停此间也。与鼎侄遍阅庄屋，右手两层，吾大可住。侄妇泣述乃翁鬲冈亲家殁于滇南开化府署，因多年军务赔累，焦急所致。

廿四日 （4月3日）早，看竹园，吾欲作小斋其间也。

早饭后行，至瑶岭，坐义渡船，至骆驼嘴上坡，看铁佛寺，铁佛三大尊，上有屋，余尽毁。入北门东转，至荷花池，过表忠祠，至求忠书院。祠曰表忠，书院何为不题表忠耶？过李园，仲云他出，与云衣一话。过小瀛洲，子敬未回，回家憩。晡出胡恕堂处晚饭。先过彭于蕃处话。

廿五日 （4月4日）见数客，熊雨胪话。王揆一将往署龙山去。前日有福林铺土匪滋事之谣，乃影响俱无。晡出回拜豫时卿廉访、郑锡侯盐道。时翁处见左季高信，知曾、左两军俱动，李希庵收复黄州，胡泳芝回住武昌；南路江华、永明之贼，亦被我军击窜；二月十三日有圣驾回銮之信，又闻三月仍回避暑山庄。锡翁情意拳至。同览西园，甚小且荒矣。

王揆一，字圣田，号槐轩，河南新乡人，曾任道州知州。

廿六日 （4月5日）清明节，早供，午后，供点心，吃肉。晡出晤贺仲肃，家况落莫。过芋园，汪佛生做东，为熊雨胪称祝义。西台、季眉、仲云同坐，园花趁暖多开，然晴不准。今日太热，恐又将有风报。酒后，为补孝写字，字之曰"补梅"。午间亦写大字一阵。小瀛洲小话，凤姨生日。

廿七日　（4月6日）风雨竟日，未出。子愚同桂儿往河西，风雨俱归，然归后无大雨也。书上架已齐，甚快心目。郑锡侯送席，约金竺虔、李西台来酌，敬、愚及仲云俱在坐，先约雨胪、季眉，俱已吃饭不到，肴尚可。桂儿、钟孙又去李家饱酒。老七来。

金藻，字竺虔，号树荣，湖南长沙人。

廿八日　（4月7日）尚静，少客，写字多，隶课动笔。晡出至金竹虔处话，汪老七处话，王敬一处送行。赴彭于蕃席，同坐惟雨胪、鹤汀。路远归迟，日间有小雨。

廿九日　（4月8日）大晴竟日，韶女生日，设面。裕廉访来谈，知北路军情稳住，咏芝坚扼太湖未动，故安庆、桐城仍围定。东路抚州、建昌俱解围，南路贼败回广西。罗研生同贺仲肃来，研孙有老态，仍谈古韵未厌也。晚因廉访送菜，添肴请客，王敬一、胡恕堂、李仲云、汪佛生，适补孝来，令同坐，酣嬉畅洽。酒后，为客作书一阵。鼎侄上城来。

卅日　（4月9日）晨至小瀛洲，子敬已出门，联侄感冒。接吴婿杭州正月二十三日书。到李家园，仲云已出门，看补孝书房归。早饭，季眉亲家来话。因晴天，李家请看花，三家皆有往者。子敬信来说，明日下乡，即往与商话，同坐芋园一话，归。过火药局，看罗研孙，不值。遇陈伯符一谈，归。夜与鼎侄酌，颇醉，王敬翁送菜。

三月

初一日 （4月10日）去年是日，三娣与妾女辈在杭州贼中自缢吞金俱不死。惟宝姨之母缢死。祥云侄女之女勒死。六侄联儿被砍项后八九刀不死。侄妇被割一耳，仍痛骂，又割一耳不死。城破七日收复，不死者俱得出。余今日始闻之，为之怆痛。二娣在常州，已将孙托老妪存后，姑媳俱誓共死，乃俱得不死，真一家之幸。余连年作客，不曾见贼，并不曾见兵，何其幸之至乎！鼎侄午间回乡去。子敬一早下乡，料理梅花涧小桥住屋。汤敏斋来晤，知由武昌避难至此。晚至仲云处酌，子愚同往，客有敬一、恕堂。阴，小雨。

初二日 （4月11日）早，陈芝、翟荣、王顺、王春、老李五人俱回山东去，此番护行南来，十分勤妥，临别依依。敬一丈亦于今日下船往龙山任去。写大字多。晚饮黄南坡处，郭意成、熊雨胪同席。李家□生日。广西庶常周冠来见，濂溪子裔。

初三日 （4月12日）趁晴早起，出浏阳门，五里，河弥岭尖。又五里，大桥。又五里，粟塘。又七里，东山铺憩。又七里，绵羊山。又八里，冬斯港尖。又七里，雷田坪。又七里，团头河。又五里，渡头市。又五里，百家田杨家看田，屋尚可，惟向东而水左行，不甚惬意。一路多傍河走，冬斯港、渡头市俱有船，下水，出大河，坝多，不宜上水。未至东山，有王家、黎家争圫，经长沙赵令断为官圫，立谕碑，在道左。圫者，大塘也，所溉田极广。乃乾隆晚年事。阳家四兄弟皆见，三老相耳聋而人老实。晚看过丰，田家风味，夜雨达旦。

初四日　（4月13日）晨起即行。一路未断雨，尚不甚大。渡头市早尖，东山铺午尖。多小憩处。入城，至小瀛洲，子敬尚未回。到家，申正二刻。子敬旋回来，一话去。与子愚酌话，得杨杏农书。

初五日　（4月14日）仍阴，小雨竟日，甚冷，多雪。侄女生日，子敬处长姨生日，贺喜纷纷，两边俱吃小意思。余晨怕冷，小酌方解。晚饮胡恕堂处，汤敏斋、左景乔、陈心泉（芝湄前辈之子）、皮小林、陈饴孙同席。客散为恕堂、敏斋写字一阵。

初六日　（4月15日）阴，竟日未出，人倦甚，怕冷。子敬晨来，汪老七一话。

初七日　（4月16日）阴冷，狐裘复上身矣。彭太守（庆钟）来晤。赵太守焕联见，湘乡孝廉，现带勇防城，言永州、郴州连得六胜仗，贼遁江西，湖北州县零星有贼踪，左季高尚站得住。晡出至桂花井，罗研生他出。与易念园话，看诗。《贺仲肃石城送别图卷》，汤雨生画，余题卷，看竟全不记得了。到子敬处夜酌，菜极得味，联侄手庖。酒后，写字一阵。午间彭太守庆钟来话。

初八日　（4月17日）晴，早剃发。饭后出，回拜客，晤禄晓舫世兄（廉）、赵雨班廉访、蔡渔庄阁读（琼）。筹备仓看石，磊落奇怪。左景乔未值，而来拜我，两相左也。回家，沈晓帆来话，多年之别，家中殉难三人，可悯可悯。罗研生来话。赴李季眉亲家请，子敬、子愚同坐，无别客，有仲云。夜小雨。

蔡琼，字昆圃，号渔庄，云南晋宁（今昆明）人。

初九日　（4月18日）阴晴半。子愚处请毛先生上学（寿淞，号兰陔）。午间，陶少云来晤。晚席，李仲云、云衣君，敬陪先生。东塾师毛小峰，即兰陔从堂兄也。毛寄云放湖南抚，仓少平升臬，翟公被骆中丞劾奏，内召。

初十日　（4月19日）大晴暖。二娣由小瀛洲来，昨由元丰坝乡居携侄孙儿女来城也。上房请女客二席。余晚饮仲云处，牡丹已大开，太暖所致。早间作书寄陈竹伯。

十一日　（4月20日）忌辰。大晴大暖。子敬下乡去。

盛曾生日，娣、侄儿女多集。晚请汤敏斋、左景乔、邓公武、罗研生、汪勋伯、吴子备酌，联侄来管厨。皮小林来晤。

十二日　（4月21日）晨静。午出晤黄南坡、舒仲和、沈小帆、陶少云。少云言润芝日内尚有手书回，外间传言病重者，讹也。屠燮斋与小可、小如为服内弟兄。大晴。

十三日　（4月22日）寅正起，饭，候舆夫至，卯正方行。出浏阳门，东北过杨家山、花桥至兰陵过河尖。尖后，过麻塘，左转至蚌塘，叩谒伯父光禄公墓。树木不旺，看坟人周家亦凋敝，奈何！回至兰陵，约十二三里，午尖，回城酉初。至仲云处，遇徐慕韩，从湖北来提饷。问知润芝吐血，症险。江北贼情蔓延，彭雪琴水师住阳逻，扼其渡江之路。李希庵住聂口控制。骆中丞大兵由宜、荆折回援鄂。成败利钝，关系大矣。晚酌后，困惫早睡。

以上藏于湖南省社科院图书馆，题名为《法华小舫日记》

十四日　（4月23日）晨阴，旋大晴，写大字好几阵。周韩城阁学来。金竹虔晡至，知日前所看朱照仿高江村画已为人买去。竟日未出，夜月佳，为近日所仅见，未出。

望日　　（4月24日）晨剃发。阅订诗稿，起汗浸不
　　　　　易了也。禄晓舫来别，将往鄱县任去。杨小
园来，梦园先生之孙，尚说及住扬州署谈宴光景。邓公武
来辞行。有吴祖煊来，说是平斋族弟，并似同陈硕甫来的，
硕老可悯也。未出。

十六日　（4月25日）晴热不能着棉矣，客有吴子敦
　　　　　编修，子序堂弟也。张辅垣六叔老尚健步。
刘子衡姨侄来，尚读书，有三子未进学也。恕堂来话，子
敬来，未出。

十七日　（4月26日）晨出至子敬处，因念侄等感冒，
　　　　　未都愈也。罗研生处略看字画，归饭。本期
往九子岭，因风大怕难过河，令陈三去看庄屋如何收拾。
吴子备来说，嘉兴投诚，松江克复在即。李仲云来说，左
季高打通乐平，连行胜仗，而景德复失。彭丽生来话。午
后写大字多。饮仲云处，晚归，说徽州克复，今日好消息
何多也。

十八日　（4月27日）大晴热，陈三归，沈小帆同陈
　　　　　君来，徐慕韩同李云□来。斐秀表弟从道州
来，知二月长毛到州，被官兵击败，投诚者四千余人，现
在州境安静。晚出，舒仲和处饮，奇热，夜风雨。

十九日　（4月28日）雨竟日，不大倾。辜滢来晤，
　　　　　子敬来。夜过芋园看雨后景，饮子敬处，颇醉。

辜滢，字守庵，
江西上饶人。

雨后新凉，甚适。

廿日 （4月29日）晨饭，卯正出浏阳门北转，东北行五里，过怀夕渡，过鸭子铺，至十字铺尖，尖后水度河，又过船入杨子冲，至铜壶塘饶家。彭丽生同年来，同观山场屋舍，嫌案山逼仄，不惬意，饶思泉年伯之曾孙出见，系过继的，亲儿孙俱殁，凋翅可叹。又至三里外彭家老屋，拜谒两峰丈墓，早晚两餐，酒浓，醉矣。

廿一日 （4月30日）早饭稍迟，主人太费事，其实卯不饮，何苦多看。饭后行已辰初，仍尖十字铺，余不复尖。未初入小吴门，张辅垣丈处一话，至小瀛洲与子敬谈。鼎侄夜从乡间来，二娣昨日回去。今日不雨而阴，路好走。回家有辜家昨日送菜，即片约徐慕韩、李仲云两位，毛先生晚酌。兰陔未回，子敬客散后来，看尚可，酒佳，余倦甚。

廿二日 （5月1日）晴凉。裕廉访来谈，知靖州会同有黔贼窜至，檄调周提军，湘勇恐缓不济急。昨闻萍乡、醴陵有警，问南坡，说无其事。子敬晨夜俱至，因百家田事有成也，晨剃发。

廿三日 （5月2日）晴凉，早饭后出，晤杨小园、唐介吾，介吾说骆中丞尚驻沙市，因蜀事已清，徘徊欲援鄂，而官相未奏留也。候客俱未遇，回家季眉、研生、星海正与子愚看祝枝三字，顷至季眉处，未晤也。子敬今日同鼎侄往元风坝，为沈侄婿卜葬地。

廿四日　（5月3日）晴热。忽腰痛难伸，脚亦烂痛。张三丈、六丈同来话，汪勋伯来别。作书与荫云。吴子备来说乡间之好。南坡送探信，黄州之贼已遁。

廿五日　（5月4日）晴，更热，盼雨，田间已有旱意。淮扬镇黄翼升（号昌歧）来见。四月往淮扬一带去，水师健者，好在不斯文也。晚同子愚赴西台亲家之约。酌于涩庆圆荷之馆，看清佳，苦热困不能多饮耳。汪佛生同席，言得山东信，僧王尚驻济宁，劳师縻饷，奈何！羡云侄女生日。子敬来。

黄翼升，字昌歧（一作歧），湖南长沙人，湘军水师将领。

廿六日　（5月5日）晴，热极，不可解，叶东卿丈来话，因夏镇受惊，扁舟到此，老人流离可怜，何晚运之苦也。阿双生日，小瀛洲凤姨及侄儿女均有来者。子敬今早下乡去，苦热可念。

廿七日　（5月6日）子愚早下乡去。阴热，午后雨不大，有凉意。金竹虔晚来，同小酌。今日写大字，从午至酉最多矣。

廿八日　（5月7日）雨时止时作，有大阵，遂甚凉适。李季眉早来同酌。吴子敦来，赠《谈天》三册并药照小行书册纸，其人自是聪慧。季眉邀看画，见商宝意诗，又季眉初稿本，大有性灵。罗研生同酌，对雨饮木香花架旁，有趣，亦薄醉矣，腰痛渐愈。

廿九日 （5 月 8 日）阴雨冷，写大字多。研生填《金
缕曲》，记昨日，灯下次其韵得二阕。昨研
生说，曾在星海处见余赠刘雨赓词，乃己卯凤台时事也。
子敬、子愚都由小桥庄屋回，尚无头绪，闻江西临江失陷，
袁州惊矣。徽州克复是真的，而浙事仍不佳。湖北军情尚可，
靖州贼仍窜回广西去。晨剃发，恕堂、于蕃同至。

卅日 （5 月 9 日）阴雨更冷，写大字多。昨日出
南门回拜，韩不值。入城晤叶东卿丈，衣箱
书箱俱湿透，摊晾满屋，船破漏也。晚饮恕堂处，客杂无味。

初一日　（5月10日）阴雨竟日，亦有小晴时。子敬晨至。午间吴子备话。晡时李季眉同陈心海、汪啸霞来，留共酌。汪君能刻石，然看所带烟壶上小字，亦苦未生动。看帖画数件。心海说假令颜培鼐处有石溪、石涛两大手卷，何日得见之乎？南坡送《大英国志》，杨篠源还《四书字诂》《群经字诂》，此等书何用？龙一来。

初二日　（5月11日）雨住欲晴，未即开也。子敬由浙抚奏守杭城功，赏戴花翎。昨日札知到来，聊复尔尔。南坡处看各处探信，时事不佳之至。桂儿由百家田回，似难就绪。练饴孙来说有燕子山屋庄价廉。过研孙处，兼同念园谈，精神比前长些。

初三日　（5月12日）雨竟日，惟昨夜颇大，易念园和《金缕曲》来，即次韵答之。妇孺辈往小瀛洲贺花翎之喜。前后院十七八人，俱在彼晚饭。余往看则子敬另自制肴，大是乡间光景。贺仲斋请晚饭，丁石臣、张力臣先致。石者果臣之兄，力者少衡之子。石臣谈及求忠书院太有名无实，余同研生、心海及主人畅酌话。归仍冒雨。

初四日 （5月13日）雨，欲往九子山竟不能。左景乔来别，即日往石鼓书院去。此番为季高大郎娶妇事已了也。仲云来话，咏芝已离太湖，距贼营止廿里，可危之至。夜同子愚往芋园酌，因徐慕韩明日回鄂。汤藻臣复来。竟日未住雨。

初五日 （5月14日）未住雨，无大阵，人不甚适。子敬来为田事。晡写大字，手软。晚尝廉访所赠酒，甚佳，同两先生酌。梅煦庵乃郎来晤，解地丁到省。

初六日 （5月15日）得佳眠，早起甚适，雨不住，更大矣。饭后看子敬感冒，服子愚方。到芋园周览一遍，看雨，极静，不似吾庐浅闹也。见联侄近作诗文。晡后仍不适，湿闷所致。夜偶见月。

初七日 （5月16日）雨止未晴定，夜不好睡，热闷多汗，晨起不适。百家田田事有成，桂儿在子敬处写契去。陈心海来到，将坐船往广东。此间巴筸船可到瓦窑潭换船，九十里至郴州起坡，九十里到乐昌，雇滩泷船到韶州，换鹤头到广州，粤游何时遂乎？想阳朔、桂林一带也。买得大鳊鱼，晚同子愚酌，夜看年前瓢儿姑诗有云："百顷良田可卜居，河东幽境好摊书。"何其验之巧也，足见凡事数定。

初八日 （5月17日）晨阴。到子敬处，已愈矣。早饭后雨。因清诗稿，致课久歇，今重肆之，手生矣。黄月崖来话，晚饮黄坡处，同坐者恕堂、玉班、仲和、子愚弟也。水阁谈宴颇畅，亦小醉矣。今日人好了，夜来梦往百嘉田，一路皆蜡梅花。写扇数把。

初九日 （5月18日）阴小雨。晨看子敬尚未下床。到研生、念园处话。词事方盛，余不欲再作矣。《史晨》临毕，接临《余谷》，看《定庵词》。念生送看来酌，无它客可请，与子愚及儿孙同坐，两塾师从岳麓回，亦同坐畅话。好月色，客去不早矣。儿妇携深子李家去住。今日午后大晴，子愚说，昨在南坡处见英国书，有开气行者，其气可架空至云上，气要钱买。

初十日 （5月19日）晴热。陈三从九子岭回，知水大长，由瓦店铺坐船，直至大西门也。禄晓舫来，尚未即行。沈晓舫来，尚未即行。沈小帆回河西，不同往酃县，七十远游，本非计也。心海词佳。胡恕堂、熊雨胪同至一话。汤藻臣一话，李老四同补孝来便酌。见月。午间仲云来，瑞州贼未散。子敬来，能出门是全愈了。

十一日 （5月20日）阴雨竟日，《余谷碑》接临第二通。子敬晚来同饭，为圭塘田事。螺海邓表弟来。

十二日　　（5月21日）邓表弟来一话，付盘川可即回矣，知其家岁科俱有人进学，可喜也。竟日阴雨不住。未申间狂云猛雨骇人，屋楼多漏。钟曾往李家叩其外祖文恭公忌辰。儿妇携添孙归，初九日往娘家去的。夜酌后，填词三阕，子正矣。

十三日　　（5月22日）阴雨复厉，伯符书交仲云，晨剃发，闻大小西门俱湘水浸入。午后开晴，为心海写小横幅。子敬来早饭，已午刻矣。晡出与黄月崖一话，《余谷碑》三通竟。

十四日　　（5月23日）祖父忌辰，早晚上供。午间子敬来，小病后觉老些，可念可念。季眉来谈，邀同往远香斋画铺，《圉令赵君碑》，即小本，芑堂所赠双钩入小蓬莱阁者，拓本古得可爱，字非精品耳，向分易小屏家物也。张三、六两世叔来话。晚出研生处，遇月佳。季眉、心海同话，饮于芋园，三、五两弟偕往，并桂儿、钟孙同坐，补孝请客，仲云相陪。看月听歌，船行亦曲折入夜景，可云畅矣，散时子正了。

十五日　　（5月24日）夜来闷热，仍不得好睡，寅正醒，卯初即起。寄劳辛皆书，由研生交心海带去。午间出，晤师笙陔，问知仓颉庙系胡蔚堂捐宅所修，蔚堂晚得子，去年殀化，十六岁矣，可怜可怜。汤敏斋晤，胡恕堂晤，楼上凉，然闷甚，恐是雨候。同到古荷花池看屋，现欲添屋为我书院地，乡人谊可感，然屋子不易合式。

坐小楼上，大雨来一阵，候雨住归。熊雨胪、胡湘舲、彭子普俱未晤，小大雨相续。

十六日　（5月25日）昨夜雨大，今仍不小。早饭后出，晤唐介吾，言江西贼忽不见，骆中丞于三月十七由荆州往蜀，廿日奉旨东旋剿江西之贼。看其西偏屋少味。子敬处一话，归。《余谷》四通竟。子敬来话，晚间子愚同桂儿往饭，吃米粉肉。曾儿昨往，今回带顺姑来。枇杷渐熟，黄公入品，蕉芽先后得十支，生气不小。

十七日　（5月26日）算是晴一天，不大热。云衣来说《圉令》事，又言姓钱人由贼中回家事，十六去，今廿五岁，其母在家奉定湘王神，神示梦于城步唐叟，收救得回，事殊可谈也。出至南坡处，值其宴客，王楚田、吴子登、怡堂、赵玉班、郭意诚，网得雄鱼甚美。客去，索余书数纸。闻贼在万载，被万载、浏阳两处团民击遁，贼大股全聚安庆，日内当有大战决利钝。归复酌，又吃雄鱼更美。

《圉令》指《圉令赵君碑》。

十八日　（5月27日）未雨而阴，从今日起，官府三日祈晴禁屠。早饭后同子敬、桂儿到荷花池一看，在子敬处点心，归。马肯堂来晤，王绉秋来话。晡间罗研生、陈心海、李季眉、贺仲肃同至，留便酌看画。心海因水大溜急，尚未能开船也。课钟曾"王赫斯怒"两节，昔欲居南村，得"村"字。

十九日　　（5月28日）午前阴晴半，午后雨至夜达旦。
　　　　　早饭后到荷花池，等肯堂来，同至墙北菜园，
丈量地址，归，遂雨。临《叔节碑》。晡出，季眉看画，
昨日之约也。然不能扰矣。子敬处因翎赏上供家宴，与子
愚及儿孙俱往，苦瓜尝新，殊美。

廿日　　　（5月29日）晨，雨后渐歇。子愚同桂桂到
　　　　　小瀛洲洗府，子敬先来一话。贺县林年侄来。
颜及庭太守来谈，帖画俱有讲究。汤敏斋来，辜澄守庵来。
写大字极多，腕为之疲。及庭所藏石溪、石涛两卷子，乃
买之心泉和尚者，想我从前必看过的。

廿一日　　（5月30日）阴，时有微雨，算是半晴。子
　　　　　敬送鲜鱼来，午间复带瓠子瓜来。汪佛生送
园中枇杷，也是酸的多。郭意城来话，梅世兄受峰来到。
早饭后写大字至暮，为最多。晚子愚饮南坡处。子敬亦往，
余未去，怕热也。见探信，四眼狗由安庆逸至黄州，贼有
由黄州夜渡江破武昌县者，狼奔豕突，无人扼之，奈何！

廿二日　　（5月31日）阴，小雨不住，无大阵。子敬
　　　　　处请吴亲家母、五娣、王姨，儿妇俱去陪客，
夜始归。看《三国志旁证》殊佳，以时有论断处也。所引
潘眉，未曾闻见其何书。

廿三日　　（6月1日）细雨竟日，湘江水消而复长，
　　　　　河东西俱不得往。李家有生日，儿孙辈先后

往。子愚酌于恕堂处。"躬自厚"一节。醉乡得"安"字。

廿四日　（6月2日）雨竟日，晨接到壬戌年精经堂
　　　　　舍关聘（余改为古荷池精舍）。文式岩署抚
及司道首府，俱有名帖。不解下关何如许早也。饭后出谢
客，到小瀛洲，子敬已出。马肯堂来晤。罗研生、易念园
处久话。南坡处看大雨，意城来话，回拜颜及庭太守话。
过意城寓，仍回南坡处。王楚田来，又延余一鳌来，上年
在无锡被贼掳，顷从庐江逃出者。言及贼中情形，难以久
支，孙葵心以痢亡，龚瞎子在麻城被官兵戮毙，四十余伤，
毛、捻果合为一，然势不相洽也。晡餐不算顿，归饭免酒。
南坡得左季高、曾沅浦月初书，甚整暇，及庭处箬石兰竹
佳。

廿五日　（6月3日）阴雨竟日，时有大阵。子敬午
　　　　　间来，子愚出拜客。《余谷》六通竟。泺曾
母子从李家回，前日去的。

廿六日　（6月4日）雨竟日，偶有开意，仍不果也。
　　　　　官祈晴，禁五荤，都说是鸡鸭鱼肉蛋。午后，
子敬来嘱致陈竹伯信。晡出至恕堂楼上看水，湘江黄浊，
龙王市一带俱弥漫。回到芋园，同补梅闲游，晚归。仲云
在此，因留共酌。恕堂先送黄家男庚来。临《公方碑》，
与《孟文碑》一气。

廿七日 　（6月5日）雨竟日，荷池精舍动工，桂儿
　　　　　晨往，寂无人焉，本订辰刻不准了。午间雨
更大，子敬来，晡出，署抚文式岩方伯未晤，闻已告病，
体中不适。郑锡侯盐道、裕时卿廉访俱晤，时翁说湖北水
并不大。骆署抚今日不到，不定几时方接任，水陆两途无
定准。晨剃发。

廿八日 　（6月6日）雨竟日，钟曾二十岁生日。忆
　　　　　在南京初生时，满月后即有夷变，后继以粤
逆，转眼廿年，烽烟未息，可慨叹也。送礼及贺客纷纷，
外间方祈晴禁屠。子敬早来，三兄弟同一面。后李家女客
来，侄儿女辈来，遂竟日。老翁更静，好写字也。郑锡翁
来话，夜酌有补孝。

廿九日 　（6月7日）阴雨有晴意，钟曾出谢客。晚
　　　　　陪两先生饭，明日放学回沙平也。李芥孙从
武昌因差回，桂儿往酌。《公方》第二通起。寄胡咏芝、
恽次山、孙春皋书，从廉访官封去。恕堂来话。

初一日 （6月8日）晴矣。晨看芥孙并问乃翁屋墙压倒光景，湖北军情，照常可虑。仲云留早酌，有大鱼头。水阁东向热矣。归写大字极多。谢筱庄从武冈州回，来晤，别十八年矣。沈小帆从河西来，说田事尚不至淹坏。金竺虔晡话。昨晚受凉，今日不甚适。

初二日 （6月9日）晨阴，旋晴，闷热。候补道张嘉福来晤，颇谈蜀事，余在蜀时，渠为按经历也。子愚出，闻苗沛霖果叛。袁午桥退守徐州，淮南北益警动矣。奈何。酉刻阴甚，戌初细雨不住，渐大遂竟夜。

初三日 （6月10日）晨，犹雨，午间大晴，遂热。《公方碑》三通起。李家十郎同补孝来。晚间念、慰两侄来，子敬先来话，今日裕曾侄孙十岁生日，遣人买物下乡去。

初四日 （6月11日）晴热。上房做粽子，各家亦送礼。罗念翁乃郎萱号福宜来，所居石潭，距湘潭县七十里，一直由涟水可到省。桂儿、钟孙饭于子敬处，余同两小孙酌。

初五日　（6月12日）大晴。敬神贺节。子敬来甚早，余早饭后往子敬处即归。李家有人来贺，此外多差贺。晚酌，三翁同群稚一圆桌，研生来同坐话。署抚毛寄云同年未刻入城。

初六日　（6月13日）兴曾生日，想起在兴化落地时，忽忽六年，而伊母逝已久，可怆可怆。儿妇携孙往李家拜节，王姬、阿双俱往小瀛洲，前层上房寂寂。写大字竟日。晚与子愚及桂儿酌，妇孺晚回，韶女住三爷处。大晴热，张六爷来话。

初七日　（6月14日）五更雨。子愚起得早，同子敬往小桥，桂儿往百家田，冒雨径行。雨遂竟日。写大字多。

初八日　（6月15日）"居简而行简，无乃太简乎？"寡欲罕所阙，得"恬"字。雨得住又热矣。晚约李家昆玉、仲云、云衣、介生、君若、季秦、硕臣及补梅便酌。仲云带京邸来阅，山东青州及长清俱被捻扰，又窜及大名属县。胜帅带兵到景州、德州防堵。彭蕴莪署兵尚书，真起病矣。四月十五保合殿考试，封卷至行在，派大臣阅看。河曲捻氛，亦纷纷可虑。

初九日　（6月16日）晴，时有雨意。念侄母生阿双带祐曾去，钟钟晚去，陈姊亦带斌侄去，儿妇带泑曾往，即往李家去，夜俱回矣。子敬、子愚、桂桂俱从乡间归，水又大长，田多被淹，闻有两鬼子由湖北来，住静乐庵间壁。夜酌见月，通城初三失守，周提军带兵往堵，巴陵、平江俱警也。毛寄云署抚来话，欧阳信甫来晤，去年由苏州回。

初十日　（6月17日）大晴热，子敬晨来。写大字至多，接临《西狭颂》。丁伊辅晡话。

十一日　（6月18日）伯父忌辰，早晚供。午出回拜署抚，见咏芝、涤生近信，咏芝每日吐血百余口，可骇。温药之有害如此。篠庄、恕堂俱不遇。张积田观察处话，乃尧仙之侄也，即租南坡屋。旋晤南坡，兼晤曾老四国潢，涤生乃弟。吴子登亦在彼，水阁极热，回寓点心，晚过子敬处，邀研生、季眉、竺虔同酌，席设水边，得风有月，差解炎蒸。归，至子初方睡。

曾国潢，字澄侯，曾国藩大弟。

十二日　（6月19日）昨夜奇热难睡，今晨即热不可耐，过子敬处早饭，昨肴多余，然亦不能多吃也。归寓苦热甚。曾澄侯四兄（国潢）来，涤生之弟，共五兄弟，涤生、沅圃、季鸿俱在戎行，其三弟与李迪庵同战死。澄侯在家未出，勤肄篆书。晡出，季眉它出，客屋树阴凉适，研生处话，念园亦强出，话，归。入晚少凉，罗伯宜、李补梅同对月小酌。

曾国葆，字季洪，曾国藩四弟。

十三日　（6月20日）昨丑正奇雨可悸，今日尚阴，得凉。弟四孙泺曾周晬，一年来无毛病，去年今日尚在济南，然归计实定于今日。午刻抓周后，余出至荷花池看工，适丁果臣昨由武昌回，问知咏芝近状，吐血症复发，可闷可闷。归不大晚，酌客有硕臣、补梅，上房有女客，子敬同早面，晚未来。

周晬，指周岁。

十四日　（6月21日）夏至节，晴而凉。子敬来午饭，余已先饭矣。午间叶东翁来。清泉令刘凤仪来。张声长来，文裳之弟，问起湘潭张家事，凋零可怆。毛小峰、兰陔两塾师同到馆，晚邀仲云陪先生，谢筱庄同年适来，遂同坐。初六日蒲圻失守，北省军情更紧矣。闻咏芝渡江而南驻鄂垣，盖因病剧又贼肆也。见邸钞，陈弼夫告病，萧香泉升滇藩，毛震寿川臬，葛□生升成绵龙道。

毛震寿，号小梧，江西丰城人，工书法，宗北魏。

十五日　（6月22日）晴热，城中士民学宫议事，闻为鬼子传天主教，设法严禁也。张六爷两次来话。柳七星之孙秀来见，能读书，可佳。胞兄弟四人，尚有令伯一子。子敬拜客来此憩。夜饮冰梅酒，不佳，想到柳陶家醉酒时也。

十六日　（6月23日）大晴大热。上房邀小瀛洲各妇孺饭，因三弟一家将下乡也。清晨，余过子敬一话，未免有离合之感。过芋园，主人未起，午间写对廿付，奇热。闻金华失陷，建德又失，季高仍退至饶州，时事如此，奈何奈何。晚饭时，研生寻子愚话，子愚同桂儿、钟孙夜往子敬处。

十七日　（6月24日）寅初往子敬寓看月，久始敲门，大小次弟起，收拾吃饭等轿夫，延至卯正二刻，子敬带念、慰两儿母子行，余即归。子愚后回，早饭后复出。为陈三住荷花池，往南坡处告知。见探报，通城、通山、蒲圻、兴国、大冶俱陷于贼。咏芝前队到蕲水，武昌县贼惊惧退去。咏芝病剧，回省调理，未必向南杀贼耳。过研生处一话，回，风大，稍解炎酷。

十八日　（6月25日）"仁智至"。临冰愧游鱼，得"游"字。大晴热，上房约三娣携群孺来聚。午回，余至研孙处写字，兼与念园话，归。晡仍出，同子愚往恕堂处吃时鱼，乃赝鼎耳，谈尚畅。回家，女席未散也。先出门时，过叶东卿丈处一话。早间，何考翁来谈，可怜也。

十九日　（6月26日）晨凉出，回候八客俱未晤，归。李仲云来，又仓少平廉访来晤。早饭后，写大字，苦热，不能多也。小瀛洲各孺子恋恋难别，其实先后要下乡的，上房又前往看看。晚酌时，方次弟回。陆心农太守，午间来晤，上年七月以殿撰放废还府，腊月出都。闻粤西有梗阻，中丞已奏留暂差遣，不定能邀俞允不。

廿日　（6月27日）三娣率稚孺下乡，子愚护送去，桂儿卯正后回，总不能早也。福姨以恙未同行，且要人去相伴。今日奇热，酉刻骤雨乍凉。祖父章五公生日，早晚供。适南坡饷鲫鱼二尾，候两先生同酌，不归，仍家宴耳。

廿一日　（6月28日）昨夜凉甚。早饭后回拜仓少平，未晤，已于接任移上院也。陆心眉得晤，住等子桥新屋。到荷池久憩，将所临《伯时碑》交陈三。登小吴门城楼，晤赵玉班，过南坡，未值。芋园与西台兄话，移住巴蕉厅甚佳也。归，鼎侄从元丰坝来，久不见，念念甚。欧阳甫来话，临湘、平江城内，搬移将空，奈何！补孝晚来同饭。

廿二日　（6月29日）晴热。桂儿同鼎侄往百嘉田，余因夜泄四起，不得同往。唁文方伯丁父忧（廿午），知宾者仲云同往，即归。饭后写大字，如汗大何。午初陈三往毛家坝，酉初子愚从小桥回，联侄晚来话。

廿三日　（6月30日）联侄下乡，子愚钟曾往送，子敬全眷算俱往，然不能不怅怅，反是一别数年浑浑的。李家八小姐生日，上房往贺，钟钟作文后亦往，可谓不怕热。"务民之义至知矣"。池荷将花，得"花"字。黄南坡来话，鲍春霆得大胜仗，而咏芝到省，尚无信，不可解。子愚说，闻湖北夷人伤百姓，致动众怒，欲毁之，方伯弹压不下，转为夷困。不知确否？雨一阵，更闷闷。桂桂从百家田回，鼎侄往小桥去。

鲍超，字春霆，四川奉节（今重庆）人，晚清湘军名将。

廿四日 （7月1日）晴热。写德静挽联，方伯属仲云转索也。"治谷得名臣，福备承欢，美阴三湘瞻戴遍；论文怀旧史，心惊永诀，清尊廿载别离多。"汤勉斋来索早饭，余已吃过，子愚相陪。过李家园，久憩，回。

廿五日 （7月2日）五更雨，壬子破好难也。闻中丞奏停乡试，因湖北、江西军务皆紧也。早饭后过南坡，阅北省各信片及探，军情奋利，有聚而可歼之势。悍贼俱在武昌县，现已合围，安庆亦得手，咏芝专攻黄州，亦正办，三处着力，令贼不能相援也。过季眉看箨石画两件，石涛和尚画双兔。遇子愚来话。余冒雨先回。雨至暮转大。

钱载，字坤一，号箨石，浙江秀水（今嘉兴）人。

廿六日 （7月3日）阴雨竟日。临《公方碑》一通，静之效也。黄月崖来一话，仲云、介生先后来，子敬处有人来，乡居粗适。

廿七日 （7月4日）阴雨，有晴意。曹西垣来。晚间邀刘五峰、金竺虔同叙，说京都旧事也。汪福生、李介生俱未来。西北慧星傍北斗，芒指太微垣，可悸。鼎侄来说，元丰坝蛇常夜见，不伤人，小孩亦不怕。

廿八日 （7月5日）大晴便热，午后甚难耐。鼎侄回乡去。临《孟文碑》。小桥有人回，带信物去。

廿九日　（7月6日）晨，写字一张后，步至桂花井，

为研生作篆、隶、真、行共五纸。念园邀谈，

留早饭，遇棣楼之弟彭实夫话，已热。至荷花池，于秦君
谈工程尚早，地界颇宽。过求真书院，与丁石臣、张雪庵
同遇邹季深，季深者，叔绩之弟，讲地舆。果臣未在家。
回寓极热，想起补孝生日，书一扇为贺，兼缀小诗，儿妇
携两孙往，桂桂带钟曾，太热，恐少味也。

邹汉池，字季深，
湖南罗洪（今隆
回）人，精于天
算。

卅日　（7月7日）更热，晨过唐介吾，见直幅字画，

皆季寿丈双款，念甚。午间写联幅，无热多蚊。

常德陈大璐来见。陈三仍移住荷池，因毛家坝不得即动工
也。闻停乡试尚未出奏，或者军情大佳，尚可办。

六月

初一日　（7月8日）更热，辰正后日食，闻止四分，末巳初即复元矣。过南坡，方与客饮，真不怕热，赵玉班来同话，柳下风多，亦不解炎。北军无探信。过芋园话，略可坐，吃水饽饽，佳。回寓。西垣晡来话。

初二日　（7月9日）热。写大字。苦阴一阵，无雨。

初三日　（7月10日）"文王以民力"至"曰灵沼"。清风来故人，得"清"字。张六爷来久话。李懋斋太守逢春来晤，人亦爽快。刘五峰晡话，老病闷人。

初四日　（7月11日）晨过西垣话。午间，族弟绍现从家乡来，言灌阳、永明胜仗，剿贼三千，降贼八千，皆民团之力。江忠谊颇憎，邓光成颇勇，然亦非帅才。汤勉斋来话。马肯堂晡话，商量书院工程。

初五日　（7月12日）晨，致书中丞，为停科及粤西守委管厘局事。赵玉班来谈，仲云来谈。晚至荷花池陈三夜酌。得中丞复书并探报，希庵中丞遣兵来剿蒲圻之贼，而安庆、黄州尚无捷音，何也？

初六日　（7月13日）五娣生日，早晚有李家客。晡间子敬由乡来，邀子俊来共酌，共两席，女客一席。止席后幸不大热，早间则难过之至，不能作一字也，乡间早晚俱凉，可羡。十□说东门何家，近年未逃往乡间，故石路、环秀亭皆好，是上年回家所修也，近年秀才不断矣。贼往来数次，未到城边。

初七日　（7月14日）母亲生日，早晚上供。子敬一早往元丰坝墓庐去。早饭后，丁逊卿、果臣兄弟来，想起河西旧游也。其时逊卿为沈家塾师，常常相见。武昌、通城两城收复，想确。咏芝宫保已回鄂垣绸缪湘事。客去，余往荷花池，今日卯刻已上梁树架，与肯堂商量东院书房。又到贡院，与乌云庄话，看西云路之北，添建新号舍，昔年辛苦地。见陈榕门先生题联，云庄说至公堂区反面当是"湖湘书院"四大字，未分闱前本是书院也，此语不定确不。回寓，热。张星楼晚来话。

初八日　（7月15日）免课。出诗题五古四首。桂桂晨出谢客。余晨步至子俊弟处话。午后热甚，子敬从元丰坝回，申初复行，夜住琅陵，明日回小桥。傍晚似不甚热，东方见电。

万寿日　（7月16日）晨向阙九叩后，步访张星楼。

早饭后出，易念园、罗研孙处，见四月半至五月半京报，山东捻务次弟肃清，差慰差慰。广西开科，广东开科缓至十月，吾省乃改明年，何苦何苦。李季眉疮疾已愈，出示董册。黄月崖处，绿阴无蚊，六岁儿作五言诗，平仄不错有心思，大奇大奇，黄鹤汀处借回《赵圉令碑》，将与易家本对看，又《英光帖》两本，亦借来看。下午后热。

初十日　（7月17日）晴热。考《英光帖》，不耐烦，写字少。晡出，汪佛生处话。到胡恕堂处，与汤勉斋遍历亭台，平台高旷多风，然不能久憩也。留晚酌，酒尚佳。雷电不雨，略有飘洒，回家子初矣。薄醉，闻徽州十三日克复。

十一日　（7月18日）晨出，长沙府李茂斋未起。衡永道冯春皋昆晤话，六年道州，甚得民心也。芋园与补梅一话，归。午间热，申刻往荷花池，欲看书写字，而西厅有王朴山之弟暂寄焉。与肯堂看做屋工程，久憩归。午间曹西垣来话，绍现弟说（按绍现即子俊）今日行未果。夜，雷电欲雨，有数点不成阵，可惜田家将苦旱矣。昨误食蟮鱼片，今日腹不适。

十二日　（7月19日）内子忌日，怆怆。腹泄十余遍。辜守庞来晤。有孙第培来见，说在洪山见过，亦奇。仲云来话。

十三日　（7月20日）五弟补生日，早面晚酒，余皆不敢沾，泄次少些，或可愈矣。傍晚，奇雷快雨一阵。

十四日　　（7月21日）胡恕堂晨来，为请媒事。午间
　　　　　饷西瓜壳蒸羊肉，食之，晚大泄一次，可叹也。
裕时翁来晤，并晤子愚。晚雷雨，昨日漏伏或有据邪？

十五日　　（7月22日）好。起来早出，看杨晓山先鸿，
　　　　　海樵之子，问《易注》，云存宗涤楼处，久归。
晓山系其遗腹子，年卅八矣，想起海翁，殊难得也。

十六日　　（7月23日）昨夜泄一次，今竟日好。午出
　　　　　至研生处一话。晡，阴雨不透，疲困甚，李
仲云，□□□先后来，易少微尚有收藏可看。

十七日　　（7月24日）时阴晴，尚不大热，惜未刻酒
　　　　　雨不果。王吉甫州牧来晤，赵玉班来晤。胡
恕堂来，为明日送庚事。晚，研生、壬秋来话，月出方去。
补梅同酌，昨得寿臣五月十五书并京报，知圣躬大安，可
庆颂也。扬州大捷，郡境肃清，镇江胜仗。邓子久在曲靖
府署被盗戕，大奇怆事。见香云夫妇信，甚喜慰。

十八日　　（7月25日）"一贯"章。峨眉雪水，得"川"
　　　　　字。大晴热，赵玉班馈茶腿酒蛋，本云送园茶
耳。何苦多多，园茶并不见佳。昨寻得双窨茶，百九十七一
斤，但少花香，茶味不劣。

十九日　（7月26日）早，送男庚到李家，仲云、老七俱晤，归。饭后出，晤南坡，知义宁贼退，可慰。仲云兄弟来谢步，曹西垣来话。阴有雨意，忽数点。裕时翁饷蟹十九，木箸一副。蟹分送张三爷、六爷各四，李老五来话，带四支去。

廿日　（7月27日）早，送念生三蟹，止余四耳。晚间作羹上供，尚可吃。张六爷来话，知三爷于十六断弦。晨过荷池，所造书房，逼仄可厌，书问南坡，此事大概难做也。念生晚来话，夜雨细。

廿一日　（7月28日）阴，南坡送探信来，安庆、芜湖大胜仗，毙贼八千余，洪逆由金陵分二万援皖，德安、黄州、随州俱可望收复。杨石芳来晤，知永州一带果肃清，乃翁达夫逝后，已去年服阕，紫卿之子，尚可支持。晡，雨畅，晚又雨且雷电，然仍未得透也。今日隶课复开，热似少解。

廿二日　（7月29日）晴热，小桥有人来买菜。

廿三日　（7月30日）卯初起身，出浏阳门，至兰陵尖，尖后过庙，南转东行，过高岭寺，戚家桥，不过桥东行，总共约七十里，至小桥，已申初矣。子敬一家均自在，屋宇修洁，左右手均有环抱，屋后新辟小圃尤佳。侄儿女读书静奋，比城居为胜，止苦少友朋耳，亦苦热。子敬云，颇不想进城也。夜热，且多蚊。

廿四日　　（7月31日）甚热，寻出《石渠宝笈》廿四
　　　　　本，甚喜，吾以为失之矣，岂料子敬带出，
仍未毁于贼耶。欲往游佗庄，竟以热不果。

廿五日　　（8月1日）丑正起，寅初行。十二里方大明，
　　　　　是后便热，到家未初矣。走五个整时辰也，
腹又泻，至暮共九次。邓小耘来，所刻《双梧山馆文集》
六本，难为了，好在质实畅达不做作。周寿山侄婿之续配
熊氏，荷亭兄之女也，来拜见，遂留晚饭，恋恋甚，然适
增吾怆耳。

廿六日　　（8月2日）西台二亲家生日，家中妇孺俱
　　　　　往祝。子愚吃面初回，余因腹恙未往。昨与
恕堂同送戏不收，以三人同庚也。余晨出吊张三婶，回，
与罗念生话，并晤易念园而归。竟日大风，奇热。三更时，
西长街起火，不久熄，闻在路边井一带。

廿七日　　（8月3日）晴热。写扇二诗为西台寿，为
　　　　　近日希事，昨夜并不好睡也。金竹虔来话，
阴一阵。

廿八日　　（8月4日）"公明贾对曰"一节。晨出南门，
　　　　　看文方伯，谈，正派难得，惜其将去也。过
洪恩寺，毁得可惨，中栋为余柱瓦耳。城南书院山长周韩
城又不在家，即归，热蒸难过。

廿九日 （8月5日）晨出，拜客七，俱未晤，多是未起也。梅生夫人生日，妇孺儿孙，俱有往者，又是一天耍子。曹西垣来话。竟日阴，有雨意，仍一滴不落，奈何。

初一日 （8月6日）晨出，金竹虔处道喜。李仲云处少坐，水阁有清气，归热。陈雪庐来晤，不见多年，尚有书味。世镕由安庆来，家在五十里外乡间。帅小舟宗楫来，仙舟丈之三子，流落可念。自课傻瓜，先生昨日回乡去。

陈岵，字元山，号雪庐，浙江杭县（今杭州）人，善填词。

初二日 （8月7日）晨出，晤南坡、荷汀久话，知各处夷船俱遁，是真？或者本国有变？竹虔来，尚未奉加运同衔，知谭静寄来前做神令同游三元洞者。黄晓岱来，新从乡间至。

初三日 （8月8日）课"孙叔敖"三字。邓小耘来别。余中暑不适，服六一散阴阳水冲两次，得解，先不汗，夜睡，透汗。

初四日 （8月9日）早陈葵心来，乃郎拔贡也。午间易佩绅从龙阳来，将招勇入蜀，人果有用，似无偏见而肯任事者。同府四拔贡，有贺运隆，吾州人，鼎荣，字蓉初，四川开州（今重庆）人。

同来见略谈。竟日少精神。晚出看季眉恙，尚未全愈。研生生日，茗话，乃欲我赠诗。

初五日 （8月10日）晨得诗赠之。汪佛生来。午间，余如新拔生来，鄂蓉初堂弟，出杨性农书，此弟四次，余尚未复，厚愧厚愧。

初六日 （8月11日）晨出，回拜雪庐、笏山。上小乌门，晤赵玉班，甫销病假，见中丞批驳团练禀，有"决不可行"之语，可诧可诧。见昨晚探报，伪忠王从瑞州欲伺湖南，亦殊可虑。回家，子愚处孟姨生日道喜。午间奇热，又出，过恕堂吃水果，闲谈，园池酷热，不如归。

初七日 （8月12日）早，恕堂来话，周韩城来话，研孙和诗至，陈少海来话。恕堂在南坡处来邀往小酌，有雪炉、小耘共话，携兰花一盆回，主人不知也。到家，则仲云适送兰花来，可谓巧矣。夜间，上房供牛女，余早睡了。

初八日 （8月13日）"可与立，未可与权。"晨出拜数客，未一晤，归。奇热，酉刻风雨略见，亦扫炎氛也。昨日夜初起例的，李芥生来同晚酌。

初九日 （8月14日）陈葵心晨话，曹西垣话，李仲云话。儿妇回家去，七日老七生女也，陈三钩

《圉令碑》完，前所借易小坪收得小松藏本，已取去，尚有辛楣先生本，今归荷汀者在此。风雨一小阵，比昨日早些。

钱大昕，号辛楣。

初十日　（8月15日）迎家神，早晚供。奇热。赵玉班来话，曾沅圃廿五来信说，廿二日有安庆贼谋投诚内应，谋泄不果，仅率百余人逃，降献出头目，数人正法也，算小胜。罗研荪来晚酌。风雨少凉，夜雨稍大。

十一日　（8月16日）陈少海来别，不日即回去。广东门人李毓瑛进京过此，来见。少海说，接蜀友信，说圣驾有太原驻跸之信。表里山河，如可迁都，乃奥区也，但要卑宫菲食耳。有云阴，隐雷一阵。

卑宫菲食，指宫室简陋，饮食菲薄，古时常用以称美朝廷节俭之德。

十二日　（8月17日）晨，至荷花池一看，归饭。李季泰来谢，送三朝礼。今日更热，桂儿、韶女、钟孙俱不甚适，皆受暑耳。晡，出至研荪处，兼与念园话。又到芋园坐，研荪亦至。索仲云备酒，并邀西台来酌。有雷一阵，无风无雨，月色赤热。亥刻始散，竟不得凉。归，仍吃西瓜方睡。子敬处有人来买物，明日回去。

十三日　（8月18日）晨，过丁伊辅前辈话。前日中丞请过河来，问书院生贴字照墙求开科者是何人？谓是刁风不可长，"刁风"二字，如何安法？且字上有姓名，的不可解也。而五月廿九停科之折，至今未回头。后六月初五日驿递件，已于七月初五回来矣。周梧冈候镇（凤山）来话，短小精悍。吾州出勇二万余，惟伊官至候补总兵，吉安一败，褫职归。前年在州带勇歼贼，未录功，此番官中堂饬令回州募勇也。钟钟写包，人已愈。未出题，检点书厅，合阴取凉，比敞晒为佳也。

十四日　　（8月19日）仲云晨来晤。申正上祭化包，酉初方毕事。傍晚雷雨，夜亦雨，惜不大耳。

十五日　　（8月20日）寅初多起。往南坡处，水槛苕爽。与子襄话，子愚亦来，南坡出话。点心后，同子襄出大门，上长龙船，看水操。中丞来，卯正后矣。舢板船五十余支，每支十五六人；每一阵放炮一次，尚生疏，不见迅疾。少味，巳初后方散。主人刘子梅副将国斌招抚，送点心三次，可谓烦文。回家极热，不如河面有风也。陈世兄来见，岱云乃郎，前曾见于少平木关署，今乃梟署书启。奇热，至暮稍解。刘昌黎来说，乃叔病重。

十六日　　（8月21日）丑正起，寅正看韶女、钟孙，往元丰坝去，二娣十九日六十寿也。渌曾竟夜哭炒，想是惊着了，起来仍尚好的。午后李雨门来。南昌对河卅里贼至，黼堂来书，尚安然如常。晚饭时丁果臣、王纫秋、罗研荪同来话。念园、研荪皆和我初五日诗。蘖庵诗是伪托无疑。

十七日　　（8月22日）晨剃发。仲云来话。午初出，晤刘午峰，未即死，病当可愈，见我大哭，为一叹慰。仓少平廉访处话，郑锡侯盐道处话。裕时翁处未晬，今日销假上院矣。稍阴凉，有雨意。

十八日 （8 月 23 日）阴而热。锡侯、少平俱来晬。黄月岩来，为写志铭事。未刻，出看李季眉，尚未全收口。看《伯时前后碑》。到桂花井与念园、研荪谈《金石篇》，尚未和我也。贺仲肃未在家，黄南坡处，又值请客，饮数钟遂退，坐桥上取凉。薄暮归，承馈双鱼，子愚制之，甚佳，惜饱甚，不能多啖。裕时斋饷苹果九枚，茶叶两匣。夜雷雨，闻瑞州贼退往南昌去。

十九日 （8 月 24 日）雨后凉，题《圉令碑》，得三篇，兴勃勃为近日所少，凉意可宝也。曹西垣、金竹虔来，相与久话。钟钟午后回。

廿日 （8 月 25 日）桂儿四十一岁生日，令换冠服，新由通判捐双月郎中，才用七百余金，李仲云黼堂帮的。聊复尔尔，亦乐得做。书房面，先后两席，上房三席。午后，仲云送戏，演普庆班。申正开场，子正止，皆昆曲，虽不精，亦自雅正。余先睡，以热不得眠。联侄由元丰坝来，亦入席。有衡山拔贡何燮来晬。晚客李仲云、云衣、季秦、芥孙、补梅、黄觐臣、毛先、素峰。今日晴而尚凉，夜大热。

廿一日 （8 月 26 日）胡恕堂早来，竟日热。桂儿出谢客。子愚往西台处，道得孙女之喜，十九辰时，慰情良胜，吾西翁尚未得孙也。芥孙出，夜同联侄夏献云，字裔臣，号芝岑，江西新建（今南昌）人。

酌。午间，夏世兄献云来晤，小军机，丁忧。

廿二日　（8月27日）联侄一早回小桥去，乡居难见面，殊怅怅也。恽次山观察来晤，安得省中有此明快人，庶官绅通气乎。奇热，后阴，小雨不解暑。

廿三日　（8月28日）晨出至芋园，与仲云话，遇长沙事，李秀才一话。步往芋香山馆，到蕉厅听婴啼声，即西台孙女也。到研孙处话，旋晤念园。归，饭后极热。至暮，研孙同仲肃来话。

廿四日　（8月29日）夜少凉，晨仍热。早出拜恽次山、豫时卿，时翁足恙甫愈也。回，饭后，仲云来，约客。午间陈葵心来话，此次拔贡会考，通省分名次，可见学使用心。姚世兄开布来晤，伯昂先生胞侄，候补县。晡时，大雷雨一阵后，得凉。

廿五日　（8月30日）仍晴热，闷甚，时亦阴。夜，仲云处陪恽次山，子愚同去，共四人。凉院不见凉。

廿六日　（8月31日）晨出。晤罗研荪。回候数客，南坡处话。至恕堂处，登楼眺望。早饭许久始出，酒甚佳，惜晨热，不能多饮。回家，裕曾生日，李家做洗儿酒，上房出贺，夜始归也。

廿七日　（9月1日）阴。研荪来谈久而且畅，论古
　　　　　韵入声止一部，大有理。但谓一部，尚不如
不分部之妥也。如水之海为尾闾，音之穷则为入，因沈分
四声，以此为入，亦甚妙也。共早饭，胡恕堂来话。午间，
客有彭器之，毛绍瑸赠湘妃竹、水晶石，皆九嶷山中物，
其家在州南桃花井，距九嶷卅里。山极幽深，舜陵无人见
过，太深险，无人迹也。周莲丞广文来。晚赴黄月崖请。
今日闻莲丞说，族弟绍彩克复黄州。午后细雨至夜，仍未
解暑氛也。

南梁时的沈约著
有《四声谱》，
指出汉字四声和
双声叠韵的特
点。

廿八日　（9月2日）陈三到毛家坝，看工程局势，
　　　　　知河西尚忙收获，无闲人也。午出，回拜江
渭耕观察忠义，珉樵族弟，由文童带勇立功，升至记名道，
左目受炮伤，足受杆子伤，身躯亦瘦小。赵玉班处话，知
江右贼全过章江，扰抚、建一带，或浙或闽，吾省暂安枕
矣。陶少云来话，晚约恽次山便饭，彭器之、周莲丞、李
仲云、子愚俱同坐。晴热竟日。

彭汝琮，字器之，
曾任四川候补
道，倡议兴办上
海机器织布局。

廿九日　（9月3日）戚少云同年太守来，知恽次山
　　　　　署藩司，可谓天从人愿，奇快无比。仲云来话，
胡恕堂早来。晡，过研荪，并与念园谈。归，作书寄胡咏
芝、杨性农，胡信送少云处。罗小苏来晤。

卅日　　（9月4日）晨出，次山处道喜，遇仓少平
　　　　　廉访同一话。回拜戚同年话。过陈雪庐，携
其诗稿回，自是才人也。归，饭后，曹西垣来久话，奇热，

有哭而已。次山送团练告示看，应酬文字，不过为前番斥驳团批转脸耳。

初一日 （9月5日）卯初起，甫黎明也。卯初二刻，乃出小西门至大西门码头，无渡船，雇舣子过河。水漾进，尚不好走，望城铺、长善庵俱小憩，又途间大树下歇。巳初二刻，到毛家坝坟屋，已热矣。仍住前次房间，墓前叩告。因看林屋，晚看两边竹木，即饭于田畔，得凉。

初二日 （9月6日）卯初三刻，叩山神动土，仍到墓叩告，并看杏侄墓回。西北行，约有三里，到沈小帆兄家，即留早饭。乃郎善臣侄孙，塾师龚君同坐，酒两杯。天大热，回庄已午初。晡间，小翁同令侄孙来纸墨索书，为挥两幅，留晚便饭，颇畅谈也。今日风大解热，先腹泻，午后止。

初三日 （9月7日）寅正起，将卯初行，过河风大可悸，到家巳初矣。有风，不甚热。申初仲云来，持示抚署接奉吏部七月十九日咨称蓝印，十六日行，朱笔宣：长子已立为皇太子。着派载垣、端华、肃顺、穆荫、匡源、杜翰、焦祐瀛尽心辅弼，赞襄一切政务。特谕。惊痛伏泣。前闻圣躬痊愈，岂料有此变邪？辅政者无亲王、宰执，何也？罗研孙晚来话，丁伊辅来话。

初四日 （9月8日）早，哀号成服。早饭后，周厚庵军门在宽来晤，由岳州回，议裁遣无用兵勇也。出到南坡处，知当道现着命不挂珠服信，哀诏到日成服，齐集左右，俱不足于理，且自听它耳。昨日吏部文到，另有知照，准赞襄政务王大臣咨称，嗣后各督抚、学政、将军等，拜发折报，另备印文开明折件若干，封片单若干件，封交捷奏处，以便王大臣查核，再本王大臣拟旨缮递复请皇太后、皇上给用图章发下，上系"御赏"二字，下系"同道堂"三字，以为符信。昨夜雨，今日凉，仍雨。陈雪庐、曹西垣、方臻大来晤。

方臻大，字养心，安徽定远人，以候补官吏至长沙。

初五日 （9月9日）雨时止时作，大凉，天气斗变，炎氛扫尽，盖新天子之福耶。午间写对子五十付，刘功杰来晤，盛堂同年之子，苦甚苦甚。周莲丞、陈葵心来话。过仲云处话。与西台看吐绶焉，园景秋深矣。

初六日 （9月10日）阴凉。写对子卅五付，客至搁笔。张星楼、彭子蕃先话。赵年侄瀚来见（宁乡人，辰州局务）。胡庶堂来久坐，候南坡来共酌，谈捐事颇龃龉。开恕堂所赠酒，佳。李仲云来晤。

初七日 （9月11日）晨出。文石岩方伯来晤，明日下船矣。哭刘五峰，尚未成服，逝四日矣，可诧也。午后，阴雨竟日，恽次山来话，赵玉班同晤，出拜数客。

初八日　（9月12日）仍开课，"爱之能勿劳乎"两句。仍开隶课，搁两月矣。酷暑之为害如此。写大字条幅。出，晤彭子蕃、胡恕堂，子蕃言乡居之适。恕堂北上，劝其速行。丁果臣弟兄话，雨意促归。夜雨。

初九日　（9月13日）阴雨。写条幅多。晡时，仲云送信来，定于十一日迎诏成服，官在贡院，绅在报慈寺，侨寓者在浙绍馆。易世兄仲咸来晤（屏山师之孙也），仙舫信来，嘱为吾师家传。闻知仙翁在家健适，但露老益聋，今年七十七矣。善化拔贡潘宗寿来（垣兄之婿也）。陈三运木瓦灰，为雨阻而回。

潘宗寿，字辅臣，湖南善化（今长沙）人，工书法。

初十日　（9月14日）阴雨，时有晴意。仲云来同早饭。谭静庵来，尚欲往川候令去。姚世兄恩布来话。恕堂来话，北上事有阻梗矣。夜雨不小。

十一日　（9月15日）雨住。卯初黎明起，往詹王宫候齐集。先九叩首，伏听宣。新君嗣位谕旨后，举哀，哀止又九叩首，礼毕。大行事乃七月十七寅时，立皇太子则十六日子时也。绅士到廿四人，本说在报慈寺，改刘猛将军庙，又改詹王宫两处，俱无空也。散后，到家辰初矣。恕堂来一话去。临《余谷碑》。申初一刻，又到詹王宫齐集哭临，到者十四人，子愚俱同去。未刻先到易念园、李仲云两处查《会典》，皆不全。馔品之设，要非《会典》所有，人臣所不敢也。相沿之误，与南坡、仲云商节之。闻骆吁翁升川督，文□□升江西臬。夜晴有月。

十二日 （9月16日）仍阴雨，卯正后，催齐集。昨本定辰集，而同人早来也。九叩举哀。散时到家方辰初耳。日未出而雨止，陈三为灰瓦事去料理，不知能运到不。昨日中丞行文与恕堂，索捐万金，蛮勒可骇。写大字极多。申正齐集，又略迟。闻安庆初一日克复，军务殆将肃清矣，大慰大慰。竟日未雨，晚晴。夜，月色好。

十三日 （9月17日）齐集，甫辰初，更早矣。余旬甫来谈诗宣，未免浮气。申初即往候齐集，申正方行礼。长沙县令来招呼。晚，研生、仲肃来同酌，有月。彭于蕃信来，约明日之游。

十四日 （9月18日）卯初行，出东茅巷浏阳门，至东市港，打尖后，过班竹塘，乃萧家屋场，竹子盛极，可羡也。未初，到大禾冲彭家屋，山势环抱，水多树古。与施叔卿话，惜屋向西，当移向南方好。于蕃酉初始来，晚同酌后，步至塘边看月，极为闲妙。

十五日 （9月19日）磨墨索书来不及，早饭后已巳正矣。向东北行，过渡头市河。过贯冲，树木大好，未正后到小桥，子敬一家都好，入秋已复山光水色，更淡远矣。惜夜阴无月，本忘为中秋也，侄儿女辈夜仍拜月，供果点。

十六日 （9 月 20 日）早饭，换乡夫行，有雨。约将三十里，至老河坡，遇吴子备于杂货铺，云："何不游九溪洞中？"遂属铺中觅山夫，到子备处饭，山夫雇不出，且看马家园，云庄长郎小庄之别业，有泉林之胜。其长工欣然为雇山夫，久候始齐，乃同子备东行将二十里，一路水声雨声，山路坡陀，尚不甚险，景渐幽奇，到九溪洞口，乃众溪合为一，由西北口入，穿洞从东北口出，洞中约二里，有数转，水声隆隆，需燃烛，可深入，余以得大概遂止，仍沿旧路归。过刚沙岭，出平大王岭，斗且长，到吴家已大昏黑，燃灯行将里余方到。治具小酌，候月不出，方寝。

十七日 （9 月 21 日）早饭后与子备别，亲家母意甚殷勤，山居数月颇适，亦苦岑寂耳。涧泉冲在大王岭下，本为欲往，看见乌冲一路，山不开秀，遂不复看。直到小桥憩，与弟侄嬉半日，山坡塘侧踏遍了。夜畅酌，适有人送野鸡来，塘鱼现罾得，芋头现掘出，鲜美异常。久坐，仍无月。

十八日 （9 月 22 日）寅初起，寅正行十余里，方天明也。榔梨尖，刘家铺四名夫换班，行甚速，到家未未初也。刘文庵来晤。吾乡廖纯斋明经从家乡来，问悉历年情事，可悲可慰。闻安庆克复后，初三遂克桐城，事机甚顺。

十九日　（9月23日）伯母忌日，早晚供。午间出看黄南坡，病已愈，未尽痊。恽次山来同话，言狗逆屯蕲水，欲直犯武昌，鄂垣颇警戒，来索饷，需火药甚迫。胡润芝病亦剧，闻之闷闷。过罗小苏话，华东卿丈处话，李仲云处话，余处俱未得晤。晚约廖纯斋、贺紫澜、余我如便酌，五弟、桂儿同坐。

廿日　（9月24日）写条幅竟日，惟曹西垣、周莲丞来话，耽阁一会。李季眉来话。

廿一日　（9月25日）晨出小西门，卯正一刻起身，由望城坡尖，到毛家坝，与陈三斟酌屋工，约半时一刻，即行，回家申初矣。回来过河有风，闻说广东考官，昨日往宁乡，今日未必能到省。陈二醉闹。

廿二日　（9月26日）因监工人少，向仲云处借刘七来，同陈二往乡。临《公方碑》有得。晡过研孙话。昨到刘家看画，可羡。都中传信，一切平静，总理丧仪，派留京王大臣，夷人亦成服举哀，皇太后垂帘听政。

廿三日　（9月27日）隶课后写大字极多，臂为之痛，将来能保不左手书乎？时有阴雨。

廿四日　（9月28日）收拾门窗，得向南小窗，殊佳。竟日无一客，仅有之事。大晴。

余泽春，字我如，浙江遂安（今淳安）人。

廿五日 （9月29日）父亲生日，早晚供。甫见冬笋一斤百廿八文，尚迟味也。子愚往九子山墓庐去。晚约罗研生、李芥孙及两塾师同便饭。晴热，复将秋燥耶。

廿六日 （9月30日）晴热，写大字多。

廿七日 （10月1日）晨出，回拜王人树，昨已行矣。回候余旬甫，前日送来诗话片，非不用心人，苦务外也。仲云处话，看补孝文字归。午后曾澄侯四兄来，言涤生信来，安庆、桐城克复后，连复宿松、广济、黄梅，止黄州未即复，亦当在即矣。可喜慰也。鼎侄携捷曾从元丰坝来。

廿八日 （10月2日）昨夜雨，惜未酣透，城中苦干，井水、池水俱竭。晨出，晤研生，回拜澄侯，兼晤南坡，又知庐州克复，庐州可得手矣，其破竹之势乎？回来同仲云早饭，来寻子愚看脉也。阴，小雨。桂、鼎上街去，冬笋八十文一斤。子敬人来买物。晡闻毛寄云实授湖南巡抚，华日新升□藩，蒋益澧升粤西臬，七月廿二日部文。

华日新，字修德，江西铅山人，曾任江苏布政使。

廿九日 （10月3日）早，鼎侄携儿往小桥去，可念可念。小雨旋止，余身子不甚适。晡出至季眉处一话。刘春溪、罗小苏先后来，新署道州赖古愚史直来拜，正经官也，可慰可慰。汤敏斋来谈。补孝来同钟曾作课，"修身则道立"。翰墨小神仙，得"仙"字。

初一日　（10月4日）半阴晴，服元参麦冬汤去湿热，黄同云亦劝多吃，黎明头目眩晕也。春溪又来话。

初二日　（10月5日）晴热，又有伏意，午出贺中丞实授，回拜赖父台未晤，裕时卿处话，卸藩后，侨居草潮门内，北臬有阎丹初奉旨署理，又不能即往也。西长街观音寺刘春溪处话，署藩恽次山处久话，兼晤姚彦士，同吃点心。归，甚热。

初三日　（10月6日）"尊贤则不惑。"满城风雨近重阳，得"租"字。昨大热，今遂大阴且风。姚彦士来谈，说昨夜官制军来文，黄州于廿二日克复，仲云来诊脉。

初四日　（10月7日）制蓝布衫，一日就矣。汪佛生来谈，湘乡刘氏兄弟来话（霞仙弟兄也）。今日人又困，胡恕堂来说，有消息。

初五日　　（10月8日）伯父光禄公生日，早晚供。今
　　　　　日适，早饭后出，晤陈雪炉，谈经义殊快。
郭筠仙、丁果臣处话，又过东边，兼与石臣话。胡咏芝竟
于廿六日亥时作古，不胜骇叹，直为温补药所误，鄂省失
此人，官民兵心将何所系乎？过研生不晤，与念园一话，
归。子敬信来，知鼎侄说杨梅段田有成矣。吴子备来城晤。
研生夜来，邀小峰围酌。风大冷至，客去后得五古一篇。
折差回，见京报，一切安静。陈子鹤命至行在，恭邸闻有
密旨至行在，以明年为祺祥元年。钦天监奏，八月朔日月
合璧，四星聚张。

初六日　　（10月9日）阴雨不大。仲云来话。谢子愚
　　　　　一品锅。晓岱来，将北上矣。得性农书，有
见怀和陶韵。

初七日　　（10月10日）季眉五十七岁生日，作诗柬之。
　　　　　过研孙一话。恽次山来话，见孙辈李家去。

初八日　　（10月11日）卯正天明后行，出小西门，
　　　　　河好过，巳正后，到毛家坝，看工程。午初
二刻回，过河有风，申初二刻到寓，晚饮季眉处，子愚、
研生同坐。今日脱白换元青，明日换季。

初九日　　（10月12日）阴，旋晴。孙辈随母拜二舅
　　　　　娘生日，王姬亦往。余往马王庙同研生话。
广厚和[尚]所葺幽室，曲折有致，梧竹亦清。久话，仍

过念园一话，归。子愚定计挈眷入都，都中未了事颇多，恐不得即归也。候补通判汤君健中来晤，言有南京买卖人于七月十六逃出，洪逆伪天王于七月初已伏冥诛，伪忠王、世王争位斗争，贼多遁出，城门大开；有典花丞相住妙相庵，管理花事，各园亭不糟踏，督署为天王宫，柱壁皆金饰，各伪府俱坚丽非常也。

初十日　（10月13日）龙一来，因初八日瓦未到也，遣问荷花池毛一，则云瓦无处得，须十七出窑，十八可到山，止得依之。午间，出过南坡话，过藩署，恽次山未回，仲云处久坐，仍得晤次翁，话，归。晡又出寻研生，讲子平，先与念园谈，研孙同星楼看地回，一话，归。舒家火烧大厅。

十一日　（10月14日）蔡家有人看百家田去，小桥、元丰坝俱寄信去，鼎侄买杨梅洲田有成也。研孙示二律，九日马王庙，十日看山，即和其韵。黄南坡来晤。

十二日　（10月15日）金竹虔、张星楼先后来话，研孙晚来话。临《公方碑》第十六通，夜竟。

十三日　（10月16日）《红叶赋》，念园见钟曾和我"井"字韵诗，又惠和一篇夸贺，愧愧。胡恕堂从乡间回，余我如带乃胞侄清源来见，新得优贡，与乃叔为同年矣，亦佳话也。出门拜两客回。张伯鸿同来一话。子愚看船未就，旋往元丰坝去。午太暖，夜阴，望雨不得，奈何！

十四日　（10 月 17 日）晴，更热矣。临《公方碑》十七通竟。张三六丈来，赵玉班来。彭于蕃来，知为劝捐事，将田屋全卖，可怜！徐芸渠来，别多年矣！有老态。周药舲之子宝典来，现馆藩署课读，想起乃翁憨状也。子愚申刻回。

望日　（10 月 18 日）早出拜季眉夫人四十岁。看舒叔和被火，客厅书塾俱烬，余无恙。余氏叔侄一话，汤曙村话，归，早饭。午间，写大字。胡恕堂来。郑春农同年本玉来，在此四五年，署益阳回，当是好官也。龙老三湛霖来，将会试去。问知桡农亲家老境好。欧阳材生来，知葛藕生丁母忧，其太夫人九十二岁，四月到夔州府，六月去世，尚得奉养两月，可谓有福。子敬弟从乡间来，夜，弟兄同酌，为希有事，适鼎侄亦从元丰坝来也。

龙湛霖，字芝生，湖南攸县人。

十六日　（10 月 19 日）鼎侄一早从元往小桥去看杨梅段也。子敬出拜客。彭器之来，携乃翁于蕃信，为刘豫生之女，说蔡家姻事。舒仲和来，邵右清世兄承湜（丹溪师之子）署沅江回省。黄子冶世镕世兄来，问知冯鲁川尚未出都。辜铠来。《公方》十八通竟。研荪晚来同酌，研孙将入忠义录局，廿六日开局于又一村，从此桂花并吟事将歇矣。日间，乃郎伯宜来。

十七日 （10月20日）子敬往毛家坝谒墓，兼看长虹冲田也。早饭后，至马王庙，为研孙桥梓作书，广厚上人备馅面，久谈乃散。晚，胡恕堂邀同子愚看菊，酒极佳，同坐有黄月崖、陈花农，颇酪酊矣。园景清旷，池苦渴。

十八日 （10月21日）"子张问行"章。昨归，偶想起此是子张为远行来求夫子教训，"书绅"盖即行也，参前倚衡，虑其才高志广，以为平平无奇，而忘忽之耳。为钟孙谈及，故令作文。唐艺农、斐泉兄弟，李季眉处，道添第三孙之喜，皆晤。徐云渠晤吉祥巷老屋，记初见云渠时，伊年才十四岁，堂室宛然，怅慰兼之，时两代科第，尚未发动也。子敬由河西回，仲云送菜，圆桌一话。刘春溪晡话，恽次翁来久话，将上灯去。

十九日 （10月22日）祖母郑太夫人冥寿，早晚供。午出，回拜客，晤黄海华、刘企南，企南者，霁南之子，余忘却乃翁久作大人也。刘家杰从武昌回，带回我所寄咏芝信，怆怆。补梅夜来同饭，子愚处陈姨生日（是昨日），唐艺农来话。

廿日 （10月23日）招云侄女生日，子愚船看定，议价。龙老三来。李西台一话。易世兄仲咸来问家传，记得记得。郭筠仙来，请子愚看脉。晡，过研孙话。

廿一日 （10月24日）子敬回乡去，亦恋恋。丁伊辅、胡恕堂、金竹虔，皆为子敬来者。余辞退精经书院关聘。研孙晚来话。

廿二日　（10 月 25 日）连日晴，苦热，无秋意，欧阳信甫、汤敏、王壬秋先后来，壬秋从江西回，言浙路未通，雪轩过钱塘江救绍兴，浙事甚不佳也。庆源、庆淙两侄从家乡来，带有十二叔信。余旬甫来谈，少昧之妄人耳。鼎侄来住。

廿三日　（10 月 26 日）子愚发行李，午初作别上船，未即能开行也。姚彦士、唐斐泉、李仲云、芥孙先后晤。郑锡侯观察、恽次山署藩久话，为余辞书院事，要斡旋，不知我之难处耳。儿孙辈多上船，忙个不了，余晨看两侄。

廿四日　（10 月 27 日）早到船，后过南坡，看所致曾帅信，言疏通淮盐以济军，自是良法，然余意湘勇远攻江浙，怕难恃，孰无乡土之思？且父子兄弟难于更替，得饷银难于寄家，若江北有健者，募勇渡江，岂不得力耶？龙汝翼来晤，湘乡解元，极言刘子迎好官难得。晚，恽次翁、钱子愚于仲云处，余同彦士俱同坐，菊有千盆，大观也。子愚头炮别去，留城乃可出，两族侄来便饭，联侄来。

廿五日　（10 月 28 日）晨，致恽方伯书，仍为书院事。子愚上坡了余件，未申间始去，儿孙孺妇辈

刘达善，字子迎，号龙椒散人，顺天大兴县（今北京大兴）人，曾任湘乡知县。

分日上船去闲话，今晚都回，鼎、联两侄亦回矣。和研孙"台"字韵七言律得十首，夜薄醉后又得六首。

廿六日 （10 月 29 日）晨阴，到船与子愚一话，说如不开行，仍上坡也。午初字来，说已开行，黯然凄泪，老兄弟何堪远别耶！鼎、联于申刻俱回元丰坝去。王吉士父台来说，折差前日已回说，新君已奉梓宫回京。今廿六日升殿，果尔，真普天大庆也！李仲云来说，无此信，亦无折差回。雨夜大，诗共得廿首。

廿七日 （10 月 30 日）雨，未刻，子愚又上坡，昨风大，对河住，今仍回泊柴马头也。余到船，与弟妇、侄儿女辈一话。入城，过次山话，过研孙话。雨入夜更大，写翼堂十二叔对联并家信，家中人总以宦归为多金，不知拙人之窘也。回家，子愚早上船去，研生说，闻龙山失守，或不确。得雨，五古。

廿八日 （10 月 31 日）早，着人到江边，说子愚开船行久矣。怅怅然。有雨无风，自得安行也。两侄回州去。晚邀姚彦士、吴子登、黄月崖、徐云渠、罗研生酌，适李季眉馈蟹，郭筠仙上席后辞，黄晓岱下乡不至。夜雨甚大，年侄万星榆政襄来晤。

廿九日 （11 月 1 日）阴，时有雨。午间，刘子迎司马来晤达善，与子容、子豫为从堂兄弟，家风宛然，又能吏也。从湘乡署事回，所作游丝四律，颇牢骚，殊不必。胡恕堂来话，夜酌时，黄月崖赠诗，灯下和之，得五首。夜有小雨。子迎得衢州信，说常玉山路通富阳，石门有贼，杭州危急，苏州有克复之信。

卅日 （11月2日）阴雨竟日，写大字多，客有孙宗锡芝房乃郎，已知向学，然可怜悯。问起刍论之刻，涤生序谬，可叹可叹！川中人门人敖喆贤见。晚，芋园看菊，仲云请偕花农、研生、月崖、西台、季眉，两老菊盛开。雨未住，归时戌正后。子敬有信来，陈三从九子山巢付信来，甚烦恼，其心境益不开也。

初一日　　（11月3日）阴雨且大，毛中丞晨来话，坚
　　　　　　约主古荷池精舍。知樊城捻子，被勇击退，
并未入土城，龙山两胜仗，败贼遁去，骆帅绵州大胜是真，
豫事不甚佳也。余我如来话，黄南坡晡至。夜雨，书屋漏。
晡过研生、念园话，夜和念园四律。

初二日　　（11月4日）李家魏太姨四十生日，妇孺偕
　　　　　　往，兼看菊也。雨尚不甚大，黎月乔次郎福
保来见，念乃翁，怆怆。

初三日　　（11月5日）想起古人竹简得书之难，诵《诗
　　　　　　三百》为得全，周、鲁或有之，然一诗即得
一诗之用，观赋诗及引诗者可知。令钟曾作"子曰诵诗"
一章。文公饮孙，得"孙"字。蒲萄名也。雨未甚住。李
家老十生日，桂桂携祐曾去。

初四日　　（11月6日）晴，旋雨，大雨是第九日了。
　　　　　　午间欲出，而恽方伯来，久话去，余仍出，

回拜中丞，冒雨归。写大字一阵。伯母冥寿，早晚供。晚
约赵玉班、欧阳信甫、李季眉、罗研生、唐艺农、张老六
便酌。

初五日　（11月7日）酉时立冬，大晴可喜。写大字
　　　　多。晚饮仲云处，客有陈雪庐、汤敏斋、斐斋、
胡恕堂、黄南坡，席间见月，菊花开透矣！折差带来京报，
并寿臣、鹤庄信，董侍御元醇竹坡奏请垂帘听政，添派亲
王襄政。有旨驳，然亦壮言官之气也！江味根放黔抚。

江忠义，字味根，
湖南新宁人，江
忠源堂弟。

初六日　（11月8日）晴且暖。早饭后出，至恕堂处
　　　　话，彭于蕃未来城。归收拾书厅，添后一层
为画舫。陈松心之子英墀从浏阳教官来，夜阴，题黄月崖
《秋山补读》，回得七古一篇。

初七日　（11月9日）雨又来，竟日不住。彭器之来，
　　　　出乃翁于蕃诗，即和之，七古十六韵，补叙
九溪洞之游也。晚，恕堂处菊饮，姚彦士来别，旋同席。
小醉后，写大字一阵，来去俱冒雨。

初八日　（11月10日）晨过南坡话，知无为州于前
　　　　月廿日克复，夏口夷船，于十六全遁去，是
真的。园池雨景殊佳。午又出拜数客，上海由薛抚派一滕
副将来湘募勇万二千，访之不值。至何太翁处，知根云无
信来，然颇可悉上海消息也。夜陪先生，而先生不回，与
芥孙酌，先生藩署本定初九上学，今改十六。郑春农来说

滕嗣林，清军副
将，湖南麻阳人。

有《易经浅说》，送阅。有张清鉴来拜，说是星白之叔问起《文贞日记》，说抄有十六本，在广东寓所。

初九日　（11月11日）写大字多。黄晓岱来辞行，刘春溪来话，出至研生处一话。

初十日　（11月12日）雨大竟日。黄觐臣、余我如俱晤，李仲云来，知今日公请裕时卿廉访，余遂于午正后到南坡处，尚无一人先到者，直候至酉初后上席，亥初散，菜香斋菜太不佳。一客十三主人，惟丁伊辅未到，而夹入李茂斋、胡听泉两地方官，无味无味。

十一日　（11月13日）不甚适，不见客，不出门。恕堂处担菊来。

十二日　（11月14日）同人适矣，且养静一日何如？陈三从九子山巢有信来。天有晴意，雨已住点。

十三日　（11月15日）卯正一刻行，辰正一刻，望城坡尖后行，巳正二刻到毛家坝，看□堂回，至庄屋，工程有八分了，与陈三商量门，止须天晴常□□也。回来过河，亦平静无风，水大，闻永州冬笋船于昨日到两只，回家申正，果然笋价落至四十，前日尚百文一斤也。少憩，复出回拜五人，归，补梅在此做课，张六爷昨日来，绍魁昨日来，从绍彩处回，回道州去。恕堂和谢菊诗七古。整晴一日，夜月。

十四日　　（11月16日）复阴，午间出回候客，晤江
又涛，乃岷樵胞弟，谈及怆怆，味根其出服弟。
晤研生、月崖，归。晡又出晤悻次山话。过仲云，菊更盛
矣！闻根云奉帮办军务恩旨，可喜可喜。

十五日　　（11月17日）细雨时落，然有晴意。午间，
出贺何太翁，见根云九月十九日来信，于
十六日奉旨，现在办理抚事，借其暗中维持，着即赶紧妥
办也，不及罪名事，或可邀恩矣。胡恕堂处话，悻时翁处
止好差送，明日开船也。晚同小峰、兰陔两塾师酌，何翁
旋来谢步。

十六日　　（11月18日）卯正一刻行，朗梨尖，申正
到小桥，夜月大佳，晴得可爱，足补中秋之缺。
韶女、钟孙同往。

十七日　　（11月19日）子敬六十一岁生日，偕老，
可庆也。早面晚酒，甚欢。稚等上山游耍两次，
山中兰欲开，掘得三窠来。鼎侄从元风坝来，早面未毕也。

十八日　　（11月20日）卯正十分行，甫黎明耳，十
里长子桥，十里高岭寺，十里易家段，十里
朗黎，尖后到罗裕升栈，壁间书联，廿年前笔矣。觅人东
北行，约五里，至宋家大屋，少味得狠，憩一茶，西行五

里至前塘，过张公岭，过怀夕渡，入浏阳门，到家申正二刻后。朱眉君从广东回，过此宿，并同兰陔酌。兰陔十六日上学，接小峰之席，小峰荐至恽次山处课读，十六日上学去。夜得子愚初十日武昌书，初九到武昌，甚慰。施堂紧急，未失守也。酒后看眉君近诗，愈奇丽。

十九日 （11月21日）晨阴，旋晴。早饭后，桂儿同眉君芊园看菊。余出过南坡，兼晤荷汀，知李希庵调鄂抚，彭雪琴擢皖抚，吾省二督四抚，盛哉！滕副将已募得勇四千，于廿一日东行，何其速也。鼎侄、韶女、钟孙从小桥回。晚饭后，鼎侄与眉君酌话，五鼓后方歇，眉君被酒矣。胡恕堂来话。

廿日 （11月22日）早饭后同梅眉君出，到陈雪庐处，遇邓守之游荷花池。小憩，至胡恕堂处，索饮，半饮间，叶东翁来同话，聋老殊甚，不似前月之健，酒佳肴旨，小醉矣。写大字一阵，方别。回家，补饭一碗耳。黄荷汀来晤，罗研生来话，鼎侄回元丰坝去。

廿一日 （11月23日）早，眉君赴恕堂之约，游岳麓去，余未暇往。午间出，候张石卿制军，四年之别，憔悴可念，现奉旨痊后入京，不往滇矣。粤西正考官洪调律一晤，郑锡侯处话，归。杨世兄江、陈姻兄玄恩来晤。杨子春从石卿由鹤峰州来此也，候选道矣。何镜海应祺来谈，生长粤西，略谈彼间事，亦知朱伯韩尚在浙也。晚又出，黄家贺三朝，绂卿之孙也。仲云处看菊，盛极，回，做《白菊诗》五首。

廿二日　（11 月 24 日）早，出小西门，寻邓守之，
　　　　　　船泊在柴马头之南，颇费力。小舟尾一话，
付我默深诗一卷，朱眉君船同靠，眉君未回也。归，饭后
收拾书籍，将东间打通。张辅垣丈、黄荷汀、丁石臣先后
来，张石卿来谈，宁乡陶家内侄二人来，眉君来别。晚，
毛小峰来，知藩署之馆相安，邀兰陔同酌。

廿三日　（11 月 25 日）"子贡问曰"至"未可也"。
　　　　　　午间李季眉、金竹虔共话颇久。郑春农来话，
将其所著《易注》带去。郑锡侯来话，梅根来晚酌，适陈
姻兄送道州冬笋，又公鸡二只，亦州产，乡人情意可感。

廿四日　（11 月 26 日）外间俱道抚谕剃发，未满百
　　　　　　日也，不可解。早饭后，出候客，郑春农处
得晤彭于蕃。到又一村，晤吴南屏，晤王吉士司马，陈立
恩言赖古愚州尊到任之好，悬锣于大堂，讼愆者不必写呈，
真快人也。写大字多，南屏名敏树，巴陵学者，壬辰科。

廿五日　（11 月 27 日）晨过刘子迎话，携《恽子居
　　　　　　札记》一本归。李受堂杜、吴南屏、胡恕堂
来话，恕堂诗兴勃发，廿三日从岳麓回。余夜作诗，叩其
有诗否。黄训埴来晤，绂卿第三郎也。写大字在东屋。

廿六日　（11 月 28 日）晨过芋园看石，奇诡百出，

果大观，菊半过矣，大雾，不见水树。仲云出话，归。饭后，清出字画，四壁秀色，顿还泺社旧景。午间出，贺仲肃不遇，至研孙处，写大字一阵，与念园略话，归。恽次山送宁乡鸭十只。

廿七日 （11月29日）晨剃发，白者五茎耳。柳舜臣、贺仲肃来话，舒仲和来话。雨不小，遂至夜，连日午暖，宜有此。回拜尹湜轩继美不晤，因雨即回。

廿八日 （11月30日）晴得好，晨出拜曾沅圃于曾子庙，说在南坡处，寻至南坡家则未来，旋相遇于前厅。问知涤生近状，惟因安庆、无为克服，而曾沅圃、杨厚庵、张恺章三帅，同时告假回家，大不可解。据云兵勇分守，收复各城，尚须另募六千勇，方能前剿，奈何！晚约李仲云、芥孙、黄子厚、觐臣、补梅同酌，因芥孙初一赴鄂也，兰陔同坐。日内清出字画，悬挂曲尺屋中，极幽致。午间，戚少云、王吉士、刘子迎、梁质夫先后来，质夫太翁从山东回，谈春间东昌汶上兵事。

廿九日 （12月1日）晴冷，看湜轩所著《诗管见》，谓三百篇皆入乐，风、雅、颂特乐章部分之名，音节各异，无正变之说，即有正变，亦是各国俱有正变，大小雅俱有正变，非关时代，直是以乐证诗，可谓名论不磨。早饭后，湜轩来晤，永新口语，不尽懂，然谈亦畅矣，欧阳信甫来话。

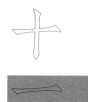

初一日 （12月2日）卯初起，卯正行，出北门两次过小河，到元丰坝庄屋，巳矣。二嫂以下均适，惟屋潮且暗，令人意不适，住久已相安也。午初饭，三刻行，到家申初。大风寒，衣薄，感冒矣，夜不适。黄月崖索作留菊诗，灯下草得二首。

初二日 （12月3日）起稍迟，骨疼也。午间出，晤彭于蕃、胡恕堂、张石卿。石翁赠大理石屏二方，烟云诡异可喜。晚出，研孙不值，芋园酌，仲云请，陈海阳、熊雨胪、季眉同坐，余未能畅饮。归，怯寒，服神曲，早睡。祖母郑太夫人忌日。

初三日 （12月4日）"我善养吾浩然之气。"尹湜轩来别。常世兄豫来晤，言及乃翁文节公恤典，乃兄尚未见恤典也。晚约雨胪、海阳、季眉、恕堂、张定庵酌，定庵者，第蓉之子，恕堂乃不速之客。

初四日 （12月5日）写大字多。学使胡筱泉来晤，

常豫，字仪安，湖南衡阳人。其父常大淳，号南陔，官至湖北巡抚，太平军破武昌，殉难，谥"文节"。

知白兰崖学使尚无消息，殊不可解。张六叔来，三叔又同师笙陔来。刘子迎同赵慧甫来，略谈律吕，子迎谓浦田人祝凤喈桐君传此绝学，京房后一人也。晚饮胡恕堂处，酒极佳。晨和月崖留菊二律。

初五日　（12月6日）晨过季眉，看王而农先生书扇，为思宜作三绝句，书意古拙可爱。又过研孙一话，归。早饭后剃发，午间，罗研孙、吴南屏来，久话，吃挂面去。晚赴月崖席。

初六日　（12月7日）晨暖，午后寒。清书，欲先送下乡也，黄世兄教容来晤，知乃叔海华太守常德查事未归。晡出，回拜胡学使，遇毛寄云中丞来谈山东事，济南四乡被扰，未至城厢，遁至章邱，为民团所歼，大快大快。并无返者，东关外马家庄被焚，贺恩即其村人，遂悲切欲回东去。

初七日　（12月8日）清书。张润晨从家乡来，十余年之别，已候选道运司衔，皆带团战守功也。午间出，拜中丞未晤，旋晤恽方伯，辞却荷池精舍之席，因外间议论纷纷也。晚赴唐艺农席，看酒均不适口，饮糟烧数小杯而罢，同坐雨庐、恕堂、仲云。夜雨不小。

初八日　（12月9日）装书于箱。李家嫁女于向家，今日过礼，儿妇携三小孙去，阴雨竟日。熊秋白来晤，说有折差回，都事更新矣。鼎侄同吴子备晚至，子备将奉母移与鼎鼎同居也。

初九日 （12月10日）晨出，易念园娶妇道喜，研
生亦都未起，看东茅巷屋归，同鼎侄早酌。
清零本书，竟日颇烦疲。仲云送京报来看，圣驾于九月廿
九日回京，恭亲王作为议政王，沈兆霖、桂良、曹毓瑛入
军机；载垣、端华、肃顺，俱拿问治罪，以其跋扈不臣也；
杜翰、穆荫、蕉祐瀛、匡源，均退出军机，以其附和也。
自夷人窥至都门，淀园被毁，先帝壮年，皆端、肃之罪案，
此举大快人心，国家之庆，中兴有象矣。现命廷臣详议垂
帘事宜。黄南坡、胡恕堂来话，恕堂奉到批不入京，何苦
具折耶？

初十日 （12月11日）晨阴，仍清书。早饭后出候客，
得晤张润农及何太翁，余未晤。周凤山来话，
奉官督札回乡募勇，而毛中丞不之许也。早间毛云岩来。

十一日 （12月12日）卯正二刻行，过江两次俱平静，
有风不觉，巳初到山巢。陈三未免爱体面，
且费亦不支矣，然已无可如何，白粉院墙，起轿棚，做大
甬路，皆无味无用，余尚妥固，上房院已种柚树，带果不
定能活成不？晡过沈小帆，留饭，菜园饶广茂大，倚山傍
塘，得此佳囿，住此六十余年，有此成就，然留宿恐不便，
仍回山巢住。夜雨。

十二日 （12月13日）竟夜雨，晨住。一饭即行，

泥泞甚。到望城坡后，遇兵勇络绎西行，说有千余人，颇觉诧异，疑常、宝有警。过江风大可悸，午正到家。晡，又出候余蓉初亲家，昨日到来，大慰大慰。据云初四在常德上船，闻江味根兵勇溃于会同，不知确否？与李仲云说，似无甚警，书问恽次翁，无回信。熊雨胪明日回乡去。

十三日 （12月14日）"吾与点也。"阴雨。早饭后，过南坡，告以辞荷池书院之意，借来百金。余蓉初来拜，张润农来，久话，左景乔来，黎简堂庶常培敬来，谭静亭来，将往武冈厘局去。方伯回信说，西路无虞，然云江味根住沅州，不防其东来，而防其西窜，无乃懦而败乎。仲云来同早酌。

十四日 （12月15日）恕堂送到□金，旋来晤话。上房忙起来。龙一来。陈三愆甚，因帐难结也。工程事，总宜五日十日一结帐，若敞着手去浩大，费收拾矣。鼎侄信来，子敬晡至，比前壮健，可喜。

十五日 （12月16日）着翟明同龙一下乡去。仲云来，族弟绍现从湖北回，余老十祚基来见，张六爷家树来，为重刻《陶园集》事，殊可不必。晚，张石卿请便饭，客有汤敏斋、周蓉帆、胡恕堂，席间，出示白乌，从滇带来，乃瑞物也。夜归，雨大，补吃酒点，与子敬同话，子敬吃□□□亦未饱也。

十六日 （12月17日）雨大且寒，闻年号改"同治"，以登极年岁，与世祖同也。周蓉帆太常来晤，老籍祁阳，明季迁贵州，科名仕宦不绝，而老家乡不发，往往如此。出晤罗研生，兼与念园一话，赵玉班它出，与其友文君话，知西路贼势颇可虞，江军不得力，赵席兵军辰州，戒严。左景乔两相遇于途。

十七日　（12月18日）为钟曾行聘，并过礼于余家，大冰请唐艺农、陈子初。子初者，竹伯堂侄，同蓉初来省。午时，写庚过礼去，申初方回，两拜匣，六捧盒，八抬盒，两冰人夜来酌，陪客李季秦，上房有李家两姑侄，子敬不肯陪客，与孙辈酌。雨未绝而尚不甚大，赵玉班来谈，知初七八九，黔阳一带俱胜仗，贼可无虑矣。仲云在此半日，因家有客未晚饭。

十八日　（12月19日）余蓉初亲家同陈子初来谢，桂儿出谢冰人去。毛寄云中丞来，意尚欲吾勉就精经之席，不知吾意决辞也。昨夜雨大且雪，今日奇冷似北方，子敬早回乡去，正大冷时候。

十九日　（12月20日）早，题"桂井寻秋图"五隶字，并得七律一首。冷比昨稍和。易世兄仲咸来别，明日回黔阳去。仲云来话。雨雪未已，夜分见月，复阴。

廿日　（12月21日）早，复严仙舫书，交易世兄去。早饭后出，回拜周蓉舫太常，住陶少云屋，少云回安化不来矣。蓉帆处有《古今绝妙议论》十余本抄本，略一看，忘为何人所辑。至黄南坡处，加布政司衔，道喜，值其请客，遂入坐，看酒佳，颇畅。客有张润农、张小石、舒仲和、江幼陶、张老六（小石之弟）、石卿兄两郎也，谈五禽法，有豪气。园景寒寂，雪意尚浓，回家已暮。得念园、研生和"逋"字韵诗，辄答三首。

廿一日　（12月22日）冬至大晴，可庆也。早饭后出，余蓉初处话，至胡恕堂处，值其太夫人寿辰，拜寿留面，两人同酌，有张润农、罗研生、徐虞臣后来共坐，面后散步登平台。余先归，被风不甚适，饮五时茶，佳。夜同补梅酌。方伯处送到同治元年《时宪书》四本。

廿二日　（12月23日）晴。早饭后出，唐艺农未晤，黄月崖、李季眉俱晤，胡恕堂来谢，一话，周梧冈夜来。

周广鸣，字梧冈，
湖南湘潭人。

廿三日　（12月24日）写大字多。复阴雨。昨晤左景乔，为欲与研孙、月崖议姻，无如月崖不肯也。绍现来，仍为梧冈事，余意不至刻薄至此。蓉初来话。

廿四日　（12月25日）阴晴半，写苍颉庙联云："上古结绳，惟轩辕史官察见蹄远克继庖牺而圣；新祠释奠，望湖湘群彦诹稽钟鼎勤研浇长之书。"匾云"四目灵光"，用熹平《苍颉庙碑》语也。常仪庵来话别，余我如来，张六爷来说，闻子愚已回。研生来久话，同夜酌

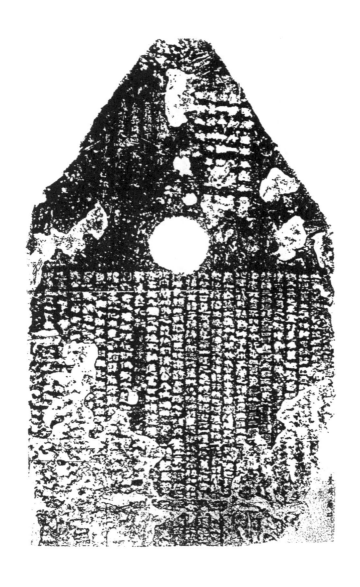

《仓颉庙碑》撰书人不详，西安碑林博物馆藏

方去。

廿五日 （12月26日）阴，不雨，余家午时送奁，
余陪两冰人及仲云小酌，奁有鱼缸，北方风
气，长沙无之，而常德乃有。鼎侄从北乡来，夜方酌，得
子愚初十日襄阳来信，北路前未通，现已通行。闻肃顺弃
市，载垣、端华赐自尽，天津夷船遁去，果如此，真中兴
矣！夜作一字寄子敬知悉。

廿六日 （12月27日）晨过恽方伯久话，留面，出，
子愚寄伊书，北省学政，已到襄南，省学使
亦不远矣。西路军务未得手，贼踞浦市，离辰州近，幸汪
守尚不忙乱，龙山王敬一招降朱凤贼，湖北则一意用剿，
此股或将平耶？蓉初、我如来，知余老十已回，恐常德警
也。陈谷堂来话，一别廿四年，老矣，说我尚如昔。候选
知府，因卡务解钱来省，剃发。

廿七日 （12月28日）晨，回候谷堂，与润农同店，
润农留早饭，酒肴俱好，为小醉也，劝作粤
西游，正合吾意。回过研生，一话，归，何镜海、陈俊臣、
常仪庵同来话，李季眉、金竹虔同来话。彭于蕃来说，明
日回乡去。鼎侄去，联侄来，新房铺设渐忙，送礼者纷至。
润农、俊臣、仪庵俱为办团修寨来省，中丞俱不谓然，天
有权人无劳也，可叹可叹。今日有晴时。

廿八日 （12月29日）阴不雨，葛子澧及葛启林先

何应祺，字镜海，
湖南善化（今长
沙）人，工诗能
文。

后来，知藕生尚滞夔算交代，太夫人柩已回，可慰。二娣从乡携裕曾、凯姑、捷曾来。新房安床。晚为长曾、钟曾设席，行伴郎礼。胡恕堂来话，吴子备来，钞得新旨，整顿严肃，乾纲大振，惟经筵日讲，不知如何办法。午后雨，夜雪。

廿九日

（12月30日）阴，幸不雨。辰正带钟曾拜祖，命行发轿行亲迎礼，巳正后方回。余自拜喜神，长沙风气，说喜神不得入大门也。上房行礼毕后，行庙见礼，分大小，亲族俱集，宴内外高亲。余自邀各老友宴于厅，恕堂、南坡俱先贺去，张石卿少坐即行，正经吃酒客八人耳。它客饮于西书房，则儿侄相陪也。得七律一首，赐钟曾，项联云："湘上更添归隐乐，钟山回忆抱孙年。"孙生于南京钓鱼台寓。上房仍有暖房宴。一日内外安静，不吵闹，可喜。余早睡。

（按，此篇日记写得最得意，字亦婉丽，余尤爱其语序得有味，使他人为之，不有骄矜，便有俗气。）

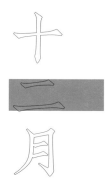

十
二
月

初一日 （12月31日）阴，两会女亲，余出谢客。

至念园处，闻念园新娶妇于昨夜病殁，可谓奇惨。一路行至胡恕堂处，与饶海珊三人，同吃素酒饭，打醮，全家吃斋也。过张石卿处，遇看相人，数语而别。回家，女客才上席，余与桂儿、联侄、钟孙酌于厅，亦畅。寄子愚一绒，明日尚有折差。

初二日 （1862年1月1日）晴，见日，会舅亲。

余出谢客，晤张润农，仓廉访少平言，汴梁以南，现在清静。夜客止两席，余畅饮行令，客亦雅兴，有醉者，数年无此佳致矣。蓉初亲家，已辞半席来，归计或可少缓。钟钟携新妇回门，归，将上灯矣。

初三日 （1月2日）晨出，看易念园，与罗研生同话。

念老尚吟诗，算想得开，甚无奈何也。归，早饭后出。出谢客，辜守庵处小坐耳。黄荷汀从乡来，陈俊卿来别。周凤冈来，前事已解。黄子冶来，知海华已由水路回，常德防堵之事札未接着，西事闻不大要紧，然越看轻越可虑。二娣回元丰坝，六侄回小桥，颇难为别。吴子备亦回去，邓家老表行。

初四日　　（1月3日）写《赵君碑》诗于荷汀轴上，字多，不得完。金竹虔、余我如、罗伯宜先后来话。晚约客黄荷汀、张润农、罗研生酌。酒间，李仲云送京报来，陈子鹤革讯查抄，黄寿丞褫职，皆肃党也。李文园、王雁汀、刘□岩俱内召。梅谷、沈朗亭出陕西郡，闻亦为肃事。朝廷清明，大好大好。寿丞亲家何苦，根云由江督派员押解，以招抚无成效也。胜客斋请垂帘并亲王辅政折，可谓大言炎炎矣。

初五日　　（1月4日）母亲忌辰儿生日，怆极怆极。竟日未见客，写昨轴毕。命桂儿往元丰坝谒墓去。昨日书箱下乡，夜雨达旦，想小车费事也，今日却又半阴晴。

初六日　　（1月5日）时阴时晴，北风大。余蓉初下船，早来别，留小酌。闻常德迁移者，俱言贼走乾州一路去，非黔即川耳，余出谢数客。归，写大字多，舒宅喜对，苏桥前辈长孙兰生完姻也。"画眉家有蓬山笔，咏絮春生凤沼波。"次句以郭意城之女也。桂桂从元丰坝回，小寒。

初七日　　（1月6日）桂儿到河边，蓉初因风大未开船也。月崖、恕堂先后来，万年侄政襄来晤。

鼎侄初六丑时得女，为取名瑞云。上房往李家去，明日嫁八小姐于向家也。宋念禄来晤，署醴陵典史回。

初八日　（1月7日）冷甚。午间出，唐家、李家贺嫁女，舒家贺娶妇，南坡处一话，归。汪佛生来晤，李茂斋太守来贺。孙辈仍往李家送八姨，晚饭后回。腊八粥尚可。

初九日　（1月8日）奇冷，盆中添炭矣。柳舜臣来长，父台（明）从吾州回，来晤罗研生、胡恕堂同话，吃汤饺子。今日舒家请酒，余未去。午出谢茂斋，步润农处一谈。

初十日　（1月9日）早，作字问次山方伯假贷。午间润农来话，定于新正往粤西，不入都矣。饶海山同令弟来（琪琳），乃弟有诗见赠。何太翁来话，知初七日新移府园后。今日甚冷，夜成诗赠张润农。

十一日　（1月10日）早饭后，少出即回。儿妇携孙妇谢客五处。研孙来谈，仍劝我就精经讲席，真不厌烦也。

十二日　（1月11日）晨，写大字多。有晴意。午间出，彭锡之补岳州守，道喜，未晤。张润农来晤。何成老未晤，与乃孙一话，新居尚适，价亦不贵。欧阳展青（骏）来送宁远板鸭，夜送酒佳。

十三日　　（1月12日）雨，微雪。"敬事而信。"相
　　　　　戒以养，得"陔"字。展青来晤，约桂儿同
北上也。雪风大冷，儿妇仍携孙妇谢客。夜，饭于芋园。
盐道郑锡侯来谈，订城南书院之局，下午送关聘来。

十四日　　（1月13日）阴，细雨，寒气比昨减些。午
　　　　　后润农来别，即上船去。仲云来言辰沅军事，
散漫可虑。润芝逝后，满地散钱矣，止靠天了。

十五日　　（1月14日）早，中丞来话。阴，细雨。午
　　　　　饭后黄正斋太守来，铜仁府告老养，由辰州
回，言陆子奇观察好官被劾。晡出，至研生、念园处一话。

十六日　　（1月15日）早饭后，出贺金竹虔嫁女，又
　　　　　一村晤丁果臣话。胡恕堂处坐禅未出，可笑
之至。盐道郑锡侯处、恽方伯处俱晤话，中丞处谢步。晚，
同小峰、兰陔两塾师酌。桂桂往毛家坝去，兼往石龙冲。
奉答沈小帆十二绝句，交桂桂带去。

十七日　　（1月16日）有晴意，仍不果。午出，回拜
　　　　　黄正斋，到南坡处话。先是赵玉班来话，西
路军情，仿佛闻来凤贼出至永定界，可虑之至，益与桑植、
澧州通路也。

十八日　　（1月17日）"叶公问孔子于子路"一章。
　　　　　景星庆云，得"祥"字。丁果臣来晤，将回

西乡去。张子衡来，斗峰丈之子。饶君送诗片，欧阳展青来晤。桂儿收拾行李，有行意。

十九日　（1月18日）金竹虔话，吴子备来晤。作书寄唐荫云、叶仲然、周笠西，交桂儿带去。桂饮李家，归同酌。

廿日　（1月19日）送行客早，桂桂午刻方下船，余亦到船，鼎侄恰好赶来，不知其即行也，同钟曾往船上。余敬候张鹤帆来一晤，久候不至，乃其仆来说，在大西门上船，难伺候的。钟钟回说，未初开行矣，雨不大。

廿一日　（1月20日）余出谢客，晤唐艺农及乃婿谭茂才，回拜德衡斋未晤。芋园看腊梅，大胜。张子衡处话，中丞处话。回拜阳、向两姻兄，俱未得晤。归，黎世兄来，□□□第三郎也。补作寿坡诗，要念园、研生和。

廿二日　（1月21日）写大字一阵，冷得少味。研生晡来话，属题衡山《赤壁图》，并所书前、后赋，陈恪勤公书唐诗卷子。

前、后赋指苏轼的《前赤壁赋》《后赤壁赋》。

廿三日　（1月22日）五鼓起，卯初二刻行，卯正方出城，浏阳门迟开也，朗梨尖，申初后到小桥，弟姪等均佳，适宵酌，小醉。今日天晴矣，夜祀灶。

廿四日 （1月23日）早饭后，往东南过田心桥、盐水桥、五美云山庙，小步涧过河，即兰陵河上流也。又五里到铁炉冲屋，狭山亦无味，主人卢三相公家，已移去，难起火，烧草煮水，泡带来饭吃一碗即行。到小桥，已申正，来回六十余里，亦因风雨大冷。夜酌，仍嫌多了，子敬新作小楼，佳。今日过小年，念老五也。

廿五日 （1月24日）黎明即行，一路向西，北风，雨不甚大，然亦冷矣。蓝林尖后，陶真人庙一看，西晋竹林，萧梁茅港，不知何神仙也。到家将申正，尖时吃硬饭，晨吃馊饭，晚吃茅芋头，腹中不甚适。又出晤丁伊辅，明日接诏，伊畏风不去也，问辜晋升借朝帽。

廿六日 （1月25日）巳初饭后，出浏阳门，北转，至教场坪，府县已到，同话于官厅，以后司道来，两学政来，中丞最迟来，方遣员往北门外请星使，中丞邀一话，旋于帐房内跪接，诏使骑马，手捧黄卷袱，一人控马，官绅先入城，至皇亭恭候，诏使转由南门入，又跪接恭奉，行九叩首礼后，跪听宣读后，又九叩首，礼成。宣读时闻，恩诏中叙及七月十七事，曷胜悲怆，不入北门，而入南门，岂非谬乎？城不跪接，官十四人，绅止余一人，宣读处添四教官及张石卿、汤敏斋、胡恕堂三君耳，拥挤之至，余几为闲人挤出，可叹可叹。善化学广文、欧阳星若炳文来晤，明年城南监院也，辛卯同年。

廿七日 （1月26日）昨夜雪，今竟日。晨，回拜白兰言学使，十月初三出都，昨二十四日方到，其仆赵姓于吕堰北遇常太押车，是子愚已由河南北上。桂儿二十三日卯刻尚在湘阴，有信到小桥人带回信。

廿八日 （1月27日）雪大，午出贺李西台移新屋一话，步至芊园看雪，信为奇观。到胡恕堂处酌话，过张石卿话。归，雪大且滑，舆夫难走，李季眉来一话。

廿九日 （1月28日）雪大，李老四生日，儿妇回去，钟钟去吃寿桃，晡间，写对子一阵，手墨俱有冻意。

除夕 （1月29日）昨夜雪仍大，今早住，果如人意也，令聚雪为山，仆辈各处送礼，不得成。夜，团年饭，圆桌，老小十一人，惟都信、荆州信未到，小桥元丰坝亦因雪阻，无人来，算是五处过年，为怅怅耳。钟钟先在李家吃中饭回，老翁不解年味，与绒墨作伴耳。白学使来久话，为朋友未得也。

同治元年

元旦　　壬戌元旦壬寅甲申日（1 月 30 日）晨起，向
　　　　阙九叩首后，家堂拜年，稚辈各贺年，酒面
颇适。出拜年，李家进屋，南坡处看池水，此外俱未下舆。
三夫抬轿，路雪厚难行也。回家，点心后，又出一阵，回
吃元旦酒。晴得好。

初二日　　（1 月 31 日）拜年二十余，并昨六十余耳。
　　　　阴寒甚，雪山小成，亦有致。

初三日　　（2 月 1 日）忌辰未出，门口仍有贺客也，
　　　　仲云处送信来。十八日，廷寄，沈葆桢升江
西抚，李桓升江西藩，幼丹告终养，此番恐不能不出，黼
堂升藩兼署抚。皆由道员超擢，真破格用人也。闻上海失
守，或不可确。作书贺黼堂。

初四日　　（2 月 2 日）早饭后出，李家贺喜。仍补拜年，
　　　　愈补愈来，许多不识面者。恕堂处少憩，邀
同看西头屋子，无味之至，路滑且冷。夜作书寄小桥，又

复余蓉初书，冷极不可耐。

初五日　（2月3日）小晴。奇冷又胜昨日，可怪也。西台处一贺，看园景归。西台适在此，一话去。晡，有龙灯来。

初六日　（2月4日）辰初初刻十三分立春，京师则一刻十三分也。默斋公生日。大晴且转暖，合之冬至、元旦之晴，可为三瑞矣。晨到小西门看定小巴竿船往永州去，十八千文，一切在内。仲云来话，知黄晓岱半路归，龙皞臣撤曲沃任。晡时，白学使来久话，借蜀奏底及稿簿各一本去。

人日　（2月5日）忌辰。阴晴相半。季眉、艺农来话，出送胡小泉学使行，一话，恽次山方伯处久话。归遂昏黑，雪融路烂，难走。鼎侄来。

谷日　（2月6日）王姨生日，念其从前善事两亲，不胜悽怆。仲云来共面，午出，回拜长沙学黎、杨两君，回候数客。黄月崖、李季眉、易念园俱晤话，路滑泆坠舆数次。晚，上房共两桌。早间肴佳，溜菘肝卷尤佳，陈三手也。

初九日　（2月7日）早起，收拾行李，昨日全清，辰刻下船。扁衣箱、书箱、拜匣、枕匣各一，小书包二，酒甋等琐琐甚。辰正早饭，巳初行。到船二刻开，大晴，南风幸不甚大，尚可撑篙曳纤，带仆翟明打杂。叶大检书，知《辛亥回州日记》忘却，着叶大回家去取，同一水手去，时已申正后，赶不到矣，乐得住着，泊清龙港。

初十日　（2月8日）移船泊包爷庙，上坡，步至庙中一揖，甚新整，旁有万寿宫竹园。庙中僧名绍基，可叹也。有熊雨胪、周韩城字。午初二刻叶大取日记回，得钟曾信，兼得郑小山书，又孙石来书。石来得拔贡，而邹岱东仅得优贡，吴学书止补廪耳，泺社三英小山也算优。小山卸事后暂住钱香士因寄湖庄，说清妙非凡。接余泺源讲席者为傅秋坪中丞，余所种高竹，被人删尽。今日北风，船行忽东忽西，似顺不顺。申正到湘潭，榜人要买物，遂不复行。夜月。昨日批《班书》，临《公方碑》，今日未临帖，止能看书耳。

十一日　（2月9日）早，开船，所过湘乡河口，所谓涟水也。古山洲少憩，夜泊朱洲，约行七八十里，舟人未曾歇，篙纤接连。

十二日　（2月10日）早行，所过小麦塘、大赤尾，水面宽，有石岩。过渌口，至三门滩泊，有庙有街。今日不过六十里。泊后，起大风。渌口进去到醴陵、萍乡，有宜春县船从此去。

十三日　（2月11日）晨过昭陵滩，无所谓滩，石林葱蔚。一路过龙泉港，朱亭司，至汪洲泊。

向西行处多，西北风不得顺也。连日晴，今更暖。

十四日 （2月12日）早，风不顺。巳午后向南行，风顺利可喜，此番第一日也。过黄石畔，由渐见南岳，到衡山县，申初后矣。过雷家寺，有小船来查厘金者。始将初十日湘潭所写家信，嘱其交陈鹄堂寄省去。夜泊迟，盖戌正矣，风月佳，鸦里栈泊。

上元日 （2月13日）五鼓即行，过大铺，少憩。七里滩有小滩，想到七里泷，不知是何景象也。樟木寺小泊，晚泊白马，料尚早，上坡看狮子，乃一四方纱灯为狮，首后二人，支布随行，止是费鞭炮耳。问衡州府，尚有二十里，坡上唱花鼓戏，皆土话，听得"如切如磋"两句，可笑。

十六日 （2月14日）晨作家书。巳正后到衡山府，上坡，进铁炉门，即黄道门，向西往南即正街，又向西，到府学。晤王芷庭，一别廿三年矣，精采如昔，须发白了，剃头于菜园中。往拜冯春皋观察，得十二日省寓书，中有桂儿初二日岳州书，甚慰甚慰。闻劳辛陔入都，广督放耆九峰，在省时未闻也。回芷庭处，观察来回拜，将家书面交与芷庭处。晡酌，两郎同坐，酒可看朴，未毕出城到船，此间城关得早也，补饭一碗。大月。

耆龄，字九峰，满洲正黄旗人。

十七日 （2月15日）着人到芷庭处取酒，芷庭旋来船同酌话，开船至东洲卡而别。冯观察亦送酒及糟鱼，今晨邀饭，余不能领也。整天曳纤，夜泊茶港，约得六十里耳。阴复开，月上迟。

十八日 （2月16日）竟日阴，有冷意。上半日北风大顺，后路绕不好走，所过香炉山，崇洲松柏，惟大鱼湾大回湾也。夜泊聊港，走有八十里。无月，后半夜晴。

十九日 （2月17日）阴晴无定。过八方鲤鱼湾，常宁河口，颇热闹。然口内水小解船挤，又过梁泉步教化渡，夜泊何洲，买肉。两日俱上灯后方泊，水浅滩多，舟人却赶路。

廿日 （2月18日）晴，过伍家围大铺，复有滩相连数里，费力，想是九九滩也，而舟人不知。过让山塘萝卜洲，买萝卜，过归阳，买菜，小泊唐家祠下，仍行五里，至龙家铺泊，夜矣。

廿一日 （2月19日）昨丑刻，有人来要船，说是周勇也。天明后，又来两次，入舱理论看视而去。盖因所雇船人太挤，到处掳船送往前途也。午间，遇周梧冈副将，过来一话，知所募勇，共三千三百名也，此是头起一千七百名也。告以早间闹船事，因将其船尾永保营五色小旗，移插我船，并托带省上去，问知家乡无事，甚慰。夜至白水河口泊，不知此小河往何处去，舂陵在吾州，故祁阳有白水。雨水节乍暖，脱却皮袍，夜不好睡。

廿二日 （2月20日）路曲滩多，观音滩尤宽漫难过。过滩便住，滩声如沸。夜更不好睡，却遇顺风。

廿三日 （2月21日）晨行四五里，由北而西。遂抵祁阳驿马门，步上坡，拜县令于桐轩，丹徒秀才，从翁中丞军营得官，款洽出于意外。移行李上坡，住客厅之西小屋。舟子疲玩可恶，尚欲送永州也，不过怕勇耳。一饭后，同游浯溪。《中兴颂》新作亭覆之，山谷诗刻在下手，遂不及覆庇，且受雨溜，可叹也。峿台、唐亭俱到，回坐元颜祠，茶憩。由船回署，写大字不少，夜酌后，又写。桐轩同杨少秋相陪，扬州、镇江、常州诸老友，俱能述之，甚畅也。夜，子刻后方睡。

廿四日 （2月22日）与主人晨餐后，肩舆行。出南即过河，十里一塘，路甚大，共行四十五里。过山坡不少，至孟公庙住店，敝陋，且孙儿整夜哭，又不得睡，奈何。

廿五日 （2月23日）早行十五里尖，又四十里，进北门，司马塘一带，被贼后，一片荒凉。到府署，与杨海琴快晤，文字之乐，得未曾有，未刻一餐。夜间，海翁请客，同坐零陵县梅诩庵同年，才到任数日也。有沈厚轩大可谈，又黄淑元同话。夜作大字，过迟，将丑初方睡。府县镇迎恩诏，已暮矣，天气忽阴风作寒。

廿六日 （2月24日）风，大冷。早饭后，出候零陵

相於仙侶集江亭

媛叟何紹基

留得銘詞篆山石

海琴世仁兄構篆石亭成集焦山鶴銘字為聯

壬戌晚春宴余於此屬為書之即正

县及府县四广文，梅诩庵、郭粹庵两同年，黄淑元己亥同年，黎、刘两君，俱晤。粹庵兴趣如昔，惟道州黄老师立未晤。过碧云庵小憩，海琴小收拾。归写字于东园，字画多佳者。夜酌，诩庵、粹庵、淑元、厚轩同坐，谈至夜深，雪花一白矣。

廿七日　（2月25日）昨夜好睡。雪已数寸，日出融溜，的答不已。晨餐后，主人邀同过浮桥，至厘金局，访王子夒。子夒乃百泉之弟也，百泉久殉难矣，子夒回冷水滩去，壁间悬毅弟山水，见之怆怆，因携归家中，想子夒归来，不我怪也。至朝阳岩，新添亭阁甚妙，看洞后回至四贤堂，写字饮酒，夕阳西下矣。过柳子庙，后山园高敞，可构亭榭，树木亦萧萧有致，杨紫卿联云："才与福难兼，文字潮儋同万里；地因名转著，江山永柳各千秋。"有余款伪联，写撰俱鄙愚。步至愚溪，梯探深处，无所见，见一大浑字而已，溪水正当拗异处，然十年前与紫兄溯洄造奥之乐，不可复得。紫兄作古人，余亦老惫失健步矣。回城，入考棚，新修敞整。回衙后，有绍坤弟同本家济川来话，问及东门街光景，於唈而已。绍坤从军得都司衔，济川老廪生，来送府考武童也。诩庵借郡斋做东，同坐者黄立录、龚谱香、沈厚轩。谱香者，临桂庚子孝廉，侨寓此间，殊风雅。夜寄省信，交诩庵。

廿八日　（2月26日）晴而仍冷。早饭后与海琴、诩庵别，两兜外两包杠，共夫十人，每人四百二十文到道州，诩庵送的。出太平门，河南津渡，石路平坦高低。

龚南金，字谱香，广西临桂（今桂林）人，工书法。

至淡岩，新建山谷，初末毕工。石坡路亦新修，洞中正椎山谷诗碑，拓碑人汪姓，在郡署吃工食，乃索其已拓者，不肯与，拘谨可叹（按，此人尽心职守，不愧有司，谓之拘谨，□□可也。未见可叹，若论可叹，公乃吝此区区，向它横索，是真可叹也）。至窝家铺尖，酸咸佳，才走二十五里耳。又走十五里至五里牌，乃是正尖处，树石泉流，处处入胜，瀑水岩、濂溪亭尤好。泷泊南头住，尖后共三十五里，今日六十里，申初二刻到。在永州不得省信，颇为可怪。曾涤生协办，左季高抚浙，严渭春调鄂抚，皆海琴说，有省信。

廿九日　（2月27日）阴，有雨意，旋雨，时大时小，不碍行也。十余里尖，复入麻滩，前州牧冯春皋立有"楚南天险"牌坊，因在此御贼也。麻滩对河山路即通宁远、平田。麻滩往南路俱平坦好走，皆陈叙堂二兄倡修者。过木垒，沈将军祠毁矣，铺西俱灰，可惨可惨。又行三四里，到濂漪湾，山势愈开，水形曲折。入门，见余十年前题"啸云山馆"扁额。叙堂姻二兄留住，令弟士，行十一，令郎亦出见，皆秀才得广文者。肴丰而酒辣，余与叙堂饮我酒。夜，小雨未住。

卅日　（2月28日）晨，作大字几件，早饭后行。冒雨看山，开展秀发，竹木一路葱翠，吾州气象大佳。过□板桥，至赤源铺尖，过斜皮渡浮桥，潇水东南流，濂溪水来会也。渡后荒凉少人家，竹木俱少极，至五里亭，少憩。细雨，到家申初矣。先寻贤儒，新屋不好住，寻至西园馆前书房，可住。叔叔弟侄次第见，祥翼堂叔寿。夜陪王吉士州尊，客两席，戌初后散，余因思眠矣。问州尊吾家无省信，怪甚。

初一日　（3月1日）晨餐于翼堂叔，更晚酌于雨亭
　　　　　叔处。午出拜赖古愚、王吉士两州尊。古愚
贤吏，勤断无比，因王君亏四竿，不能揭出，又不能代任，
求张石卿，钦使带往滇办事，并不可留，非吾州之福。游
击左光藻晤话。王宝翼广文世兄见，亦老矣，两亲俱八旬
外，故作令即告归改教。余俱未拜会。归，客来，多戚友
宗族，面额难辨者多，两眼实钝也。晚酌，夜深颇醉，雨
未住。

初二日　（3月2日）晨，同忠弟饭后，即同往甘吉
　　　　　铺去，由桥背至小江口到铺。忠偶走得快，
舆夫落后，反谓忠弟未来，遂来回寻觅。到思子岭叩拜曾
祖度昭公墓。复至前头案山，有人前开明堂，幸忠弟、贤
弟及绍采辈，带勇防守而罢。张家外甥来迎，即饭其家，
酒饭饱暖，问知案山即张家业，被人盗卖与陈代柏，刘占
葬，以欺压吾祖茔也，情愿相让，山价九两耳，甚慰甚慰。
回过周四姑爷一话，年八十矣。吃年果鸡蛋，又受风冷，
归不适。夜间，士桢弟兄请饭，余不能下咽，勉强了局而

已。竟日雨大，奇冷。许镜潭四兄、洪伯七兄同来，商作书与方伯留赖州尊，明知无益。

初三日 （3月3日）夜来好睡，今晨起亦迟，甚自在。

与忠弟同饭后，午间出候许四兄，将家信交仲郎春涛，内有寄恽方伯书也。周家坊晤修园表兄，老甚，家运亦不佳。回谒元公祠，二程夫子从祀，东院有圣祖书"道州濂溪书院"六大字碑，又有康熙年间祭告使臣巢恭谒碑。遇□哲表兄乃郎一话。过湾里黄表兄，乃郎吉泰，去年入庠也。过浮桥至水南洪七兄处话，尊媲年八十八矣，孙四，两入庠，今年可五世同堂。入城送拔贡贺运隆，顷来辞行，今日即上船。回过三贤祠，冯春皋添入翁蓼野，改四贤祠，虽然良吏，何得与古名臣千载参列，将来五贤六贤，殆无限量。宜还旧观为是。回家，绍魁弟来，与绍忠商量甘溪铺坟对案山，可以成契，明日即写契，付与一草稿，山价九两，乃钱七千二百文耳。夜，庆宗侄请饭，未多饮。得钟曾二十一日书，大慰大慰。

初四日 （3月4日）晨饭后，同八弟过水南。东行，至虎子岩，又至平塘，到龙江棉公公岭叩谒高祖简在公墓，山涧泽有树木，较十年前为胜。饭于庄屋，冷甚，余就火炉头取火，不思饭也。冒雨回家，便看绍魁弟，方写昨日契。又过启培五爷，嘱其追陈代柏盗买坟山契。王宝翼学师送丁祭胙牛羊豕，交十二爷处，晚就饭，余不能多饮啖。今日又得永州杨海琴太守信，内有钟钟十六日信。夜酌后，雪雨交作，冷极，窃意天将晴矣。（按，公昨今之不适，不思饮啖，系前日受风冷兼通吃年果、鸡蛋之故，圆整鸡蛋、家鸡多吃，幸天天吃酒，故滞积不甚。）

初五日　（3月5日）父亲忌日，神堂上供，怆念十年中劫数，家乡被患，祠堂神主俱毁，可为痛泣也。竟日未出，客来不绝。黄蕴山三子日永来，家余伊父子二人，日华孙被贼人掳去，未回，家运极坏。有熊姓来，为周家说卖古砚，即从前所见子昂砚，要数百金出售者，实一钱不值也。英儒弟从白泥溏来，三婶娘寿八十七，尚健甚。又得钟曾二十五日省信，由永郡初二发来，平安足慰。祭社坛及四贤祠，送胙肉。夜，绍忠弟请饭，适闻族叔启樏作古，移酌吾斋，酒后见星，果然晴耶，不出所料。

以上藏于湖南省社科院图书馆，题名为《东洲草堂日记》

《节录庾信镜赋四条屏》何绍基，湖南博物院藏

鏡盧銀茶未

巍宕馳橫卻

巧桂回鳳龍水

運外象倚攀中

韜綜溫故是樞英援
弓鍾述晏平初掾百

里顯之令間濟康下
民曜武南會

阿行楚書時年七十有一

峨二載君懿烈孔純孝

高朗神武歷世忠孝

馮隆鴻軌不忝前人

筧猛不主逷義是經

《临衡方碑四屏》何绍基

同治十年

廿六日 （9月10日） 晨起，写大字一阵，因夜不好睡，手力不够也。得吴门家书，又得贾耘樵书，皆有新酱，尝之果佳。梦园得女，不甚喜。昨日令孙有补廪之喜。

廿七日 （9月11日） 晨，写大字，比昨多。杨石卿来谈，携董竹枝《竹枝词》册，乃扬州八怪之一，殊少味。发吴门廿一次书。晚得吴门书，有七夕都信，孟姨病重，说有转机。桂儿及僊郎书，皆无主意。周寿珊侄婿于五月十五日殁于巩昌军次，以藩司恤，赠阁学，荫一子。年未五十也。

董伟业，字耻夫，自号董竹枝，作有《扬州竹枝词》。

廿八日 （9月12日） 治轩交功课。遂一气阅毕，错字转多矣。阮南江来话，绍端来别，明日往苏州去。写大字多，日气蒸郁。昨夜不好睡，今日不大自在，饭味却好。

廿九日 （9月13日）昨夜极好睡。早起，出吊次垣，一哭后与老丈谈帖画，极有致。到会馆，友林才起。到荫亭处早饭，有冬苋菜。饭后剃发，写对子两付，出。回拜阮氏叔侄，杨石卿、朱显廷，俱不遇。东关外看船，归已午正后。

卅日 （9月14日） 治轩来交功课，黎友林来。

检点书箱，扫清字债，题襟馆对云："画舫缵清游，贤使君宏奖群才，不负平山风月古；儒林珍朴学，遍行省精镌秘笏，何如大字注疏尊。"交汤敦之付刻。杨石卿来话，为都转作画。早晚俱至热极，不可耐，无雨意也。（廿二次吴门信，并银洋交门上莫姓，内有诗稿。）

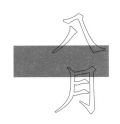

初一日　（9月15日）卯初起，候挑夫久不至。今日上街，夫役不闲也。辰初方成行，出东关上蒲鞋头船，即运署伺差船，管船人张德，并水手八人，无家眷，厨子高姓。十里湾头，十里瓦窑铺，湖河一片，水面宽矣。廿里邵伯，又露筋祠，早未知，未及泊。又车逻坝至高邮州，皆小河矣。误至北门，小轿入城，到杨同知公馆。鼎侄往清江未回，见二太太及侄孙男女辈均好。公馆亦深静，有树，有三四十间也。点灯回船，夜酌，饭。今日写字不少，借以傲暑。顺风竟日。扬州十里湾头，十里瓦窑铺，廿里邵伯，卅三里露筋祠，廿车逻，十八里高邮，卅里清水潭，十里马棚湾，十里大前闸，廿里界首，廿里泛水，廿里刘家浜，廿里宝应，十里□□镇，十里黄浦镇，十里戴家湾，五里金门镇，五里平桥，廿里二铺镇，十五里扬家庙，五里淮城，十里成□，五里板闸，至清河水关。

初二日　（9月16日）五更后开行，顺风，时有时无，曳纤时甚多。天气奇热，不能写字，收拾《朱翁志铭》。至泛水，遇鼎侄由清江回，略问袁浦光景，带白醋、甜酱各一瓶去，为母尝乡味也。夜至平河桥泊，热极，不得睡。舟人未五鼓即起。

初三日　（9月17日）得风甚少，曳纤行。午刻，至淮安府西门外泊。入城，访丁俭卿，不值。南至二帝庙，在蒲葭巷内，与俭翁不见十五年矣。健胜昔年，七十有八，惟齿落，语音不甚清，耳微聋。志局昨日少开，与三郎叔居，及韦竹坪之侄，又提调范月槎共话。俭老设席一餐，面葭芦烟水，大有江湖远意，城中不易得也。回船即开三十里，行至二鼓，至清江河南泊，两岸灯光樯影，为渡江来第一次佳观。惟苦热，奈何！

初四日　（9月18日）晨拜张酉山漕帅，略谈修志事，势不可却。丁仲山同话。西园竹石清森，不觉暑热少□。出拜郑小山大寇、路礼门司马。刘受亭观察（金门先生之孙），谈及《五代史补注》事。欧阳健飞处剃发甚适，厅堂开敞。清河县万君一谈，回船，则礼门、仲山俱在。客去，移船过闸，傍北岸泊，即礼门署前也。礼门、健飞同夜酌，不热，见新月。小山有病容，再请开缺，得允，即回湘矣。

初五日　（9月19日）昨夜凉，得睡。晨起，礼门早至。有候同知朱澧（旧日史馆供事）来见，呆得无味，偏耐久坐。客去，早饭。田鼐臣恩来求见（健飞门人）与礼门，居副将候升总兵。辰正后出，张酉山漕

丁寿祺，字仲山，江苏山阳（今淮安）人，为丁晏次子。

欧阳利见，字赓堂，号健飞，湖南祁阳人。

钱振伦，字楞仙，浙江归安（今湖州）人，工骈文。

帅请，颇冗长，然谈尚适也，丁仲山同席。出看郑小山。日内腹泄。到健飞处已过河，回船略憩，甚热。上坡，晤钱楞仙山长，年五十六，老且病，非复归娶时少年佳貌矣。到田家，健辉、礼门请观剧，客有刘寿亭淮道。有兰笙唱《瑶台》《思凡》两曲，颇文静。戌正回船食粥，即寝。棕床易木板，真好睡，礼门之力也。

初六日 （9月20日）礼门早来邀，旋上坡至其署。周历园亭，花竹水石，极有布置。同饭后，梳辫小憩。即同出，西行约廿里，至惠济祠，寻昔年所见鳆鱼肋骨，昔长三丈，置架上，今才余四五尺耳，不知兵燹干它甚事。想起庚子年在此灌塘停先灵时，如何心悸也！盖夜半塘中起火，烧尽北岸柴垛，幸先请灵入龙王庙，而呼号之惨异常。幸南风北吹，未伤塘中船也。点心后，东北行，过草闸，见昔年做涵洞过塘各处。复小憩，遂东行，至西坝，乃海州运判公所。主人于少香，藤阴立话，吃饺子极好。热不解也，行看王家营店铺尚如昔，惟行中无一车一骡，因直隶、山东大水，行旅断绝耳。回船略憩，天已晚，即至礼门处听曲小酌。酌后写大字，有兴会，为今年第一次。先是（在早饭后）游陈季平（晫）园，绍兴人，侨居于此。园基甚宽，土木工尚未完也。大雨润笔，书势得雨飞动。雨住回船，已亥初后矣。

初七日 （9月21日）雨后奇凉，避客。步上坡，至礼门署同早饭，见其乃弟乃郎，及梁海楼同年之孙，俱从师在学堂读书，年俱未成者也。与主人同渡河，至禹王台、普应寺两处，皆昔年旧游处。台仅余一层，备祭祀。寺宇开敞闳深，仍旧，大门东向，中栋两层皆南向，有画者光州乔子参文彬寓其中。回署，并邀欧阳健飞总镇小饮听曲。两君相得，无尘俗气，余昨为题"鸥鹭盟心"扁者也。回船甚冷，炎氛涤尽矣。寄吴门弟廿三次信，托健辉加封去。

初八日　　（9月22日）晨起，礼门来看下闸方去。余入东门到漕帅、郑大寇、刘观察、欧总镇处辞行。健飞处少坐，吃点心，即回船解缆。行不一里，张酉山漕帅赶至，久话方去，意为淮南府县志事，恐余不愿纂办也。午初方别去，开行，未正到淮安府西门外泊，遣人约丁叔居来船，同上坡，至北门漂母祠一看。韩侯祠在城内，闻坍圮未及修也。回入西门至丁家，晤俭卿老兄，即留饭。适次郎仲山亦由袁浦回，俱述漕帅勤邀之意。提调范月槎同席，约明日志局早集，余志在修书，不耐虚文酬应，力辞之。回船，已二鼓，兰生送行，意外得其被人攫去白翎雀，二月余矣，复归主人，事亦别致。同酌，饮粥而罢。张菊垞从吴门来，将回南皮嫁女，大小五舟，遣人问讯，乃不相答。夜有月。

初九日　　（9月23日）昨夜奇冷，两被又觉太暖。邀叔居来船共饭，略酌。叔居云，可为预赏重阳也。同上坡，至东南隅龙光阁，阁三层，楼级共四十七，贾勇登之，林岚森润，一望豁然，至此始知淮安府气局之大。下阁，叔居回城，余登舟即开行。昨日所赠俭老全集

《真石亭记事》一本，皆历年修桥、庙、修城、浚河各事记录。此老为善于乡者数十年，宜乎诸郎蔚起，孙曾蕃衍，而封翁健强，转胜昔年也。顺风，过宝应，夜至界首泊。船头看月，佳。惜薄醉思眠矣。

初十日　（9月24日）黎明开船，顺风。午初至高邮泊。肩舆东北约五里，至承天寺，过泰山庙，登文游台，瞻十贤祠，主为东坡、少游、王定国、少仪、少章、黄鲁直、孙文安……魏默深题联云："先天下忧后天下乐居江湖而怀廊庙，今人与居古人与稽若邱垤之仰泰山。"墙壁间刻石颇多坡迹。昨在丁家拓本，盖非真迹也。回船点心，复出，至善因寺，即昔年眷属自兴化小舟至高邮暂泊处。僧默然，知书画，壁间有复堂画，惟焦理堂小字，气韵极佳，向未见其字也。入北门，拜姚小梅州牧，诸暨人，说话明白。至鼎侄同知公馆，二太太以次均好，而鼎侄前两日往绍伯查新工，又往扬州去也。小梅来回拜一话，塾师刘笏卿年才廿三，甚文雅，闻耆学可喜。出南门，上船，申初后矣。笏卿者，缦卿堂弟也。过露筋祠，入庙瞻眺，近暮矣。看庙者系老尼姑，山门匾曰"流芳今古"，前层贞应夫人，后层佛殿，四周有树木。上船又行，至荷花荡，遇鼎侄船，因泊。同酌话，亥初回船去。河工官日日以堤防为虑，少有休息，真无味也。

十一日　（9月25日）黎明，鼎侄来略话去。令即开行十里至邵伯，风雨俱大，过此水宽岸远。向西南行，一瞬廿里至瓦窑铺，仍小河。又廿里，过五台

焦循，字理堂，江苏甘泉（今扬州）人，清代易学家。

山下，由东城外向南转南门，约廿里，至三叉河。入高明寺，与老僧紫福一话，佛宇两院尚好，余俱瓦砾。有高宗御诗碑，仆地未竖起。地方官无至者。望前院有两诗碑，未及往看。东边小院，竹林、石峰尚佳也。回船，曳纤费力，午正行，至申初到钞关门。起坡耽延一阵，肩舆入署，与主人梦园一话回。住屋风冷甚，留主人共酌闲话。得曾侯书、贾耘樵书，看邸钞。睡时，亥初后。不得吴门家书，何也？

十二日　（9月26日）裱糊前后窗纸。风不息，几无坐处，主人处客来不歇也。王治轩来交功课，未免堆积矣。方小东来，亦欲入书局，梦园似亦应允，然才高志广之流也。晨至题襟馆，始见余所补题匾。到汤敦之屋中一话，方为主人纂书画录。复贾耘樵书，内有家信，廿四次。

方朔，字小东，安徽怀宁人，好金石，工古文，为邓石如再传弟子。

十三日　（9月27日）昨夜甚冷。晨出至小东处，劝其慎默。访欧钦斋于徐宁门口，派查此门，每晨至酉归，亦辛苦。子正九弟于廿八往苏州，尚未回。到魏荫亭处，值其请客，遂留同酌。客为狼山镇王百禄，衡阳人，徐仁山观察，宁国人，又荫翁令侄同坐。看佳，有旱笋奇美。醉矣，遂先返。然回衙已午初，食粥，少睡。钦斋、杨石卿、陈纶阁同话。吴芷生来话，曾侯今日由金陵起程，说到焦山，中秋看月后，方来扬州阅兵，不知确否？都转已一早出迎，至瓜洲去。

孙第培，字阆青，
浙江仁和（今杭
州）人。

十四日 （9月28日）雨不大，亦不住，无风便住。看《毛诗》写本，苦错脱多。汤敦之、方伯融、许叔平先后来话。孙阆青从泰州回，所携长子，殁于泰州，可惨也。吴介臣十二日殁，许家郎十三日殁，天时不正所致耶！

中秋 （9月29日）阴雨如昨，校书竟日，错落更多，闷闷。客多差拜见者，刘缦卿、王治轩、欧钦斋。绍端从吴门回，带到初八日钟钟书，并腌蒜、浙卷棉小袄裤，问悉家中安状，甚慰。钦斋昨赠毡子，夜眠得暖也。曾侯相改于十六日出省，主人未回，一切收拾厅堂，已忙个不了，其实何必。

十六日 （9月30日）晨发吴门信第廿五，由局去。阴雨，看注疏多错字，闷闷。

十七日 （10月1日）鼎侄从高邮来，为迎曾相至，即回船去。

十八日 （10月2日）治轩来，因注疏写得潦草，恐此事难成功也。杨石卿来一话，曾相今日到扬州，船驻徐宁门外码头。适荫亭招食菌子，午餐小叙，荫亭要拜中堂去，余遂回署。梦园晡回署，自十三日步至瓜洲，在吴朝杰镇署耽阁五日余，又值阴雨作寒，可念可念。

十九日 （10月3日）略见日，仍多阴。闻曾相上坡，午刻到此。照例盘库后，来晤一话，比夏初见面加丰润，可慰也。旋在西厅入席。申刻，又来看余写对子。主人廉舫同来，邀往西边入席看戏，同坐，酌不得多，亦倦而先退。食粥即睡，甫戌初。两日看浙孝廉堂卷七十四本毕，尚有佳卷。鼎侄回高邮，有祀事赶回也。得丁叔居信，淮安志局甚有条理，可慰可慰。寄来《张亟斋遗集》一本。

廿日 （10月4日）中堂看操，在西门外三里余，余起早往看。久候，涤侯始至，略看一阵，少味，即回。城西北一片青芜，教场亦新收拾，武事似尚不如去年杭州之齐整，此间人性浮滑，亦不易弹压也。饭后，东台令门人李双南来见，东台今年得翰林，陈宝所学可观，亦破天荒也。申刻出，过悔余一谈，魏荫亭不遇，本会馆问黎友林、竹林，皆它出。竹林从曾相来也。出徐宁门，回候曾相，已回船，得晤，颇畅谈。回署，与主人酌话，酒味似进。

廿一日 （10月5日）主人仍早出陪看操。余写大字两阵。昨夜甚冷。请汤敦之来，商量屋壁法。又见饭不思食，似喜麦食也。陈纶阁又从泰州来一话。黎竹林来。有病容，盖病泄也。今晚悔余处公请曾相，闻主人于席后，即上船住，明早送行，遂今夜不归署矣。夜独酌，尽一小壶。

廿二日 （10月6日）早，闻炮声络绎，盖曾相启行去矣。此次两番晤话，劝其撤盐务督销局，江北添谳局，以免隔江招解之难，恤灶丁之苦；高邮、邵伯一带河工，岁修保固；扬州河道，宜大疏通，以利南北咽喉等情。俱辱听纳，可谓虚怀矣。石卿来一话。夜不甚适，冷。早间发吴书廿六。

廿三日 （10月7日）治轩来交功课，一气看完，颇困。汤敦之来商量收拾屋壁。主人夜归同酌，颇畅。适得吴门家书，极慰。不解钟钟何意，知我往淮安，便将家信疏阔，使我望眼欲穿。夜梦不祥也，本拟即日归吴门，得此信，可少缓。

廿四日 （10月8日）治轩来酌药方，说受寒滞食。孙阆青来话，敦之来谈，道及方小东把持情形，可怪也。仍补看功课一卷。致浙抚杨石泉书，将七月孝廉堂课卷寄去。

廿五日 （10月9日）父亲百岁寿日，上供，怆恻怆恻。治轩、友林、子典、敦之来话。怕冷甚，更不适，恐须服吴萸也。呕逆，竟夜苦甚。

廿六日 （10月10日）一夜不安静，好难过。晨起，决计即行，主人为呼船，并邀治轩同行。服吴萸，果好起来。友林、敦之、伯融来送。知竹林未愈，而金陵相府等它去看小儿，奈何奈何。申刻上船，主人来送，畅谈，直候治轩到来，主人方去，可谓情挚。治轩仍上坡料理，二鼓后方来也。余于戌初一粥即睡，避却冷屋，便自在，可笑。屋三间，上下通厢玻璃，每一间玻璃八十块，共二百四十块。奇想天开，夏热秋寒，非老人所耐也。

廿七日 （10月11日）丑正后开行，红船后来，今炮船去催方到，已辰正后矣。过江，小东风，半个时辰抵金山下。作书致梦园，交红船带回。曳纤行，午正方至都天庙，是庚戌年久泊五日处，时都天会跨河搭板，来往行船，俱不得过也。今破败止余一层，系新修者，参将周良才对云："孤守睢阳忠烈直超李郭；职司水府威灵永镇江淮。"尚妥，吾湘人也。问僧人，知现尚动工未完。晡间，胃脘作难一阵，盖面条难化耶？治轩看脉，说已好，胃气觉弱耳。夜到丹阳，遣人问县中要纤夫。治轩复来谈，说从前署宜兴与荆溪共城，风物极美，橘柚如山，有张渚山寺中荔枝二树，距城七十里，年年衙门中有吃，不知今尚在否？又铜棺山，上有铜棺天池，祈雨最灵。丹阳令赵秉镕差候，想起去年三月过此之累赘，可为一笑。睡时子正，亦奇。"联吟韵事记西砖，忽判云泥二十年。钟鼎圭璋公不朽，江湖图史我犹颠。要扶文教培元气，窃附经心翊圣权。一点灯花长不落，试看光焰烛江天。"制府曾涤生侯相以阅武至扬州，见余校刊大字注疏已有端绪，为之甚喜，赋呈一律。灯花云云，昔年戏语也，尚记得否？

廿八日 （10月12日）五鼓开船，午间到常州，由西关至东关，纤夫不见到，遂行。舟人发愤，不住行，丑正行至无锡泊，尚有寅卯两时睡也。炮船哨官王立勋勤朴，此次教场中箭六支，得马褂料赏一件。两日服药，今日去吴萸，有炮姜。

廿九日 （10月13日）天明方行，至惠泉山泊，上岸略眺望，见高忠宪祠及廉子祠，不及深入，即上船行。买泥人玩意归。无锡令蔡敬熙发纤夫来，王哨饷蒸鸡，殊美。到治轩船上小坐，看脉，谓鹿茸可服。申初三刻，过浒关，破坏情形，可为酸鼻。从此直至虎阜如此矣，两岸略有人家耳。过枫桥，已大黑，转阊门，小船拥挤，戌初方抵胥门码头。冒雨雇轿入城，到家老少平安。廿六寅刻，得弟七孙，可喜之至。灯下絮话，小酌。睡怕冷，寅正后，方得小睡耳。雨遂竟夜。知桂儿出都，因子愚处孟姨病殁，为送枢回湘。由运河南下，过扬州时，不得与余遇矣。

高攀龙，字存之，江苏无锡人，明末东林党领袖，谥"忠宪"。

初一日 （10月14日）九曾生日贺喜。行李到来。
治轩来酌，面。韶女同来。儁郎由海道，不日可到。叔文塾师用功。贾耘樵来话，昨日已卸枭篆，光景更健，可羡。

初二日 （10月15日）吴子备来看。治轩来酌方，服药，且商注疏、功课，一月包封两次，或者可行也。带来三人钞本，余逐日校勘。

初三日 （10月16日）顾竹臣、汪耕余来话，皆□老人未疲也。吴仲英来话。治轩出拜客，夜仍回船。粤门人桂皓庭文灿来见。

汪福安，字耕余，安徽怀宁人。

初四日 （10月17日）应敏斋来话，何子永来谈，留同午酌，仲英、治轩同酌，颇畅。冯小渠、李笙渔，晡话。

何慎修，字子永，安徽南陵人。

初五日 （10月18日）伯父寿日，早晚供。吴广庵来见，气甚静而病目。罗少庚来话。夏间断弦，面色清减。韶女回。治轩来晚饭，一切交清，并赠程仪，兼致梦园书。与治轩为注疏事，同事五阅月，今日难为别也。

初六日　（10月19日）治轩早开行，钟钟早起送行，已无及。洪玉泉来，晨酌一畅。李质堂军门来话。曾仰皆、吴仲英来话。高邮董策三农部对廷来见，大有静气。

李朝斌，字质（资）堂，湖南善化（今长沙）人，行伍出身，曾任浙江处州镇总兵。

初七日　（10月20日）又服百益膏，起，人困甚，未见客。

初八日　（10月21日）未见客。看浙课卷三日，毕。

李铭皖，字薇生，河南夏邑人，曾任苏州知府。

初九日　（10月22日）李薇生同年来晤，精采胜前也。德静山、李质堂先后来谈。晚赴耘樵重阳会，饮啖俱少味，勉强之至。

初十日　（10月23日）童际庭来话，吴平斋来话，瘦得古怪。汪岚坡来晤，问知吴冠英现在中丞处画画也。

十一日　（10月24日）耘樵晚来话，连日写对子，手力尚未复元，奈何！吴家三太太生日。

十二日　（10月25日）吴子备来谢步。昨日王姨与钟钟俱往吃面。六姑子发烧，不适，由饮食夹杂所致。罗少庚来别，代理南汇去。方子听丁母忧也。竟日夜雨。

方浚益，字子听，安徽定远人，能书善书，又工篆刻，收藏金石甚富。

十三日　（10月26日）晴。韶女来，知傔郎尚未归，不可解。昨日赵心泉送菌子，连日饱啖。今甫又尝新冬笋，却少味，未长开也，甚不必。

十四日　（10月27日）阴雨，夜大雨。卧房处处漏。许信臣来话，好谈佛乘，果有得否？吴子备来。

十五日　（10月28日）雨不住，奈何！阅《史记》，疑团转多，书不可尽信，果然。笙渔来话。

十六日　（10月29日）雨不住，且冷。仲英来一谈，得绍端大通书。杭州孝廉堂秋脯寄到两次，寄去课卷都未收到也。夜酌，桶子鸡甚鲜。雨更大，住房漏甚。

十七日　（10月30日）大晴，五更冷。巳正出门，德静山处话，住抚署。到贾耘樵处，收拾园屋，更敞朗矣，极有丘壑。李薇生苏州府，未遇。花街吴太姻母处，道傔郎之喜。韶女煮油茶泡炒米，极美。傔郎在上海尚未归，亦奇。潘玉淦、吴平斋、李梅生均未在家。吴县高□□未值，仲英处小坐。汪炳斋它出。知张子青中丞于九月初十日军机处廷寄擢浙闽总督，太夫八十四岁，如

潘曾玮，字季玉、玉泉，号玉淦，江苏吴县（今苏州）人。

何璟，字伯玉，号小宋，广东香山（今中山）人。

何能去耶？闻此间替人系何小宋，由晋抚调来。仲英馈鹿筋。笙渔来，将返浙，复秦澹如书，带去。夜得僎郎消息，甚慰。

十八日　（10月31日）午刻方出门，中丞处道督浙闽之喜，谈及入闽道路，候军门已往扬镇迎曾相去。何子永处一候，元和、王令、童际庭、江小云俱问候。王小霞、冯少渠俱回候。回寓饥疲，可笑。耘樵来话。（静山馈烧猪及各点心俱好）

十九日　（11月1日）祖母冥寿，上供。苏松镇腾嗣林一话，吴子备来一话，如贯九同年，浙粮道，甫由天津回来一话。笙渔来别，说今夜下船。

张之万，字子青，直隶南皮（今河北南皮）人。

廿日　（11月2日）晴。有雨意而不果。耘樵来话，张子青制军来话。外边有告养之说，却未提及也。鲟鳇鱼、野鸡俱尝新，新开酒亦好，惟饭味仍不佳耳。

恩锡，字竹樵，满洲正白旗人。

俞樾，字荫甫，浙江德清人。

廿一日　（11月3日）晴第五日。早饭后出，许信臣处话，见坡公自画小象册，山谷题，可为一笑。回拜贯九，不遇。拜恩竹樵方伯，诗魔又甚于梦园。潘玉泉又不遇，平斋方请客谢客，与岚坡一话，沈闰初不遇。归，俞荫甫处略谈，饿甚。归剃发，得扬州书局各信，甚妥。都转回书。知郑小山已过邳，曾侯尚迟迟来也。芸香来小酌，余竟不能多饮，连日好睡。十八日课钟钟，《忆菊》《梦菊》《访菊》《画菊》四律，甚佳，有静气。

廿二日　　（11月4日）平斋送菊百盆，处处都有了，
　　　　　　虽细琐，亦有趣，今年菊本不佳也。赵心诠话，
俞荫甫话。

廿三日　　（11月5日）王小霞、邹蓉阁话。蓉阁补长
洲尉，半年尚未咨部。潘玉泉来话。

廿四日　　（11月6日）课钟钟《乐天下保天下》，昨
日忘却，我说是廿二也，胡涂够了。

廿五日　　（11月7日）夜，前檐堕落，可骇！一片瓦
砾，赶紧收拾，此屋太旧，奈何！今日看《毛
诗》工课起。

廿六日　　（11月8日）随曾满月，唤清音，唱曲竟日，
　　　　　　价四洋，是鸿秀班，尚值得。耘樵来贺。送
礼者俱璧谢。魏半农、吴桐云来话。午后不甚适。早陪先
生酌。晚未出，韶女来竟日。

廿七日　　（11月9日）吴作轩秉衡来见，笙渔相好者，
　　　　　　曾仰皆话，恩竹樵方伯来话，沈润初来话，
魏盘仲同话。晡得湘中信，知三娣陈恭人于初十日告终于
小桥乡庄，怆怆。

魏彦，字盘仲，
湖南邵阳人。

廿八日　（11月10日）早，设奠成服，早晚奠。曾侯相到，住湖南会馆。作书候迓，即求为三娣表扬也。

廿九日　（11月11日）忌辰。晨至曾相处谈，甚悉，风采更佳。午间，来回步，久谈，叹旧雨之稀也。李之郇伯益来见，年才卅一，恐书本亦荒矣。竟日雨，检屋者停工。注疏课毕一次。

李兴锐，字勉林，湖南浏阳人。

卅日　（11月12日）雨冷。李勉林来话。耘樵来话。

十月

初一日　　（11月13日）沈云麟来见，朗亭胞侄也，

知朗亭乃郎殁于贵州，柩不得归，可悯之至，

幸尚有二孙耳。吴朝杰来话。吴子僎婿归，来见，身子好，

可喜也。即留同夜饭，问悉都中气象，并子愚光景。

吴家榜，字朝杰，
湖南益阳人，官
瓜洲镇总兵。

初二日　　（11月14日）同乡公请侯相看操，大风冷，

抵暮方回。夜，奇风冷，被窝中如冰矣，老

得狠了。宗湘文太守来话，出示北齐《兰陵王碑》，所未

见也。竟日怕冷，着灰鼠袍矣。送侯相□蔬四色，又三娣

陈恭人行略。

宗源瀚，字湘文，
江苏上元（今南
京）人。

初三日　　（11月15日）闻侯相准行，差帖送行，闻

送行者多，赶不上。因阅水操即问淀湖走松

江水程，处处通不知所向，昆、新两县办差送席俱脱却，

可笑。

初四日　　（11月16日）伯母生忌，早晚供，三太太

供撤矣。夜，僎郎来同酌。适韶女回家煮油茶。

吴家馈羊肘，甚美。手炉脚炉俱出，火锅不得合式，聊复取暖。连日晨，俱写字一阵。

初五日　（11月17日）阅钟孙昨日课作，甚佳，可喜。竟日冷，未写大字。得江宁府蒋倳婿信，好难得也。

初六日　（11月18日）何子永、贾耘樵先后来话，知侯相行后，中丞亦往上海看塘工，方伯亦同往。

初七日　（11月19日）俦郎来话。看孝廉堂课卷。

初八日　（11月20日）看孝廉堂卷毕。鲁云生来见，水巡差颇苦也。李春生太守不见多年，仍然如故，问及粤中情形，及潘德舆近状，殊慰。俦郎来同夜酌。

初九日　（11月21日）孝廉堂卷封寄杨石泉中丞去。课钟钟《展重阳赋》。书局送到《张杨园先生集》重刻本，与前刻《明纪》，同一少味，何苦耗费帑项乎？菊花烂开，可玩。

张履祥，字考夫，世称杨园先生，浙江桐乡人，明末清初学者、诗人。

初十日　（11月22日）慈禧太后万寿，因不便补服，未敢行礼。得扬州书局王治轩包封并信，并都转信，杨石卿信，知桂儿初一日已到邗上。无一字来，何耶？迟迟不见来，好生挂念。昨夜不好睡，孩孙亦不安靖，又猫儿叫跳可厌，致妨安寝也。阿双患牙龈肿痛。吴平斋来话，儁郎来，仲英来。

十一日　　（11月23日）阮南江从扬州来，为求补撰文达公师神道碑文，老病未敢应也，然有难却处。

十二日　　（11月24日）晨，回拜南江于娄门船上，未起，不肯迎入，止好回来。过平斋索借《研经室集》，旋过花街吴家一叙。归则值六姑痰症发作，幸而韶女回来，与姨姨等灌药扭痧，获解。又为阿双画符，又平斋处治牙痛方，都不见灵也。颜半山来话，吴子备来话。南江晚来，仍为昨事。汪岚坡同顾世兄来，余气满，不得晤矣。顾世兄号乐全。

十三日　　（11月25日）耘樵来话，言得江北灰面及葱。儁郎来同晚酌。阿双服生地黄，恙得渐愈。得桂儿镇江上轮船信，于初六日径往湘中矣。

十四日　　（11月26日）课钟钟《窃位章》。药裹颇忙。余又病饱胀，不自在，每日茸三分，不知可合式也。

十五日　　（11月27日）服茶饼似适，由风寒引动湿热耶？自十三日起，看注疏功课。试耘樵送面，甚佳也。

十六日 （11 月 28 日）上房院安茶灶，较便也。风大而不甚冷。

十七日 （11 月 29 日）许信臣来，为三娣事来唁也。沈韵初一话，李质堂来话，吴子儁、子备先后来。今日平斋六十一岁生日，客皆从彼来，言因不便补服，故未往。今日甚冷。

十八日 （11 月 30 日）甚冷，霜大复风。

十九日 （12 月 1 日）课钟钟《三顾草庐赋》，不限日交卷，或竭其才，得佳篇也。冷如此，奈何！注疏课，此册复了，愈形烦闷矣。阮南江来别，寄蒋鹤庄书。

廿日 （12 月 2 日）常州守吴禹臣同年鼎元来晤，云梦人，六十三岁矣，由御史截取特放，人苍莽明白可爱，与此间官场风味别也。与李薇生首府得两乙未，与江宁蒋鹤庄得两安陆。寄湘中书。

廿一日 （12 月 3 日）耘樵来话，知孙琴西盐道被部驳，本可不必也。署事已七八月矣。

廿二日 （12 月 4 日）仲英来，今日应敏斋五十一岁生日也。儁郎晡来，同晚酌，归去颇迟，王姨夜发寒症，子丑间方得睡。临时痧药苏合丸，亦尚见效也。

廿三日　　（12月5日）梁敬叔来晤，从杭州来。

廿四日　　（12月6日）吴子备话。

廿五日　　（12月7日）儁郎话。

廿六日　　（12月8日）子永来话，芸樵话。

廿七日　　（12月9日）金梅生来拜，未晤。余病矣。

以上藏于湖南省社科院图书馆，题名为《蝯叟题襟日记》

附录一 何蝯叟日记钞 （藏于上海图书馆）

何蝯叟日记钞
茶陵谭泽闿摘抄
广陵聂绣君校录

道光十五年（1835）乙未记

七月

廿一日　（9月13日）谒吴中丞丈，借观东坡二帖最妙，帖杂刻坡自书诗文，奇恣各出，不知是何刻本。杨桂山丈石庵六幅大楷行书殊为罕见，款署子佩者，桂山丈之太翁也。

九月

廿八日　（11月18日）到吴中丞师处谢谢并还《十七帖》，前从中丞索坡帖，中丞未允而以此帖塞望，不敢受也。（此言《西楼帖》与帖后蝯跋异，据此则帖本吴藏，蝯叟乞之未得，而跋则云帖为蝯叟所购，吴强索之去。可怪也。瓶注。）

道光二十一年（1841）辛丑记（是时方扶文安公柩归葬道州）

三月

初十日　（4月1日）过应云处，遇苏州马姓者持鲁公竹山联句墨迹来，可想见之。陶世兄来求书文毅公入祀贤良祠碑。

五月

初二日　（6月20日）到沈小帆处观香光字卷甚佳。生纸涩墨，难于圆熟，惟无平日习气也。手扎册多梁冲泉、百菊溪先生与小帆尊人雪友先生者，亦可珍也。

六月

廿六日　（8月12日）书文安公碑第一石，伏石面书，颇觉疲苦，真无用之至。到应云处看画数十轴，有王绍廷、马、董山水各种，佳。有持陶密公楷迹来售者，给价未成而去。观朱年伯所藏各古董，存画多佳品。夜携方正学、王叔明、董香光三画幅归。

七月

廿二日　（9月7日）书陶文毅贤良碑。

八月

初六日　（9月20日）写神道第二碑。蓟门遣人持来文、董各迹为求题，有董玄览师一轴。吴匏庵游穹隆、玉遮各山诗记一轴，皆暂留玩，以其别有风趣也。许家洲近出元隆三年墓志一石，惜未拓本，遂复埋之矣。

九月

十三日　（10月27日）自昨日恭书谕祭文碑未完，
　　　　　今日接写，并御碑文均缮毕，字大，颇费力也。

十四日　（10月28日）写神道碑第三石。

十月

初三日　（11月15日）泊浯溪，冒雨拓得颜碑十余字，
　　　　　因碑石湿透，择干处拓之，止得"匹马北方
独立，及盛德之兴"也。

十六日　（11月28日）写字竟日，约联百余副也。

廿四日　（12月6日）到月岩，见淳祐、至正各碑，
　　　　　多古气。熹定八分碑极佳，有仆石在地，有
云"两君徐步前行"者，字颇好也。梦中书对云："新冷
欲将花迸发，闲居且与竹为邻。"不甚可解。

十二月

廿八日　（1842年2月7日）应云处为写对子数付，
　　　　　赠我王孟津直幅。

廿九日　（2月8日）上船离湘。

道光二十二年（1842）壬寅记

二月

初一日　　（3月12日）至南京。

初三日　　（3月14日）移前厅，铁梨木长案来，案底
　　　　　有字刻云康熙戊子阃署置，计一百卅五年矣。
一古董也。到子坚处看邓石如墨迹。子坚携石斋、青主书
字卷，俱精妙。子坚来作别，勒写对，为写"曾从古佛国
中过，又坐大鱼身上行"，甚雅切。

初七日　　（3月18日）到妙相庵祠，见石庵联云："花
　　　　　底振衣清似鹤，灯前书字小如蝇。"字甚佳。

初十日　　（3月21日）至状元境吴孚吉书铺，得扫叶
　　　　　山房"廿一史"，速装订四十二千文，抱梓
堂刘松亭古董铺得板桥画兰竹横幅，周忠介画竹一幅，共
三千三百文。皆奇妙也。

十七日　　（3月28日）作《周忠介画竹石记》。

十八日　　（3月29日）检蔡友石丈所刻陶贞白《馆坛
　　　　　碑》以校集中，多所是正，并补脱句。"搔
痒不着赞无益，入木三分骂亦精。"板桥联，汪三说。

廿七日　（4 月 7 日）画小照人吴一峰来，不得似也。

张容原宝德家看孙渊如校订《金石萃编》，又所得宋板《说文》半部，即平津馆覆刻底本，笔法行数一切肖之，不易一处。底本乃分为二，起半部闻在苏州也。元大德二年建康路造铜权有古意。

三月

初三日　（4 月 13 日）买得《天发神谶碑》，尚佳。

初十日　（4 月 20 日）与方伯雄至甘氏津逮楼，见宋本《金石录》甚佳，《李太白集》舂陵杨子见注，不知舂是那一个也。"有兮中钟"作"大龢钟"，大字下一字不可识。释者谓是夹字，恐未的。中平二年大篆字，《府君碑》颇旧。

十四日　（4 月 24 日）到伍诒堂处看渊如，《随园诗札》之类颇多，恨无碑拓。据云曾以《华山碑》卖与张古愚，海内第四本，真奇闻。未闻此碑有第四本也。不知子实曾携去否，当索问之。

廿一日　（5 月 1 日）检理金石拓小件，分排安顿付装池，遂致竟日。皆徐问蘧、六舟和尚、曹秋舫、吴圣俞、吴康甫所赠，旧所蓄赵晋斋本及汪孟慈、何夙明所赠均未带来，不得一例装池也。（此册藏瓶斋）

廿七日　　（5月7日）张容园处见孙氏重刻徐鼎臣《许
　　　　　　长史井记》，篆书颇佳，云从赵晋斋处得旧
拓者，又孔彪、李孟初二拓均精。

四月

十三日　　（5月22日）到状元境，买得桂未谷《印考》
　　　　　　《仓颉碑》《武荣碑》。

十八日　　（5月27日）至蔡年伯处见伍元谋龙严，金
　　　　　　时人，书韩公秋诗卷子，纵横奇妙，胜《古
柏行》。《古柏行》相传为宋人，不知实伍君也。祝书《金
刚经》精妙，鲜于《张公神道碑》稿极肃穆，其怀素、二
米则赝鼎也。仇十洲《东园观弈图》清气非凡，板桥《兰
竹十二幅册》厚逸可爱。到抱梓堂，有黄石斋画最好，留
蓬心、石斋、孟津三件。刘松亭言有太清楼、星凤楼《家
庙碑》各古拓，当送阅。与渊甫书索《元靖碑》。

廿一日　　（5月30日）作《裴岑考》一篇，真破空独得，
　　　　　　与前日作《司徒残碑考》同也。

廿二日　　（5月31日）松亭处看太清楼拓，佳而太少。
　　　　　　文《楚词》小楷精绝，而余又素不喜其笔也。

五月

十九日　（6月27日）刘松亭送《星凤楼帖》来看，旧而不精。

廿四日　（7月2日）得龙石书图章四方、王妙晖造像一卷，比《萃编》所录多出一二十字，且足证其误，真古拓也。

廿六日　（7月4日）钟曾剃胎发。（按，钟曾为何诗翁小字。瓶斋记。）

六月

初二日　（7月9日）甘石安得《娄寿碑》旧拓来告。往牛制军丈、蔡友丈处观新得米札二，甚妙。

初五日　（7月12日）下船行，初九到瓜洲，十二到淮安。

十五日　（7月22日）早为石卿题《说文统系图》《秋林诗思图》《齐侯罍拓本》。《说文统系图》者，两峰为未谷画而石卿临写者。

七月

初五日　（8月10日）过夏镇杨庄，初七到济宁州。

初八日　（8月13日）上坡，到渔山书院晤许印林、杨漱云，看所拓冈山《铁山碑》，真古妙异常，又所得黄小松各拓本约百本，俱旧，欲分之而不能也。其为我拓者携归，有洛阳董氏所拓魏浮图碑，当访其石也。同至安居看古刻蚩尤画象，在墙脚，甚完善，以外别详录于《临碑册》中。

八月

十二日　（9月16日）到京寓西专胡同。

廿二日　（9月26日）至谢方斋处，女儿酒坛甚大。

九月

初二日　（10月5日）翁玉泉处携雪门横幅归。

初三日　（10月6日）晤叶东卿丈，谈新得金石，所言虢季盘即尧仙所言者也。

初四日　（10月7日）游厂肆，得阁版《旧唐书》，周鉴湖刺史旧物也，故人手迹宛然。

初五日　　（10月8日）李宝台持金石拓本来，未留。

初八日　　（10月11日）到罗六湖处，言有《澄清堂帖》
　　　　　　三本在一友人处，明日当代借来一观。据云
若见此帖，天下帖无足观矣。

初九日　　（10月12日）宜珍斋看米性父《珊瑚木难》
　　　　　　手稿本，真清妙绝伦。

十一日　　（10月14日）颜东里处看未谷书，字甚不似，
　　　　　　观其卅年后自跋乃信也。

十二日　　（10月15日）到石州处，见其魏延昌《地
　　　　　　形志》，精窍华妙，不朽之业，见《永乐大典》
一本、《水经》一本，幸幸。

十三日　　（10月16日）写秀年伯（秀楚翁）寿屏序作。

十四日　　（10月17日）六湖借到《澄清堂帖》甲、丙、
　　　　　　丁三册，孙退谷旧藏者，其题跋有"帖至此，
天下之能事毕矣"云云。细观之，锋芒顿折，变化无峏，
多露八分体势，此所以高出《淳化》《泽》《绛》也。南
唐李后主刻石，信为帖祖矣。

十九日　　（10月22日）到冯桂山处看桂隶，搓纸为之，
　　　　　　殊不惬意。两宜轩携董画归，杜兰溪处板桥

石竹兰大幅妙绝。

廿日　　（10 月 23 日）六湖处看董画、米字，奇妙。
　　　　又《吴中往哲图志》皆明朝人，真大观也。

廿四日　　（10 月 27 日）晤绂庭，言黄雨生有翻刻大
　　　　字《仙坛记》。

廿九日　　（11 月 1 日）检《和靖集》，乃知六湖所藏
　　　　和靖梅花二十绝句皆本集所未收也。

十月

初六日　　（11 月 8 日）练明府廷璜来谈，字甚在行，
　　　　　所藏有孙退谷石经阁藏帖四十八种，从两京
至唐，旧碑拓皆具，真奇宝也。惜我不得见，伊得之蒋伯
生大令家。

初七日　　（11 月 9 日）写陈家寿屏未完，朱建卿来，
　　　　　借去钟鼎拓二册。石州借《和靖册》去。晚
赴篠珊席。小松隶联云："人间忠孝相关处，天意江山有
夙期。"甚浑成有致。八大画山水妙。

初八日　　（11 月 10 日）写寿屏仍未完，初九完。陈
　　　　　秋榭母寿也。

初十日　（11月12日）往周荫芝处看坡公《九歌册》，
　　　　　审是匏庵笔耳。

十二日　（11月14日）陈寿卿处看桂字，观所得白
　　　　　淮父敦及内者灯，古色清润，可爱。刘耽印
亦佳。李季云处看戴道庵山水卷，长五丈，竟到宋人矣。
黄鹤山樵、洪谷子幅俱奇，董幅明媚，乃其次矣。

廿五日　（11月27日）庚堂处见朱竹垞联云："竹
　　　　　屿坐垂钓，草堂新著书。"八分殊有致。博
古斋见张宗苍画册殊佳，又桂岩蓉挂桂小帧上有纪晓岚、
云台、俪生三相国诗，又翁阁学诗。

廿六日　（11月28日）古香楼见《隶韵》原本，甚佳。

十一月

初四日　（12月5日）王翰城来作画。蕴珍斋宋拓《争
　　　　　座位》有翁程题跋。

十一日　（12月12日）潘绂庭来，以翻刻《大麻姑》
　　　　　索题，略有规模耳。

十五日　（12月16日）游厂肆，得文清一联归。

十六日　（12月17日）到刑部看牛镜堂丈，出示《智

永千文》《九成》《圣教》，俱佳，惟《蜀素》墨迹系双
勾本。

十七日　　（12月18日）为陈叙堂题董思翁《王子廓
　　　　　家传》，临《自叙帖》、赵松雪自书诗，共三
卷。张石州处见黄陶庵先生书。《羊叔子让开府表》墨迹
端楷。

十九日　　（12月20日）杨介亭处见米书《海野图诗》
甚精妙，乃知前所见得天迹系临米书也。董卷亦佳，郭河
阳卷用意甚奇，然不能定其真否。见过廷章画松大幅好。

廿日　　　（12月21日）六湖处看董迹，有《孝经》
　　　　　楷册极精。仇实父人物故事册精美殊剧。

廿三日　　（12月24日）到吴次平处观东库本二王帖，
　　　　　是乙未年曾观，余有跋语，今视之，更益神
明矣。董画、石斋字俱佳。六湖处见国初颜氏所收尺牍册，
即凫卿观察旧物，今归六湖，画作姓氏考甚详核。次平处
携蓬心画册归。

廿四日　　（12月25日）辰刻到翰林院，敬中堂到任也。
　　　　　与星白、印潭、简侯同看《永乐大典》，共
二十四架，架上下皆满，仍苦尘堆，当有以整理之。

十二月

初六日　（1843 年 1 月 6 日）到厂，倪梅生处看钱字。

十三日　（1 月 13 日）至陈寿卿处看两《杨公碑》及《智永千文》。《千文》者，即前到吾处而未收者也，有孟津为弟镛宪副题签，然不能胜吾家本也。李季云处看董字、董画，有横幅分段者极佳。傅青主画《夜雨图》甚奇苍也。宋复古画卷妙甚，有王铎、倪迂诸跋俱精，即《庚子销夏记》所收本也。又到六湖处看石谷大卷，奇观巨宝，因携归玩。

十八日　（1 月 18 日）写曾太年伯寿屏（曾涤生祖父）。

廿日　（1 月 20 日）晚饮吴次平处，观老莲画轴，松石间有道者三人，有一瓶中出小儿，不可解。

廿六日　（1 月 26 日）作《虞文靖训忠记碑》跋并诗，为李季云。

廿七日　（1 月 27 日）厂肆买得八大、板桥、蓬心、箨石画，殊有趣。

廿八日　（1 月 28 日）牛镜丈处见小楷《黄庭》拓，极旧。

道光二十三年（1843）癸卯记

正月

初三日　（2月1日）赴倪梅生便饭，有持宋帝《邠风卷》来售者，遂并蓬心卷携归。

初九日　（2月7日）写白折三开。

十一日　（2月9日）杨墨林家看《家庙碑》，尚好。板桥、复堂画有佳者，从前曾见《皇甫碑》，今日未得见也。

十七日　（2月15日）杜兰溪处看董画、沈画、唐画，均佳，子畏迹尤妙。

十九日　（2月17日）至阮世兄处王麟轩看张令晓，告身有鲁公书名押。

廿日　（2月18日）阮师处拜寿八十，赐寿也。余送对句云："如日星河岳在天下，合望奭伏郑为一身。"

廿四日　（2月22日）六湖借阅《邠风卷》兼示晋唐小楷帖。

卅日　　（2月28日）朱建卿处观竹垞《烟雨归耕图》、《王渔洋、王蛟门谈诗图》、朱昆田《月波吹笛图》，俱禹慎斋笔，清妙无比。叶丈得宋南渡六印见示。

二月

初一日　　（3月1日）闻刘子敬藏有鲁公中字《麻姑坛记》，未见。

初四日　　（3月4日）得《时帆学士移居图》。

初六日　　（3月6日）饮韩小亭处，见陈居中《女孝经图》，精古之至，《顺治十八年缙绅》亦极朴茂可喜。云台师相跋云"有家藏《嘉靖缙绅》"，尤当可宝也。叶东卿丈说藏有明《会试录》数本，法时帆有《顺治三年齿录》，皆此类矣。

初八日　　（3月8日）至厂肆，见《控山图》，甚奇，竹虔携去矣。

十二日　　（3月12日）刘子敬见示《女真进士题名碑》、"恭"字古泉。

廿四日　　（3月24日）牛镜翁处见得天《枯树赋》册及条幅，甚佳。李芝龄师处借来《鹤铭》二本，有"鹤寿"二字本与他本迥异，乃从宋翻本凑入作旧拓者。
还是梦楼所题放下斋一本字少而可宝，的是水拓也。

廿八日　　（3月28日）杨墨林处见八大画猫、柳甚佳，
　　　　　　文衡山《二妃图》、倪文正书手卷俱精。携
两峰《鹫峰寺卷》、李复堂《牡丹幅》归。

三月

初一日　　（3月31日）绂庭处见笪江上画，甚佳。翁
　　　　　　跋褚行书《阴符经》可取。

初二日　　（4月1日）雅集斋取《开元占经》，博古
　　　　　　斋看法时帆《诗龛向往图》，殊有趣。所画
渊明居中，旁立王、孟、韦、柳，画己像持卷于前也。

初四日　　（4月3日）题钱南翁手札册，为窦兰泉吏
　　　　　　部所藏。

初六日　　（4月5日）古香楼见《兰亭》五种，略可耳。
　　　　　　朔平吴道子画、查池北《偶谈》。

廿日　　　（4月19日）六湖邀往看董画二卷、沈石田《耕
　　　　　　织图卷》。

廿五日　　（4月24日）昆峰处见钱南园先生诗草一本，

诗是真的非先生手笔也，而法梧门祭酒定为南园手稿，盖不甚能辨其笔迹耳。

廿八日　（4月27日）写《粟恭勤碑》。

四月

初四日　（5月3日）到六湖处看宋拓《庙堂碑》，拓甚旧而字多残，是王彦超刻本也。

五月

十五日　（6月12日）与韩季卿谈，知《樊敏碑》石尚在巴县也。

十九日　（6月16日）游厂肆，买得宣德大墨归。

廿一日　（6月18日）根云处看米册，系惠邸物也，不为精品。董临《自叙》极佳耳。

廿三日　（6月20日）根云处看高丽研，系中华唐景云间物也，甚有趣。

廿八日　（6月25日）王翰城来，索写寿屏。

六月

初八日 （7月5日）带程木庵钟鼎手卷至寿卿处。

寿卿说有新汉碑，东卿丈说《开元占经》有全本。寿卿借我金拓册去。（按此册今归余藏，中多簠斋题记，即是时笔也。瓶斋记。）

七月

廿九日 （8月24日）到寿卿处看柳书《神策军纪圣德碑》，宋拓，从来所未见，真可宝也。

闰七月

初六日 （8月30日）过报国寺见黄君，为杨墨林临写傅雯佛象图，直高一丈八尺，横长三丈六尺，先用油纸百张分段针签影出，再用素纸临之，可谓好事矣。

道光二十四年（1844）甲辰记

七月

廿六日 （9月8日）起，廿八日至贵阳。

九月

十二日 （10 月 23 日）至苏溪处，见傅青主画二、马远画直幅一，俱奇妙。

十月

初三日 （11 月 12 日）为篠庄书联幅十余件并玉笋堂诗。

十一月

廿日 （12 月 29 日）定州行宫看东坡雪浪石、雪浪盆铭。雪浪斋铭真古妙也。

廿二日 （12 月 31 日）至保定，谢信斋诚钧赠我孟津画，甚佳。又倪文正书亦妙。

廿七日 （1845 年 1 月 5 日）到京。

十二月

初二日 （1 月 9 日）得青主"梦楼"两字卷，甚佳。

初三日 （1 月 10 日）黄琴隅处遇周朗山，看石田卷，《关河旅行图》朴厚润胜，绝胜它作，真可宝也。石谷卷亦佳。

初八日 （1月15日）晤春湖丈之孙翊华，见《魏栖吾》
《丁道护》两种，从前曾见《孟法师》，《李
元靖》则今始见。纸墨之旧、翁跋之精，信为至宝也。

廿六日 （2月2日）过杨墨林，看方正学画，无可
与言，图奇古厚润，生气凛凛，真神物也。
除日买得石斋小简册，甚妙，梦楼联一付。

道光二十五年（1845）乙巳记

正月

初四日 （2月10日） 竹朋处看石胜《焦山归隐图》，
甚佳。

初六日 （2月12日）陈寿卿处见天池画卷，有覃溪
题诗剧佳。得天书《鱼枕冠赞》极有神韵。
南阜画《弄孙八珠册》别致得很。

初八日 （2月14日）厂肆得沧州幅、东坡《金刚经》。

十二日 （2月18日）作小楷六百字。

上元　　（2月21日）韩小亭处见方正学《仁虎图》，当查《台州府志》，信奇伟也。文五常、顾汝和园亭册，覃溪题均佳。宋板《礼记》精妙。衡山《豳风图》大笔头甚厚润。（作小楷五行。）

廿三日　　（3月1日）平仲处见山谷草书剧妙，生平未见。涪老真迹，此乃确耳。为牟一樵写小楷册并题其青主《乾坤一草亭轴》。又题名图，字大豁，号君猷所书册，似曾做台谏，明人迹也。

廿五日　　（3月3日）观梁平仲藏《鹤名》、石斋册。

二月

初三日　　（3月10日）厂市得正学画，甚喜，小字亦佳。过金伯看颜书《干禄字书》，拓本甚旧。过石州，见隶友寄来锡叔液彝字及翁祖庚所赠之冯姑昏鑃，鑃盖印铫字，器形奇而字极趣。

廿八日　　（4月4日）林章浦蕉林处见坡书"苏门山涌金亭"六大字，《涌金亭诗》覃溪题咏殊佳也。送姚伯昂对："老圃看花编，一品集高风。"脱帽写八分书。李寄云处，石斋画松信厚劲殊特也。

四月

廿九日 （6月3日）厂市得八大《苦瓜画》，甚惬意。
石溪白汤画、蓬心画、梅道人墨竹卷子。

七月

初一日 （8月3日）上官蓉湖以《寇莱公墨迹册》来，
以不确，不敢题也。

十月

初二日 （11月1日）刘宽夫处观谢文节树亭卜赴砚，
有程文海铭刻者，又字画册八十大开，有青
主《食枣帖》最佳。

廿二日 （11月21日）周容斋处看坡书《九歌》。归，
本三堂买得北监板《廿一史》甚佳。淳古斋
携二董迹归，板桥兰竹八幅颇佳，价贵难得。

廿四日 （11月23日）蒋锦秋观察来晤，惜刘熊《祭
侄文》未带来也。李小庵处看《庙堂碑》。

十二月

廿八日 （1846年1月25日）阮赐卿以《泰山秦碑》

及宋拓《华山碑》押银，亦韵事也。

道光三十年（1850）庚戌记

四月

廿一日 （6月1日）石卿赠我《小松访碑图》（杨石卿也）。

廿七日 （6月7日）到扬州，同周子坚至袁门桥一带字画古玩店流览，见明时龙香御剂蓝绯朱三锭，索价太贵，未买成。平山堂间（尚署六一款），十六年前板桥巨画已为前方丈失去。挽阮太傅师联："大清二百年来，更谁儒术事功，包罗万有；夫子自千古矣，从此经生才士，景仰何人？"阮世兄来，为阮师神道碑事。阮氏欲余撰书而署汤、祁两协撰款，与吾师十年前面托语意不符，且余不能为人代笔，故力辞以心绪烦杂，无能为也。季子为买得前日所看三龙香饼子来，五元半，真古得有趣。此次扬州所得，止此及子坚赠青主字卷耳。展阅青主书，陈右元诗卷，为右元评改秋诗卅首，殊有趣。后有包慎伯跋，乃妄贬青主书，云前见其数帧，擢居能上，若早见此卷，当处以下等矣，真谬诞也。青主书意岂慎翁所能解耶？竹林寺有曼生联云："孤竹瘦于尊者相，野云白似道人衣。"甚佳。《竹林寺图》，张崟画，有洪稚存、曾宾谷诸老题记。余题字数行，劚笋而去。得默深书，颇谬。金兰坡处看傅青主题邢玩画册与陆朗夫先生佳，然必须与其家书大册同售，故难到手。到朱筱驱处，谈画甚适，为我留得孟津画卷，又石涛小景卷，俱精绝。

五月

十三日　（6月22日）早过韩履卿，看李西涯篆隶行草诗卷、董香光画册、黄忠端《孝经》册，俱佳。问碧山银槎杯，乃兄桂舲先生以殉葬矣。然闻尚有一器在浙也。到顾湘舟处看吴中画派册。吴中墨妙册十余大册，所见将百件，略有赏心，即索题跋，腕为困矣。于兰坡处看颜书《元静碑》，未买就，石涛画册及唐高公佛堂碣均买成。过湘舟处，看宋元名贤尺牍卷，精极。倪鸿宝画梅竹寒雀直幅，乃奇迹，恨不夺之也。

十七日　（6月26日）兰坡处《元静碑》买成。湘舟处买成《大晚香堂苏帖》《郑板桥兰花卷》《黄孝子画轴》，题蜀石经《左传》一册，借兰川处《诗经》册此次不得见也。《石斋先生画花卉卷》奇韵未成，得未曾有。

十八日　（6月27日）到阊门。

十九日　（6月28日）早至陈硕甫处，见王渔洋夫人画册、柳如是题诗，诗画俱精奇。恽南田《深柳读书堂图》，吴渔山补成者，皆珍异。湘舟赠杜东原画轴，聊以为别，非我所激赏也。许珊林得晤。看宋拓《夏承碑》，真宝物，亦湘舟家藏，珊翁双钩刻本。

廿日 　　（6月29日）访杨龙石，见赠《鹤名》初印本，
　　　　　山谷《浯溪诗》为题。《义熙铜鼓铭》，铜
鼓字真希见。又《萧忠武碑》旧拓本。

廿五日 　　（7月4日）到杭州，六舟上人见示六一撰《王
　　　　　文正墓志》草稿卷。炼丹台展瑛梦禅所画图，
有石庵、芸台诸老题咏，后有姚伯卬师画《感旧图》。六
舟说有米南宫翻刻鹤桥在焦山米、陆题石之间，曾手拓之，
出手拓，《国山碑》下半截露出字颇多，知此碑亦磨古碑
而刻者，有瑞字、廿字、炳字，极明了也。为六舟题《佛
祖三经注》，宋人墨迹，复见米刻《鹤名》。又见吴云壑
焦山石上刻诗，均从前未见者。梁敬叔携石斋先生撰书《张
天如墓志》楷卷来。晡至敬叔处，有山谷墨迹尺牍佳，又
郭允伯《西岳华山碑》，由朱笥河家归梁氏者，十五年前
曾见于京师，时尚属朱氏也。松颠阁见箬庵、天隐两法语
卷，卷后皆崇祯间题，甚有书家意矩。城隍山文昌庙看大
字《麻姑坛》，系翻本。文衡山《拙政园图三十二景册》
甚佳。

六月

初十日 　　（7月18日）起。（扶柩归，过杭州，经江
　　　　　西入湘。）

十二日　（7月20日）题黄石斋撰书《张天如墓志》，黄南雷撰书《汪氏母寿文》。□山方丈谈，□字念依。"虎移泉眼趁行脚，龙作浪花供抚掌。"虎跑泉亭联廿年前见，今已无矣。

十七日　（7月25日）到灵隐西院，借秋阁看宋咸平三年七月十九日进之贝叶经，有龙泓诗并七次稿卷，其贝叶似木皮，梵字不可识，题跋于丁册后，归。

廿七日　（8月4日）安伯家看《九成宫》，借石涛卷，茇公册归。

卅日　（8月7日）　至梁敬叔处看董画卷极佳，盖纸好且厚，故能用劲得沉着，平常所见多有墨无笔也。携石庵小册归。

七月

初二日　（8月9日）到瞿颖山处看唐伯虎《毗陵萧寺图》，墨笔纸本极佳，沈石田写所到山水卷未为超诣，所藏铜器拓本册内有晋侯壶。

初三日　（8月10日）　过六舟处，作书二帖，因论学字宜写六朝，不当习唐碑也。

初四日　（8月11日）过春甫丈之子孙菊泉，欲观所藏翁氏石墨耳。从前春丈在京，覃溪家物大半为孙氏所得，故欲观之。六舟手装金石大册内有一种撰书云：开元十五年和私皇石四月七日忌，高祖神元皇帝五月六日忌，太穆皇后五月廿一日忌，太宗文武皇帝五月廿八日忌，又开元十六年昭成皇后正月二日忌，和私皇后四月七日忌，高祖神（下盖脱落）……后仍横列传主宿杜立封将作令。宋云骏尉李思贞、赵成琪，云骑尉王信孙、容房方、地仁昉王元、王虔贞、辟安，知什宾行果故殿中侍御史妻魏氏一心供养。此造象题字也，而记国忌先后后帝，和私皇后，何也？夜问六舟，亦不解。

初七日　（8月14日）王安伯处看两峰、陈玉几小册甚佳。安伯自临唐六如《毗陵萧寺图》甚细。陈伯阳、文休承各画《前后赤壁图》并书两赋，休承比伯阳高多了，笔下有静气也。《茶罗汉象卷》程孟阳为得岸上人画，并有明清间各老题，而香光题四大字于首。

初八日　（8月15日）六公来，为我作小印二方。晚至芷湘、以能处学画兰竹。

初九日　（8月16日）孙菊泉（同准）约看帖画，青主幅，未谷、简斋、石庵等尺牍皆雨村、晴村物，尹家物也。最后见翁氏《天际乌云帖跋记》四册，极有趣，然中有摹刻"乌云"二句，知苏斋所得墨迹非真，此迹在南海叶氏，去年使粤未得见，今见刻字，殊不懊矣，而覃溪极言冯氏所据本为伪，真不可解。詹景凤画卅六应真并题诗，草字甚佳，余不悉记。

廿五日　（9月1日）方养田持张樗察墨迹廷札卷，前有覃溪题首，后山舟跋，惜价太昂，不能留。

廿八日　（9月4日）到孙菊泉处看翁氏各碑帖，大约头等物俱不知所往，所收者次、三等耳。《庙堂碑考订》草本有趣，《张迁碑》两本一套，而所谓两峰所赠古拓本，仅余覃溪跋记及两峰所画《赠碑》《赏碑图》耳。

八月

初三日　（9月8日）题妺舫师《雁山卷》、六舟《米书老人星卷》、朱伯兰《拙政园图册》。

初七日　（9月12日）瞿颖山仲瑛处阅鼎钛碑版字画，其《潭帖》真希有之物，古劲生动，非同《绛州帖》尚圆美。余谓《潭帖》出于官帖而实过之，此帖常南陔访之未得，后归瞿氏也。余旧本物颇多，少人间常有者。《香光画稿册》江村题赏珍重，余问颖翁肯见赠否，遂以赠余。夜题《董稿册》。

初八日　（9月13日）至安伯处，携中明和尚画《西园雅集图》归。

初十日　　（9月15日）为六公题元版《莲华经》精装小本，项墨林旧藏本也。

九月

初六日　　（10月10日）　往徐廉峰之壶园，看其《九成》《智永》《绛帖》皆佳。

十六日　　（10月20日）　到汪时夫学署，有兰竹群花。看矩亭画兰，余作字，两人互奏，而时夫与张赠陶旁观。

十七日　　（10月21日）　与矩亭互为书画，比昨尤酣恣。矩翁为作两丈横卷兰花，信杰作。余为书集《争位》《褉叙》各联。矩亭亦诧为希有。

廿四日　　（10月28日）到长沙，住洪恩寺。

卅日　　（11月3日）李石梧处，仲云出各藏物，阅《黄石斋尺牍册》佳甚。《董香光临自叙卷》两字一行，殊遒峭，异常迹。《沈石天画册》奇纵，亦希见者。

十月

初一日　　（11月4日）　沈彦珍来，知栗仲丈精神尚健，今年七十九。劳辛皆处与石梧、问鸥及主人同饭。

十三日　　（11 月 16 日）湘桄送阅南园先生幅，墨将
　　　　　脱尽，略存笔路耳。近日钱迹极少矣。挽李
双圃丈云："济时未了，出处超然，七十年鹤戏鸾翔，倏
从兜率乘真去。衔恤遄归，典型邈矣，五千里山回水折，
空向渔樵问渡来。"

廿一日　　（11 月 24 日）到石梧亲家处，写大字于听
　　　　　雨轩，天忽大暖，始裘难耐，字歇，晚饭。（按，
此书屏风八幅，写苏《石鼓诗》，今藏瓶斋。）

卅日　　　（12 月 3 日）宝墨斋春湖书联："仙墨法书
　　　　　分桂上露，清言妙理来松下风。"想是春翁
自占句也。

十一月

初三日　　（12 月 6 日）李仲云来看帖画并携《石斋尺
　　　　　牍册》来要题。

廿二日　　（12 月 25 日）罗一憨子来，为我寻钱南园
　　　　　先生字颇多，今殊希矣。

廿七日　　（12 月 30 日）过李家，晤西台、季眉，因
至季眉处看徐天池花卉五段，极佳，查二瞻两山水幅迥异
恒笔。钱南翁书幅有"酒倾一榼鸢肩客，醋设三杯羊鼻公"
句，不知谁人绝句也。（按，此书杨诚斋诗，瓶斋记。）

十二月

初一日　（1851年1月2日）仲云示钱对："书非药物能医俗，家近云山亦养年。"

十七日　（1月18日）至贺仲肃处看钱字对，久谈。

咸丰元年（1851）辛亥记

正月

初三日　（2月3日）打格子，写墓志，得十余行耳。客来不住也。

初四日　（2月4日）鲁莲初赠《临淮王北齐碑》，拓尚旧，齐吉货一枚，亦青州新出大甕装者，盖古隧中物，古人铜器送葬，后世所忌。

初五日　（2月5日）志石第二块，一早写完即送去。

初八日　（2月8日）题石斋先生册，仲云所藏，与陈无技、无涯兄弟及仲治各尺牍也。

初九日　（2月9日）题石天翁画册、鹤铭幅、邹衣白草字册，俱还仲云去。

初十日　　（2月10日）　至子敬处篆志首。

廿日　　　（2月20日）　写墓表，作篆，两石即动手刻。

二月

初一日　　（3月3日）季眉处看童二树画山水轴，气魄未充，不如昔在蔡小石处所见小册也。

初八日　　（3月10日）写大字一阵，钱星处取回《晚香堂帖》一套。

十二日　　（3月14日）栗翁说刻大字《麻姑记》人名唐继桐，新化人。

十三日　　（3月15日）写贺蔗翁墓志。

十四日　　（3月16日）写贺静轩丈墓志，笠云尊人也。

十五日　　（3月17日）至季眉处观陈恪勤公象卷。

十八日　　（3月20日）至南坡处遇一山西人，能言青主字，希见之至，其人梁姓。

廿一日　　（3月23日）　写对扁十余件，石崖先生自题句云："六经喜我开生面，七尺从天乞活埋。"

船山先生自题句云:"到老六经犹未了,到头一点不成灰。"邹叔勣代王半溪索书志。

廿三日　（3月25日）上船。

三月

初一日　（4月2日）到衡州。

初四日　（4月5日）起阅《柳子厚集》,紫卿新到本,三日半,今午毕,俱有加墨辨订矣。舟中之静也。

初六日　（4月7日）过祁阳。两仆读书学诗,亦专勤之至。

初九日　（4月10日）到永州。

十八日　（4月19日）泛览郡志,东京碑惟吾州蒋、熊二碑耳,而不可得一字,不知尚有可访否?洪、欧、赵皆著录,不应此时拓本全无也。

廿四日　（4月25日）到道州。神堂屋对:"日月光华清明广大,诗书俎豆富寿炽昌。"书房对:"秀气经台阁,名村蔚栋梁。"

八月

廿七日　（9月22日）离道州。

九月

初六日　（10月29日）到衡州。

咸丰三年（1853）癸丑记

四月

廿八日　（6月4日）起。（在四川学政任，多考试事。）

十一月

初四日　（12月4日）县童金傅培写分书，问知习《冯
　　　　君碑》，有七八百字，或即《冯绲碑》耶？令
取来看，余未见此拓本，即前人亦不见，惟《隶释》有之。

十二月

初三日　（1854年1月1日）到成都。

咸丰四年（1854）甲寅记

正月

初四日　（2月1日）至射洪。（后数叶浥烂。）

咸丰五年（1855）乙卯记

考文生共百四十余人。经界既正，分田制禄可坐而定也。问马、班、范三史大意。赋得"小儿学问只《论语》"。取生古十六，童古廿七。查杜句乃"大儿子问只论话，小儿结束随商旅"。小儿如何便作贾乎？恐误也。正场策问"历代石经"，乃作石头说者卅八人，今早皆传到教斥，仍出榜愧厉之。其中间说石头而前后夹杂说经者尚不在此数。覆试文、童六十余人，非择而取之，不得已也。

沿铜水东行，虽曲折而山枯石乱，毫无润泽。至湘子洞下，余意倦，不欲复上，遂回。夕阳满山，差有画意，不必辋川也。天下有名无实有如此者。子敬已捐浙守，或为老兄蒐裘地耶？也要世界清平，才好说安身之计。王海楼、陆次山来便饭，好磨人也。团练劝捐事尚未由府出示，我心闷甚，致夜难成寐，可谓蠢矣。

未言心相醉，得"朋"字，谓吾与老寿也。题方山寺联云："万叶发双桂，诸峰同一云。"

昨日献县店壁上有楚澴李蓉镜黼臣题诗，颇有致。"只有同尘真妙法，世情谁喜太分明。"上两句言风沙大也。"若说风流真个事，圣狂一念苦分明。"上六句言多妓也。"三上应无宰相书"，上三句言逐功名也。不记得全，漫录于此。

齐河县东门外店茶尖，店内见邳州女士芮蓝玉题壁，略云："妾本儒家女，以贫卖为李侍卫妾，携至京，大妇不容，遂见逐。侍卫遣老仆送回沛县，誓以破镜重圆，自矢相守以报侍卫。时己酉重九后二日。"其诗有云："照镜剧怜尘满面，临妆无复婢梳头。"余平平。

抵扬州城，到康山哭阮太傅，送奠仪、挽联。"大清二百年来，更谁儒术事功，包罗万有；夫子自千古矣，从此经生才士，景仰何人？"与五、七、八三世兄一晤，相向哭也。到玉清宫，同集者孟瞻，阮氏五、七两兄。季子后来，茗香作东，为阮师神道碑事。阮氏欲予谬书而署汤、祁两协揆款，与吾师十年前面托语意不符，且余不能为人代笔，故力辞。以心绪烦杂，无能为也。

夫子宫看阮师所存中殿廿七八两石，又一石字更奇古，不可识。又师所刻《石鼓》，从天一阁本摹出者。恐当较杭州本为胜耶。

小玲珑山馆石树清奇，惜无水耳。缅想全谢山、厉樊榭、金冬心诸老游集之盛，而马氏兄弟儒雅好事，真为神往。

展阅青主书，陈右元诗卷，为右元评改秋诗卅首，殊有趣。后有包慎伯跋，乃妄贬青主云：前见其数帧，擢居能上，若见此卷，当处以（原阙）矣，真谬诞也。青主书意岂慎翁而能解耶？

焦山看《瘗鹤铭》石刻，别来复十年矣。仰止轩拜椒山先生像，观阮师所存轩中椒山诗字卷，复题记于后，因及松筠庵刻疏稿书也。旧题联集《鹤铭》，字云吾志未遂，上荡真宰，其词不朽，留表此山。尚悬像傍，无恙也。

竹林寺有曼生联云："孤竹瘦于尊者相，野云白似道人衣。"

湘舟处看字画，仍留饭。宋元名贤尺牍卷精极。倪鸿宝画梅竹寒雀直幅，乃奇迹，不夺之也。

至本觉寺东坡三过题诗处，石刻在东屋之壁，内有空翠亭，外有咸通经幢二，阮太傅师联云："寺中惟唐代二幢是峨嵋山人生前物，壁上有宋贤三律乃空翠亭僧初梦时。"

灯下阅定庵诗，可删者盖多矣。（绣君案：谭氏钞本本年漏列月日，且哭阮太傅等数条与庚戌年日记重复，显有错误，恨不得原本校正之。）

咸丰六年（1856）丙辰记

正月

十三日 （2月18日） 大帮往潼关，余独至玉泉院听水看竹，颇胜昔年情景，无忧树古奥甚。新亭子佳，现在修功未毕也。换兜子，两人舁之，一人前曳，行乱石中，五里一憩，共廿里至青柯坪，本意至此而返。舆夫怂恿之，遂鼓兴前进，不数里上千里瞳，高险窄斗，屡歇始到。过百尺峡，度二仙桥，过犁沟，窄险。胡孙愁处有山庙，塑胡孙，左右小者各一，皆作愁状，渐至北峰，足力乏极，且歇，横卧道士榻，久始转适。登上天梯，斗甚。日月崖、阎王桥、苍龙背上行，入金锁关，松柏渐多，不似下方之枯立也。望见东峰、中峰，有西峰道士来迎，向来多住此，寺宇佳也。余决意直上南峰，至金天王殿少憩，踏积雪上落雁峰，看仰天池日落月上，看下面万山如莲花环抱，方知华岳全向北，南面无好峰峦矣。回宿于山门口之右首小屋，寺宇窄小，夜月佳甚，风起云涌，半夜天宇复清旷，兹游出意外。唐花有白牡丹奇淡艳绝，生平初见。过涧河聚瑞桥，见碑，是刘姓一家所建，用银二万余两，长五百七十余丈。水波新柳，时时到目。

三月

初九日 （4月13日） 午正，携联侄、钟孙上山，未初一刻至斗母宫听泉山房茶憩，泉声尚好，一路过玉皇阁、玉掌崖、五大夫松，陟南天门至碧霞宫，登岱山结顶处古登封台，看武帝无字碑，已酉初后矣。结顶石浑圆，元气与天同寿，而一路庙宇路径多倾圮，树木泉石亦枯槁。忆自癸未、乙酉两次登岱，今卅年外矣。彼时多少精神，不胜今昔之感。碧霞宫殿前铜碑四，不如峨眉集字刻。归途快甚，舆夫疾走如飞，此山兜子为他处所无也。

五月

初十日　（6月12日）探报张国梁连得胜仗，贼扮商贾，欲分窜江北各小口。因想前日梦出诗题课士：风正一帆悬，得"帆"字。恰是张字意也。此公益将成功乎？晚酌有熙载，谈书法大贬包派，熙载无如何也。

七月

十六日　（8月16日）到禹舲处看所得宋拓《争坐位》，真瑰宝也。为我生平所见第一本。此外看数件，无可敌此者。

廿二日　（8月22日）至宝古斋，携板桥批稿册归，皆作令时传讯，手批字迹尚可，而文理无甚趣也。

廿八日　（8月28日）朱时斋来，言姜玉溪处藏小松《嵩岳廿四图》及唐拓《武梁祠画象册》。此册昔年在京，余曾作长歌题上，闻归陈佛堂师，今闻在玉溪处，恐未必也。

八月

廿日　（9月18日）玉溪来，携嵩岳诸碑，乃无佳者，其收藏甚秘也。

九月

初五日　（10月3日）写《陈公神道碑》。（陈公竹筱弼夫之父。）

十二日　（10月10日）写王子槎令堂墓志。

十三日　（10月11日）拜陈弼夫，面交《神道碑》也。（按，此碑原迹今藏瓶斋。）

十六日　（10月14日）买团扇画兰，贺汪云皋吉礼。

廿四日　（10月22日）得李孟初碑，小松装藏者，尚有趣也。

廿五日　（10月23日）见香光画诗册，有覃溪、未谷题跋。香光书实无味，画甚佳。

廿七日　（10月25日）晨静，写《进学解》起。弼夫处看石谷画、文清字大幅。

廿九日　（10 月 27 日）写《进学解》毕。

十月

初四日　（11 月 1 日）朱清华言：西关外十方殿地方有东京画象，说不出所以然。

十六日　（11 月 13 日）移家南城朱家屋。

廿四日　（11 月 21 日）看石庵字两卷子，皆伯雨丈家物，不知如何出来。

十一月

十一日　（12 月 8 日）买得姜居节画一幅，又石涛买马，甚佳。

十二月

济宁州人押画，有倪鸿宝《万柏云泉图》极佳，在卷石山房，旋着人问，说无是事。

十八日　（1857 年 1 月 13 日）《说文》钞毕，仍日课篆字三四百。

廿日　（1 月 15 日）子良处看杜耀南董《应真白描卷》，

成化宫人，昆山顾琇黎《花双燕幅》极精。

廿五日　（1月20日）连日钞《酒诰》《大诰》《禹贡》，篆字写，有趣也。

卅日　（1月25日）连日桂儿从古董店买得《韩敕碑》《封龙颂》《魏受禅碑》，俱甚旧，与前买《李孟初碑》皆可玩也。又《百史》《卒史碑》亦甚旧，未买成。

咸丰七年（1857）丁巳记

正月

十六日　（2月10日）阴寒之极，忽想起钟鼎古文自来无人寻出门类，皆由籀斯而后大小篆削易，古文遂失传，此一大缺憾也。然欲整比之，从何处着手？与桂儿谈此，怅怅。

二月

初四日　（2月27日）弼夫处看画，石涛画《武夷一曲图》佳，《黄鹤山樵幅》焕然如新，可宝。

十五日　（3月10日）海藩持南园先生联来，惜磨灭几尽矣。

卅日　　（3 月 25 日）为茇香写诗册，今日忙联幅，
缘中丞索书要多也。

三月

初一日　（3 月 26 日）自沛南起程入京，初九到京米
市胡同。

十五日　（4 月 9 日）竹朋送阅黄小松《嵩岳访碑廿
四图册》，精古无比，画、题俱妙甚。知《岱
游二十四图》在姜玉溪处，而玉溪之闷不示人，为可怪也。

廿七日　（4 月 21 日）为寿蘅乃祖做寿文一篇，颇别
致。

廿九日　（4 月 23 日）为意庐上人题《杜鹃花幅》，
余闻讹传化去者九年矣，故有"叹余一掬怜
才泪，容易当场死错人"之句。然缅想旧游之感，怅惘之
极，故云"无限伤心满杜鹃"也。

四月

初一日　（4 月 24 日）赴寿蘅处看所得徐星伯丈手拓
《裴岑碑》，"四"字直拓成"二"字，余
字亦皆多用意填出者，致少味也。凡事不可着意如此。

初三日　（4月26日）晨写徐家寿文屏，手初颤甚，昨夜酒多了，后渐稳。（按，此屏今藏瓶斋。）

初四日　（4月27日）午写王子怀祖父墓表。

初七日　（4月30日）早写钱小蓝太夫墓志。

十三日　（5月6日）与李季云谈画，出示黄太痴《江山揽胜卷》，信为奇作也。纯用钩勒，不填皴，而厚险似蜀中山水，旧有云林题本，是为云林而作，今只存邢子愿一题。又香光《寄眉公山居图》长卷，画云处多景树，皆精微妙远，索吾题之，苦悫未能也。

十四日　（5月7日）胡扶山属题孙过庭所藏鲁公三帖及《秋红山馆图》。

十九日　（5月12日）余写钱小蓝墓志，计为太夫人书志末二十日也，可为怆怆。

廿七日　（5月20日）买得《史晨碑》《子游碑》初拓，有覃溪题字，在蕴珍处。胡扶山作古，挽云："书律细评论，谁期山馆秋红，把卷邀题成永诀；老怀同淡荡，正好庭阴夏绿，隔篱呼饮怆无缘。"

闰五月

十八日　（7月9日）访雨舲，看成王临《绛帖》全册。崇朴山处见石经残字，似宋刻佳者，远出近日钱翁诸刻之上。石涛画册亦佳，有流云木槎，古气可爱。查《扬州府志》当可得其详也。

六月

十六日　（8月5日）写墨林兄弟志铭。

十七日　（8月6日）题《王文成疏稿册》，为翁黄舫作洋洋洒洒得四十韵。

十九日　（8月8日）昨为严仙舫写《辰沅会馆记》。

廿一日　（8月10日）　往慈仁寺拜欧阳文忠生日。

廿三日　（8月12日）　夜酌新买酒，甚醇，亦醉人。且画兰数事。

七月

初九日　（8月28日）游厂肆东门，无所见，《武梁祠画象拓》尚佳，且携回看。

十三日　　（9月1日）至文昌庙看达理上人藏字画，
　　　　　有蒋谦画《三虎图》极浑厚，且园画龙不及也。
赴徐寿蘅席，看画，两董卷、范华原大幅佳。

十六日　　（9月4日）早为王筱佺楷书座右铭。如此
　　　　　秀色何从画得，蝯叟醉余偶然着墨自题画兰
扇也。诗龛催作檀香扇诗："绪风吹到扇儿香，忘却新秋
一味凉。宝帐初垂来晚色，缓祛蚊蚋殢檀郎。"嘲老龛也。
而老龛欣然书之。

十七日　　（9月5日）游厂肆，张桂岩幅佳。

八月

十二日　　（9月29日）丁颐伯带来乃翁俭卿兄《宋二
　　　　　体石经考》，亦新得。《二体石经》四大册，
从来未见如此多者，大奇大奇。

十三日　　（9月30日）看俭卿《考》，谓此石俱久佚，
　　　　　误也。余曾于祥符、陈留两处学宫见之，适
桂儿从翁叔平借还余《乙未年日记》，中即有祥符访宋石
经一段，足证俭兄之误。

十四日　　（10月1日）写完周允臣卷子，为论永兴书，
　　　　　欹侧作势，楷法之坏实因之。允臣得旧拓《庙
堂》，方属余题，故发此论也。

十六日　　（10月3日）至厂肆看周鉴湖跋帖手迹大册，
　　　　　　不好收来，怕难带也。回忆丁亥旧游，尚在
眼前。《马湘兰书册》，翁题精。

十七日　　（10月4日）写贺诗舲对："宝碗珍毫，仙
　　　　　　诗对几；丛云藻露，佳实盈园。"又吴亲翁
双寿对。

十九日　　（10月6日）至松筠庵，心泉出《忠烈尺牍卷》
　　　　　　属题，大奇大奇。

廿日　　　（10月7日）丁颐伯谈乃翁所得汴石经家信，
　　　　　　是三百七十余纸，记中是七百七十九张，不
审何处误也。一人手笔而可笑如此。

廿四日　　（10月11日）题吴子肃所藏蜀石经《周礼》
　　　　　　《公羊传》二册。

廿五日　　（10月12日）题杨忠烈两札卷，一叙一诗。

卅日　　　（10月17日）翁叔平来久谈，果是好学人，
　　　　　　全无习气。

九月

初六日　　（10月23日）楷书吴氏蜀石经册诗。

初七日　　（10月24日）题郑士允藏蜀石经《左传》
　　　　　十五卷册。"冷趣重阳吾辈饮，同心三子慧
根多。"上句诗翁、下句蝯叟，"慧根"二字诗翁所谈也。

初十日　　（10月27日）扶山颜帖题云"怆怀古人"也。

十一日　　（10月28日）晨题《子产庙碑》残字，润
　　　　　行藏物。

十二日　　（10月29日）写《黄孝子传》兼题陈子鹤
　　　　　董幅。厂肆得翻本鹤铭，式古堂郑老见赠。

十三日　　（10月30日）题《张文敏折臂诗册》，应
　　　　　诗舲少宰之属。

十四日　　（10月31日）写《黄孝子传》毕，共小楷
　　　　　三千六百余字，又题各卷册并条封等，尽一
日之力。祁老十来，将各件交付。《石经》古色可爱，乃
不欲留赠，无如何也。

十六日　　（11月2日）未初起行，到新店。

廿一日　　（11月7日）过献县，打尖处有题壁云："一
　　　　　句杭州一句扬，教人难识我行藏。近来又把
京腔撇，便道都门是故乡。武林胡酒鬼同燕中剑客尖
此。""山人蝯首镇追随，巷隔鸧飞步屧宜。幽事半年成

画稿，闲园无日不花枝。金英酒碗耆英会，棠棣秋风送客时。归咤鹊华无别物，奚囊满载老耕诗。""奉约闲中删乐事，免教别后忆当时。云龙追逐知何日，惭愧昌黎荐士诗。"

廿六日　（11月12日）到齐河，入济南城。

廿八日　（11月14日）出东门，游佛峪龙洞。

廿九日　（11月15日）到泺源书院。

十月

初六日　（11月21日）过县署陈弼夫处，看董字卷。

十六日　（12月1日）灯下做得《节孝赞》一篇。

十七日　（12月2日）为童际庭乃翁寿屏及《陈节母赞》挑格式甚烦瑊，写大字一阵。

十九日　（12月4日）晨写《陈母赞》三幅。

廿一日　（12月6日）为童际云写乃翁寿屏，中丞撰文，共十二幅，字过大，颇费力。有容堂打格子陆续来，可厌，至暮毕。文章系府署朱熙芝记室所拟，气尚清。（按，此屏今藏瓶斋。）

廿三日　　（12月8日）搬箱物往书院，写红纸对及赏对。
　　　　　　际庭送冬笋、《廿四史》。

廿五日　　（12月10日）移入泺源书院，全眷俱先后至，
　　　　　　甚轩厂吉祥也。

廿六日　　（12月11日）弼夫处看板桥《兰亭》三通，
　　　　　　得天行楷册，俱佳。章邱穆君篆碑有山谷题字，
小松所刻唐拓《武梁祠画象》木板由沂州携归。

廿八日　　（12月13日）中丞来，久话，偶谈及字典
　　　　　　中"但"字、"佀"字误混合。

十一月

初一日　　（12月16日）　雨舫得《天瓶奏稿》，说甚
　　　　　　好。

初二日　　（12月17日）元遗山《涌金亭诗》石刻有"矞
　　　　　　沸泺水源"句，而《水经注》《说文》："泺
水在历城，无济源县之泺水。"明日寻出《遗山诗笺注》
再查。屠啸云送所刻《屠纬真鸿苞雨套》又王寿卿篆书《穆
氏先茔记》，有山谷跋者，可珍也。

初六日　　（12月21日）为李种衡写诗册完。

初八日　　（12 月 23 日）起行。

廿日　　　（1858 年 1 月 4 日）到淮安。

廿二日　　（1 月 6 日）过高邮。

廿五日　　（1 月 9 日）过丹阳。

廿八日　　（1 月 12 日）到苏州。

十二月

初二日　　（1 月 16 日）赴静山中丞席，余口占云："甲
　　　　　洗江南，瓜镇先传得胜令；樽开雪后，梅花
开遍近山林。""近山林"者，即席处扁也。

初七日　　（1 月 21 日）梁平仲带来《桐柏庙碑》，旧的。

初十日　　（1 月 24 日）中丞处面，看作《东洲诗草序》。

十一日　　（1 月 25 日）收拾行李。

十二日　　（1 月 26 日）筱沤船中看画后醋嬉涂抹，真
　　　　　乐事也。两峰《十丑图》小册诡异，距末拓
本小册有翁、阮、孙、宋各题。

十三日 （1 月 27 日）到江阴，至陈寄舫花园，看书
画佳者：石涛《武夷九曲图》、香光山水册，
南田粉本两件全用笔尖，余尤赏之。此外麓台巨册亦好。
帖有《玄秘塔》致佳，余平平。

十五日 （1 月 29 日）到常州，到制军公馆晤平越峰
太守，喜谈字，然余不解其写何字也。

十六日 （1 月 30 日）竟日作兰竹并题各件。

十七日 （1 月 31 日）罗两峰令嗣介人画梅册，有翁、
阮各家题记，余亦作七古一首。

十九日 （2 月 2 日）泊无锡，起坡，访秦澹如，看
黄石斋书画册，石涛、南田、龙友、石溪、
渔山、青主、三桥、顾横波、八大、子愿各画，奇趣。又
有托销各件，余取鸿宝画石幅归船。往游惠泉山。历游竹
罏庵、听松轩，看纯庙御题王孟端《溪山高隐图卷》，因
《竹罏图》被回禄，以内府此卷补之也。

廿二日 （2 月 5 日）到苏州，梁平仲处看《石斋先
生册》，是我旧题者。兰修馆春联五字尚不
大劣。戟台送小松隶对。

廿五日 （2 月 8 日）到嘉兴。文后山《娄寿碑》已
归前嘉兴守钟君。张家藏名人尺牍自宋元至

本朝共廿四册，在黄霁青处。

廿八日　（2月11日）到临平，到杭州金刚寺巷寓。除日王安伯处看帖画数件，《皇甫碑》佳。醉后作楷扇。

咸丰八年（1858）戊午记

正月

初七日　（2月20日）戚小容来，邀同至朱庄，与醇士、邵位西、方少牧同请我，胡次瑶、许芷泺作陪，亦皆先公门生。次瑶携来官僚雅集银杯十，渔洋杯最小，潜庵杯最大，余饮潜庵杯，次第八觥，颇醉。

谷日　（2月21日）到一指斋看瑛梦祥画《豂光图》，乾隆乙酉作，有刘文清、吴兰雪、阮文达师及诸人题记已满，余有庚戌五月第三次至豂光题名，因复题一绝于上：“海光遥射炼丹台，此日登临第四回。浩浩江湖归一览，真疑跨鹤有仙来。”

初十日　（2月23日）赴瞿颖山席，阅帖画，有东坡《定惠院诗》墨稿，涂改处想见古人用心，覃溪跋亦佳。

十一日　（2月24日）收拾行李发杭州。出把子门，北至安平泉，看坡诗刻："闻道山根别有源，拨云寻径兴飘然。凿开海眼知何代，种遍菱花不记年。煮茗僧夸瓯泛雪，炼丹人化骨成仙。当时陆羽空收拾，遗却安平一片泉。"

十三日 （2月26日）过苏州。

十六日 （3月1日）静山来久话，知前夜酒后写四句："白公祠畔月，圆到不知寒。顾得十分满，千家对酒看。"

十八日 （3月3日）赴王雪轩席。平斋半席要，写字一阵，歌者来，复大写字一阵，笔墨皆成酒气，真畅甚也。

廿日 （3月5日）赴韩履卿席，得见李北海书《秦望山法华寺碑》原石拓，借归。

附录二

蝯叟日记摘钞 谭泽闿

原载于《学海》月刊 1944 年第 1 卷第 5 期，第 36—44 页。日记末有谭泽闿附记一段：

「乙亥春，余曾摘录所见蝯叟日记中之有关谈艺及风趣语，付之《青鹤》杂志刊布，忽忽十年矣。今夏有友人出四巨册见示，盖已改装，乃叟晚年游粤赣苏杭时所记，惜中有阙佚。因仍如曩例，摘录于册。适太疏先生有《学海》月刊之辑，录副奉寄，以续前钞。甲申白露，谭泽闿记于沪堧赁庑之饮梦宦。」

同治元年（1862）壬戌

十月

初十日　（12月1日）彭丽生母志书毕。

十一日　（12月2日）彭子邵取志册去。

十九日　（12月10日）季眉处《郙阁》拓，颇佳。

廿日　（12月11日）检出《武荣碑》，有覃溪红字，云未谷所赠。胜今拓。有趣得紧。

廿二日　（12月13日）《公方碑》到九十七通矣。尚渺然也。

廿八日　（12月19日）季眉处看墨卿款各扇面。

十一月

初六日　（12月26日）《公方碑》百通临竟，不知长进何在。"新咏玉台聊雪砚，重闱兰膳约春监。"赠人昏事联。

十一日　（12月31日）临《衡方碑》第四通起。

十三日　　（1863 年 1 月 2 日）《衡方》第四通竟。

十四日　　（1 月 3 日）临《武荣碑》。接《礼器碑》。

十七日　　（1 月 6 日）客有叶清甫、王壬秋，自鄂回。
　　　　　知督抚不和，诸事不顺手。

十二月

十七日　　（2 月 4 日）题蓬樵《潇湘廿四图》，为学
　　　　　使作。

廿八日　　（2 月 15 日）晤兰言学使。看新得郭河阳画
　　　　　卷。"竹林快接蓬山路，兰膳欣添谷日春。"
赠人寿联。

除夕　　　（2 月 17 日）吴平齐寄鸿宾竹石幅来。

同治二年（1863）癸亥

正月

初七日　　（2 月 24 日）恽次山处看南田松石大轴，颇
　　　　　有奇气。吾素不喜恽、王，若此何可轻视。

十三日　　（3 月 2 日）学使处看画，李晴江竹卷、杜

旭初兰卷俱有趣。

廿三日　（3 月 12 日）借来《仓颉庙碑》，郭兰石大
理旧藏本。大理跋云胜兰泉本，然以《萃编》
校之，字尚少多了。"天地有情如此酒，江山何处着吾舡。"
席间偶占句。

廿六日　（3 月 15 日）书《欧阳寝堂记》毕。

二月

十一日　（3 月 29 日）到杜公祠。《九真太守吴碑》
在西廊。有打碑人，令连额拓之。阴侧皆无字。

三月

初十日　（4 月 27 日）往顺德关。主人出字画，两峰《鬼
趣图》画不多而题记及诗甚精。乾嘉诸名手
大约皆在。

廿三日　（5 月 10 日）　伍紫垣送阅《西楼贴》。苏
书石刻上有己亥在福州为吴荷屋师题记一段，
本在又一村所得，帖客寻我，遇荷老半路窜去。迄今展转
数家，归于伍氏。昔价卅金，今三百金矣。徒增涎慕。

廿九日　（5 月 16 日）许山琴处看字画。歙县人，有

豪气。其古画集锦册有八大、天池、薛素素，各画俱妙。

卅日　　（5月17日）德畲处看《化度寺碑》。又赴
　　　　　小琴，看石涛、板桥、曼生各幅，俱精妙。
倪文正幅云"枯木有根如弱晋，征禽无字不先秦"，真怪
话也。湘梅乃仪墨农之婿，闻少陵《赠卫八处士》诗墨迹
在其处。墨农昔揣至京师。我曾激赏之，今如得见，不知
眼力如何。岭外名园海山仙馆，江南春景烟波画船。南
雪巢伍氏水亭。

三月[1]

初四日　　（4月21日）借达夫山谷《水头镬铭》拓本，
　　　　　非真迹也。

初七日　　（4月24日）至达夫家看少陵墨迹，昔年激
　　　　　赏之，今阅之，一无意味。计昔见时，我才
廿余岁耳，彼时眼光乃如许谬耳。《元靖碑》《岳麓》《鲁
峻碑》《李北海》《曹娥碑》《大麻姑坛》皆送还，坡贴
皆勾完两册了。

四月

廿八日　　（6月14日）阍侄送来六舟旧藏素师《智永
　　　　　千文》，今归萧山陈氏；并砖塔铭，并有余题。
六舟化去后，所收藏或未毁于兵火耶？

---

1 不知何以重出，存疑。

五月

十二日　（6月27日）紫垣送阅宋拓《兰亭》十二种，
　　　　　　及《郎官石壁记》、张长史楷书。有余己酉
题诗四句。盖木刻翻本也。《兰亭》少味。荔枝名阿娘鞋。

十七日　（7月2日）雨。杜兰生出示《虞恭公碑》。
　　　　　　果佳甚。

六月

初五日　（7月20日）县署看柳翁《九成宫》宋拓，
　　　　　　即玉泓馆本也。

同治四年（1865）乙丑（《疑疐日记》）

正月

廿二日　（2月17日）题朱子《易义系词残稿》，不
　　　　　　唯与今本有异同详略，分章亦不相同。闻华
亭张氏有《谦随残稿》，不知乱后无恙否。系张古虞所说。

二月

廿一日　（3月18日）起。题秦公牼钟，《石鼓文》
　　　　　　翁题诗。

廿九日　（3月26日）香圃出示吴墨井《琵琶亭图》。水木萧远，笔墨气韵生动。顾子山赠。果佳迹也。子山属书志。

三月

初二日　（3月28日）写顾公志毕，并篆额。文太冗，费力耳。

初五日　（3月31日）见名人尺牍册及文清卷。贾云樵好不阑康。（瓶按：阑康，湘俗语言，累赘也。）

初六日　（4月1日）写香山《琵琶行》小楷。吴墨井卷画极超妙，顾子山赠香圃者，为书此诗。昨日开单托买物，今日送来，即为润笔，愧其厚也。

初七日　（4月2日）芸樵处看字画。有石涛《桃源图》、丰考功《千字文》草字卷，俱妙。余不过尔尔。金香圃来。

初八日　（4月3日）龚定庵长郎获遇，亦出意外。

十八日　（4月13日）金兰生处看字画铜器。郭忠恕画卷精绝。借得杨子鹤册来。

廿二日　　（4 月 17 日）晓帆处看《澄心堂贴》一本，

极佳。明人及国初扇面，多至七八百。大观哉。

廿五日　　（4 月 20 日）孝拱带来《耿勋碑》，吾所未见，

竟无意趣，不似东京迹。

廿七日　　（4 月 22 日）写大小对联至七十，为近日最

多矣。

廿九日　　（4 月 24 日）澹如说马氏买得张叔未碑帖等石。

此怎得一见耶？

四月

初三日　　（4 月 27 日）拓本阅毕，检出十种，领主人

雅意。《仓颉碑》似胜吾本也。孝拱携示石

涛《长江万里图》，真而未妙。陈朗亭甚喜收藏，所得帖

画不少。闻仪征师铜器，除齐罍归平齐，俱为朗亭所得。

初四日　　（4 月 28 日）香圃来取《襟江书院记》，因

于昨夜酒后灯下写之，将七百字，楷书一笔

到底。唯寄赠小松画册是伪迹，且癸巳年小松不过弱冠，

何至作此老态，且题字多误。可笑！玉件虽小尚润。今日

写字少力，想昨夜写碑苦了手耳。

初六日　　（4 月 30 日）孝拱携小松画兰幅，真而少味。

韬光炼丹台。有祁止祥书"楼观沧海日，门对浙江潮"一联尚在。台亦未圮。

初七日　（5月1日）考《耿勋碑》，多后人重开之字，然本刻亦少古刻隶意，大似后来楷字，何也？《高颐碑》之类耳！孝拱持《石鼓》颇旧。又《西狭颂》亦佳。

初九日　（5月3日）草《絜园记》，为雨生作。一挥竟了。

十一日　（5月5日）为雨生写《絜园记》六幅，每幅六行，行廿字。又写陈氏祠堂大扁、小扁及雨生絜园及百兰仙馆两扁。手力惫得支不起。"江海波恬功归荻画，园亭景丽养备兰馨。"丁雨生母寿联。

十七日　（5月11日）为孝拱画《南唐五百字》。乃翁定厂昔年索书，隔卅年乃了此债。可笑叹也。

廿日　（5月14日）重写《絜园记》。雨生欲刻置道署，乃另属云樵打方寸格纸也。然我不耐烦矣。王壬秋来，话上年游北岳真定府，二百八十里至曲阳，又六十里出倒马关，又七十五里至岳下。层山叠岭，无树木，亦不能至顶，望其雄厚而已。舆马俱绝，徒步乃至。想吾即刻到彼，亦不能陟险。而壬秋好游，今亦罕矣。是可以与蝘蜒抗矣。

廿七日　（5月21日）吴仲吴昨赠明石盘卫夜巡牌，乃温州备倭物。有滨谷、覃溪、十兰、瘦同诸题记。

五月

十六日　（6月9日）严滩舟中写《李文瀛附祀记》。前守严州殉难，颐伯以附祀严祠方元英、范文正、谢皋羽之侧，作记属书。舟中摇兀，时写时停。过龙游而我不知，可笑可笑！夜酒后，写兰竹，滩更多耳。

七月

廿四日　（9月13日）海珊说杨海琴以百廿金买得王渔洋《五容图》，禹鸿胪笔也，覃溪以下题跋多。连日钟钟写书眉，静得可喜。

廿九日　（9月18日）看《两当轩诗》一遍。才气虽好，成章者太少。选出七十余首耳，有余戊寅秋读过题记。今乃六十年矣。当时不过赏其才语耳。刻志铭事，已与傅八说定。三十文一字，实不为多。而邓守之吝之，完白先生志盖空写了。

八月

初九日　（9月28日）季眉来，催示索靖《月仪帖》，极旧，有梦楼、姬傅题跋。此等假古董非余所解耳。

廿九日 （10 月 18 日）今日写彭锡之太夫人墓表。

九月

初一日 （10 月 20 日）写《邓完白墓志》毕。

初八日 （10 月 27 日）早饭后。写吴亲家志铭，至暮毕。约有千字也。

十一日 （10 月 30 日）王海珊携《祭侄文》拓本二种去，乃为海琴钩摹。

十月

初八日 （11 月 25 日）翁盐道处见寿门画梅十二幅，可谓精品。

十一日 （11 月 28 日）题南园先生为慎重斋画马幅，得诗一篇。

廿四日 （12 月 11 日）子栗带来井底松根节，泡酒吃，可治右手中指不能屈伸之症。今日试炖酒服起。

十一月

初四日 （12月21日）为研生篆《慎齐先生重宴鹿鸣图》首。夜酒后作《重宴鹿鸣图诗》。"先得图成六十年，画外无一字两句。"就此衍曼得四十韵，又添八韵。可笑。

十四日 （12月31日）刘子云处云得宋板《文选》甚精，乃为毛穹云要去。不必不必！

十五日 （1866年1月1日）蔡老大赠药酒。鹿衔草泡的，有虎骨。余不敢饮。乃又赠鹿衔草膏，可泡酒也。松节酒服已廿日，手指无效，徒致夜少眠耳。

廿四日 （1月10日）陈绍竹有鑫，由常宁回，去年为书乃尊神道碑者。人尚轩昂。

十二月

初五日 （1月21日）北监板《廿一史》封面题完，共装二百六十四册，便于寻讨也。

腊日 （1月24日）东坡《腊日游孤山赋》以"名寻道人实寻娱"为韵。钟钟作，颇有才思，但未到西湖，不能尽切入物景耳。鼎太酒前买十坛，今又买十坛。因陈绍难得，偶然遇之，只好多蓄。是年六十七岁。

十九日　（2月4日）麻竹师携米迹来看，《甘露帖》
乃化为大字。

廿七日　（2月12日）南坡馈熊掌、果子狸。无法以
治之。

附录三

无园日记[1] 丁卯

五月

初四日 复阴，北风，有雨意。各衙门、公馆送礼并省外书信。饭后，过南坡，知湘乡复有哥弟会滋闹事。刘霞仙书致□□，调高连升提督在靖港军往剿。过芋园，晤黼堂，则所说事甚小，官场并有粉饰，大约不至大猖獗耶。回寓，□易来见，在周生瀛处带信回。知左军在往寓，西征尚须傶云，因与曾沅圃各奏俱称暂留鄂剿捻也。杨鼎勋、刘铭传四月均败仗，止鲍春霆得胜，而荃帅病重，传闻曾涤侯请至金陵养病。有温江人吴浴德来见，到江西、湖南探亲，仍即回川乡试去。晡，恕堂来，同至南坡处，一话，归。苦瓜尝新，少味。

初五日 大晴。敬神贺节。李家兄弟来，藕仙一早回，□湘潭亦正拿人，差仆各处贺节。桂儿出贺节。夜，与理卿、藕仙及儿孙酌于轿厅，蚊略少些。

初六日 恕堂来话。晡，同酌于南坡处。归，仍酌，饭外间。酌皆以昼，与吾往往不便也，闷时亦时一赴耳。光甚逼人。前日者吕缆承□味。昨日晤丁俭卿第四郎，□岁，文静，乃兄颐伯遗集、刘□□泸州集，颇可观。

廿五日　忌辰。屋顶安板竟日，得两间。观《说文通训定声》，亦无佳处。午后□憩□，钦斋同子正九弟来话。九弟从高邮来，□侄已往清江去。晚，得张节山差人送到修志关堂□聘书，势将一面商再看。夜不好睡，多食生冷小果也。五更好后乃寝。慊之。蒋世□昨日已回，而不见送来贾松樵信物，亦奇。

补忘日记 [1] 庚午九月起

庚午自己未十一月，辞长沙至武昌，坐轮船，遇大风报，□险□奇冷。十二月初，至安庆，因英西林中丞专弁续修省志而来，不想一切全无章程，虽开局一年，局中人已课薪水未曾到手。余知其无成，力辞去。而主人不解修志之次第，强留度岁。因于正月廿日买舟，携眷至南京。鼎侄在粥厂，又孙女六姑子痛风，耽延半月。坐船碰坏，幸黄昌岐军门借舡，至瓜洲换小船数只。入丹阳后水涸。有冯少渠县令照应，得至苏州。吴婿子镌先为安顿金狮巷屋。于二月廿七日住下。与中丞丁雨生相得，颇有论字之乐。故人中，黄芸樵、吴平斋及黄仲英、沈闽初、李笙鱼、龚孝拱诸子有金石文字之乐。怕先者梅雨，继以酷暑，最后短衣蒸热，体中湿热不解，起居不甚自在。致虎邱、木渎，都不曾一游。忽然欲作杭州之行，遂行。

十五日 晨出，回拜数客，归。未，复出王雨农处，子常同来，□丽孙来，印芸晚来，为子敬酌。方□女回。

十六日 学政平安早行。天气不冷不热，此番喜事熨贴，弟病渐痊，真大慰意耳。午间出，子冶招婿过喜。拜南老□夫人生日，略同话，久憩始归。时卿旋来拜，一话去。连夜月佳，如何能有雨雪。鄂省廿五日火药局轰塌，所坏人屋无数，河中舟舫亦多破坏。火药失毁到六十万斤，官员无下落者五十余人，民人可想矣！南坡说剿捻大胜仗，惜未得其详。

十七日　　钟钟过河西谒，差黄子冶来话。仲云来话。

　　　　　　毛兰陔来，谈邹云阶屋被焚，服物书帖俱烬。若果然，其可悯叹。子敬信来，田乡平……

图书在版编目（CIP）数据

何绍基日记 / 毛健，尧育飞整理 . —长沙：岳麓书社，2023.10
ISBN 978-7-5538-1737-8

Ⅰ . ①何…　Ⅱ . ①毛…　②尧…　Ⅲ . ①日记—作品集—中国—清代　Ⅳ . ① I264.9

中国版本图书馆 CIP 数据核字 (2022) 第 173266 号

HE SHAOJI RIJI
何绍基日记

作　　　者：〔清〕何绍基
出 版 人：崔　灿
出版统筹：马美著
整　　　理：毛　健　尧育飞
责任编辑：李郑龙　张丽琴　黄金武　牛盼盼　廖　丁
责任校对：舒　舍
整体设计：格局创界 ❖ Gervision
岳麓书社出版发行
地　　　址：湖南省长沙市爱民路 47 号

版次：2023 年 10 月第 1 版
印次：2023 年 10 月第 1 次印刷
开本：710mm×1000mm　1/12
印张：138
字数：1200 千字
书号：ISBN 978-7-5538-1737-8
定价：1280.00 元
承印：雅昌文化（集团）有限公司

如有印装质量问题，请与本社印务部联系
电话：0731-88884129